KB235201

우리 시, 우리 시인

류재엽 평론집

우리 시, 우리 시인

　실존주의(實存主義)란 성실한 자기의 모습을 되찾고 본래의 자기에게 환귀(還歸)함으로써 자기 소외, 자기 상실 상태에서 자기 회복, 자기 귀환을 기도하는 철학이다. 따라서 실존주의는 현대인의 철학적 자각과 반성의 이론적 체계를 이룩했다고 할 수 있다. 실존주의는 인간의 로고스적인 측면만 보지 않고 파토스적 측면에 더욱 치중하여 인간의 불안, 죄악, 절망, 공포, 허무, 죽음 등을 정면에서 응시하고 분석한다. 그래서 인간의 실존을 향락 속에서 자기를 찾는 미적 실존, 양심에 의해서 자기를 지키는 윤리적 실존, 끝으로 신앙에 의지하여 자기를 찾으려는 종교적 실존으로 구분하여 자기의 참모습을 찾기에 주력한다. 그러나 자기 회복, 자기 귀환을 기도하는 것은 비단 실존주의 철학에만 한정되는 것이 아니라 문학의 세계에도 동일하게 적용되는 것이다. 저자는 이번 평론집을 상재하면서 그동안 저자의 작업이 적어도 저자 자신에게는 자기 회복과 자기 귀환을 목표로 한 것이었다고 감히 이야기할 수 있겠다.

　이 책은 저자의 세 번째 펴내는 평론집이다. 이번 평론집에 지난 4년간 문학지에 게재되었던 시인론과 시론, 시집 해설 등을 주로 수록하였다. 굳이 시인과 시론에 관한 글만 모은 데는 별다른 뜻이 있는 것은 아니지만, 다음에는 소설가 연구와 소설론만 모아 편집하는 것도 괜찮겠다는 생각에서 그리한 것이다. 이 책은 모두 3장으로 나누어졌다. 제1부는 시

일반론과 시인론이 중심이다. 제2부는 시집의 해설이고, 제3부는 시집 서평들로 모두 시와 관계된 글이다.

시인과 시에 관한 글을 쓰면서 시가 사랑의 문학이라는 사실을 새삼 느낄 수 있었다. 시인의 가슴속에는 사랑이라는 감성이 절대적으로 필요하다. 대부분의 노래가 그러하듯이 사랑의 감정이 위대한 시문학을 창조하는 것이다. 사랑은 정신생활의 기본적 감정이다. 동시에 윤리학 사상 가장 중요한 개념이다. 사랑은 대상의 개성을 존중하고 대상의 인격적 존엄을 확보하여야 한다. 그래서 사랑은 자기의 주관적 충동이나 욕구, 관심 따위를 만족시킬 때 느끼는 기쁨과는 구별되어야 하며, 인류 보편의 선을 지향하는 정신적 생활의 궁극적인 덕목(德目)이어야 한다. 이것만이 시인의 생명 보존을 위한 노력이다. 사랑을 노래하는 시인은 청신한 얼의 소유자이다.

그동안 사랑을 노래하는 시인들의 작품에서 사랑의 마음을 배웠다. 그들의 사랑은 저자에게도 푸른 물감이 스며들 듯 그렇게 저자의 무딘 감성을 일깨워, 저자로 하여금 우리 시와 우리 시인을 더욱 이해하고 사랑하리라는 마음을 다잡을 수 있는 계기를 만들어주었다. 진정한 사랑은 인격을 높이고 심정을 견실케 하며 생활을 정화시키는 역할을 한다. 앞으로 한층 우리 시를 사랑하는 마음으로 우리 문학 발전의 작은 밀알이 되었으면 한다.

2013년 초추에
경운서(耕芸墅)에서 저자 지

•• 머리말 • 5

제1부 시인의 모습

한국 시의 평화사상 • 13

미주의 한인문학 • 36

백석 시에 나타난 고향 • 56

절대고독과 절대신앙의 변증법 — 김현승의 시세계 • 71

박제천과 도의 세계 • 90

생태적인 서러움의 시학 — 시인 서상만론 • 94

한밭의 풍물과 색깔 입히기 — 시인 홍희표론 • 108

기호가 주는 상징의 의미 — 시인 정성수론 • 125

사랑의 정열, 그리고 절대고독 — 시인 조성아론 • 140

사물에서 삶을 묻다 — 이춘하의 시세계 • 154

제2부 사랑의 언어

그리움과 사랑의 서정적 자아 — 조덕혜 시집 『비밀한 고독』 • 163

여정과 고독과 삶 — 조두환 시집 『나그네의 발걸음으로』 • 179

신과 인간의 만남 — 하덕조 시집 『갠지스강』 • 197

순백의 언어 다듬기 — 조명천 시집 『그리움 짙어질 때』 • 214

빼어난 예술혼 — 정세나 시집 『이별연습』 • 225

외로움의 미학 — 안성식 시집 『수족관 속 풍경』 • 238

참선과 관조의 시혼 — 김주곤 시선집 『강산의 빛과 소리』 • 253

반성적 주체의 서정성 — 성동제 시집 『들꽃은 바람을 먹고 핀다』 • 273

제3부 삶과 인식

참말과 거짓말, 역설의 시학 — 유안진 시집 『둥근 세모꼴』 • 293

삶과 죽음, 그 운명적 존재 — 이수익 시집 『처음으로 사랑을 들었다』 • 298

오늘에 불러내는 백제정신 — 문효치 시집 『왕인의 수염』 • 302

사물과 삶의 인식방법 — 홍신선 시집 『마음經』 • 306

밑바닥 체험의 시적 승화 — 김신용 시집 『바자울에 기대다』 • 309

신, 그 언어적 존재 — 동시영 시집 『신이 걸어주는 전화』 • 316

●● 찾아보기 • 323

제1부
시인의 모습

한국 시의 평화사상

1. 서언

우리나라는 가까이로는 6 · 25전쟁을 비롯하여 전쟁이라는 참혹한 역사적 수난에 시달려왔다. 또한 해외파병에 참여해 베트남전쟁에도 참전하였다. 결과로 우리 문학에는 전쟁과 관련된 작품들이 적지 않은 수에 이른다. 특히 6 · 25전쟁 직후에는 전후작품이라는 이름으로 다수의 전쟁문학이 탄생하였다. 전쟁문학은 전쟁의 비극과 참혹함을 말하고 평화의 염원을 담고 있는 경우가 대부분이다.

시인 고은은 "문학 행위는 본질적으로 모든 전쟁 상태로부터 죽어가는 평화를 살려내지 않으면 안 되는 임무를 요구한다."[1]고 말하면서, 문학이 전쟁 중에 전쟁을 반대하지 못하고 그 전쟁이 끝난 뒤에야 반대하는 문학의 '비굴'함을 지적한다. 이는 문학의 '비굴'함보다는 전쟁이라

---

1) 고은, 「평화, 폭력, 그리고 문학」, 김우창 엮음, 『평화를 위한 글쓰기』, 민음사, 2006, 272쪽.

는 폭력 앞에 한없이 나약한 문학의 모습을 자성한 것이라고 보아도 좋겠다. 이렇게 보면 문학은 전쟁이라는 폭력에 대해 대척의 관계에 놓여야 진정한 가치를 띠는 것이라는 가설이 가능해진다. 그리고 그 대척점에 바로 평화가 존재한다고 말한다. 과연 그렇다면 문학은 무조건 전쟁과 대결의 입장에 서야만 그 가치를 회복할 수 있으며 평화를 지향한다고 볼 수 있는 것인가?

우리는 흔히 '전쟁을 제재로 한 시'를 전쟁시라고 지칭한다. 그동안 한국의 전쟁시 연구의 방향은 주로 전쟁시의 양상과 그 문학적 성취 파악에 있었다. 오세영은 전쟁시의 성격과 주제를 선전선동시, 전쟁기록시, 전쟁서정시 등 세 갈래로 나누었다.[2] 또한 분단시, 통일시, 반미시로 분류한 연구자도 있다.[3] 전자와는 달리 후자의 분류방법은 우리의 현실이 아직 6·25전쟁이 종전이 아닌 휴전 상태의 지속이기 때문에 실질적인 전쟁 상태와 다름없다는 데서 근거한다. 6·25전쟁은 당대의 시인들에게 참전과 종군이라는 적극적인 대응방식을 취하게 된다. 그러면서 다양한 시세계를 구축하게 되는데, 감상에 빠지거나 현대문명 비판, 자폐적 세계로의 도피 등이 그것이다. 김재홍은 이러한 시적 대응방식을 상황과 응전, 방법과 정신, 존재와 서정의 세계로 구분한다.[4]

그러나 논의의 중심은 전쟁시가 아닌 전쟁과 대칭 관계에 놓여 있는 평화를 이야기하자는 데 있다. 인간세계에서 전쟁과 대립, 갈등은 피할 수 없는 것이다. 인간은 스스로의 생존과 이익을 끊임없이 추구하는 본

---

2) 오세영, 「6·25와 한국 전쟁시 연구」, 『한국문화』 제13집, 1992. 12.
3) 진순애, 『전쟁과 시와 평화』, 푸른사상, 2008, 150쪽.
4) 김재홍, 「6·25와 전쟁문학」, 『시와 진실』, 이우출판, 1984, 37쪽.

성을 가지고 있으며, 따라서 제한된 자원을 둘러싼 대립과 갈등, 그리고 이의 해결을 위한 폭력적 행위는 인간의 존재 자체와 불가분한 관계에 놓여 있다. 즉 평화야말로 인간을 인간답게 살 수 있도록 만드는 존재이다. 그래서 인류 전체가 평화를 추구한다. 인류 공통의 염원인 평화의 사상은 문학에서도 가장 중요한 모티프가 된다.

2. 평화론에 관한 논의

1) 서구의 평화론

중국의 루쉰이 지적한 대로 우리가 평화라 부르고 있는 것은 전쟁이 끝난 직후 또는 아직 전쟁이 시작되지 않은 때를 말하는 것뿐이다. 또 헤르만 헤세는 "평화는 천국의 원시 상태도 아니고 합의에 의해서 질서 지워진 공동생활의 한 형태도 아니다. 평화는 우리들이 익히 아는 것이 아니므로, 다만 탐구하고 예감할 뿐이다."라고 말하였다. 평화는 다시 말할 필요도 없이 복잡한 것, 불안정한 것, 위협당하고 있는 것이다. 혹자는 평화란 것은 인간의 세계에는 존재하지 않는다고 말한다. 이는 평화는 이상에 불과하다는 말이다. 실제로 어떤 한 나라의 평화도 다른 나라가 아직 평화롭지 않다면 보증되지 않는다. 좁고 결합된 세계에서는 전쟁도 자유도 평화도 모두 연대하고 있다. 평화는 하나의 건설 과정이다. 날마다, 달마다, 해마다 점차로 낡은 견해를 지양하고 새로운 것을 조용히 쌓아올릴 때 가능한 법이다. 평화의 추구는 작고 소박한 것에서부터 시작되어 꾸준히 노력해야 된다.

평화론의 역사는 전쟁의 역사와 더불어 매우 길다. 평화를 뜻하는 말로 "칼을 팔아 소를 산다(賣劍買牛)"라는 말이 있다. 이렇게 칼을 버리고 자연으로 돌아가는 일이 그토록 어려운 것인지는 잘 모르겠다. 인간들은 끊임없이 비극을 잉태하는 전쟁을 지켜보면서 평화에 대한 욕구를 버리지 않았으며 많은 사람들이 전쟁을 저주하고 평화를 염원하며 권력자의 압박에 항거하여 왔다. 이런 사람들은 전쟁이 없는 상태를 평화라고 여겼다. 단순히 평화란 피상적으로 전쟁의 반대 개념으로 생각하는 경우가 여기에 해당된다. 칸트(I. Kant)의 '영구평화론'도 여기에서 크게 벗어나지 않는다. 그는 국가를 도덕적 존재로 인식한다. 국가는 단일한 개념이 아니다. 모든 국민이 모여서 본래의 계약 개념을 존중하는 사회이다. 통치방식은 대의제를 바탕으로 하여 국가를 구성하는 시민사회를 존중하고 고귀한 존재로써 인식하고 있는 경우에 비교적 평화를 유지할 수 있는 공화정이 좋다고 말하였다.

공화정은 기본적으로 시민사회에 바탕을 두고 있다. 시민은 존재 자체로 고귀하기 때문에 통치자가 이들을 하나의 유희나 사물처럼 다룰 수 없다. 그런 면에서 대내적으로 평화적이다. 또 이들은 상업을 통해서 주변 국가들과 우호 관계를 유지한다. 따라서 전쟁은 자연스럽게 지양될 수밖에 없다. 이로써 상업은 국제적인 평화를 달성할 수 있는 좋은 메커니즘이 된다. 결국 앞의 과정이 반복되는 역사 발전의 축에서 볼 때 하나의 세계 국가까지도 상상할 수 있었다. 하나의 국가가 형성되면 각 국가는 이성에 기초한 도덕적 규범이나 법을 제정하며 이를 실천될 때 영구평화도 가능하리라고 보았다.

자연은 세계의 모든 지역에서 인간이 살 수 있도록 배려했다. 이러한 상황에서 영구평화를 만들어가는 것은 도덕적 정치가와 국민의 몫으로 남게 된 것이다. 어쩌면 인간세계에서의 전쟁과 대립, 갈등은 도저히 피할 수 없는 것일 수 있다. 인간은 스스로의 생존과 이익을 끊임없이 추구하는 본성을 가지고 있으며, 따라서 제한된 자원을 둘러싼 대립과 갈등, 그리고 이에 수반된 폭력적 행위는 인간의 존재 자체와 불가분의 관계에 있기 때문이다. 칸트는 이에 따라 영구평화를 실현하는 데 있어서 법의 확장을 통해 영구평화를 구현하기 위해서는 국제관계에 있어서 역시 법의 중요성을 강조한다.

지구상의 많은 국가들은 서로 다른 민족적, 종교적 특성 등으로 인해 구성 국가 사이에는 반목과 충돌의 가능성이 적지 않다. 따라서 칸트는 국제적인 평화 질서를 보증하고자 보다 거시적인 논의를 제시한다. 그는 인간의 국제적 상호작용에 있어서 하나의 원칙을 제시하는데, 이것이 바로 보편적 우호의 개념이다. 이러한 우호는 일시적인 방문이자 교제의 원칙으로 작용하며, 이것이 전 세계의 보편적 원리로 자리 잡으면서 국가 간의 평화로운 관계를 확립하게 되는 것이다. 이와 달리 루소는 인간의 본성에서 평화의 가능성을 보는 반면, 전쟁은 국가 간의 적대관계에서 일어나는 것으로 이해한다. 이러한 그의 입장은 국가 간에 동맹 관계를 수립하여 전쟁 억제가 가능할 것으로 보았다. 먼저 루소는 "만인의 만인에 대한 투쟁"을 주장하는 홉스를 비판한다. 홉스는 인간 본성을 전쟁 상태로 보고, 부차적으로 평화 추구를 강조한다. 루소는 국가는 그 자신을 증대시켜 나가며 자신보다 강대한 국가가 있을 경우에만 자기 자신이 약하다는 것을 느끼는데, 그 국가는 안정과 그 자신의 보존을 위하여 인접 국가들보다도 더 강력한 국가가 되려 한다. 이러한 속성은 적대 국가를 만들고 힘에 의한 제압을 추구하여 전쟁을 일으키게 된다.

2) 종교의 평화론

이와는 달리 우리는 "평화는 단순히 전쟁이 없는 상태만이 아니다. 또한 전제적 지배의 결과는 더더욱 아니다. 다시 말해 평화는 정의의 실현인 것이다. 평화는 정의에서도 더 초월하는 사랑의 결실이다."라는 기독교의 평화정신을 주목해야 한다. 정의가 존재하는 평화는 양심의 평화를 말하며, 양심은 인류의 보편적 실천 가치이다. 서구 교회의 평화운동은 이데올로기적 대립과 갈등을 극복하고 전쟁을 방지하는 것이 과제로 되어 있지만 기아와 무지, 그리고 예속이 지배하는 제3세계의 교회들에게 있어서 평화운동은 우선 먹고 살 수 있는 생존권과 경제적 발전, 억압과 예속으로부터의 해방, 그리고 정의로운 사회구조의 확립 등이 과제로 되고 있다.

제1세계의 평화 주장과 제3세계의 평화 주장은 서로 구분되어야 한다. 제1세계의 평화 주장은 제3세계가 피식민지가 되고 노예가 되며, 약탈당하는 것을 토대로 한다고 말한다. 그러나 성서가 말하는 평화는 제1세계가 주장하는 평화가 아니라 제3세계의 눌림을 당하는 자들에게 주어지는 평화라고 말한다. 평화운동은 인간의 노력으로 평화를 만들어가는 것이다. 그러기 위해서는 첫째, 전쟁과 폭력을 없애는 운동, 둘째, 자재적인 전쟁과 폭력의 원인을 제거하고 화해와 공존을 가능케 하는 운동, 셋째, 갈등과 적대 관계가 생기지 않도록 사회구조를 만드는 운동의 단계가 필요하다.

한국교회의 경우, 한국교회협의회가 발표한 「민족의 통일과 평화에 대한 한국기독교회 선언」은 "우리 한국교회는 같은 피를 나눈 한 겨레가 남북으로 갈라져 서로 대립하고 있는 오늘의 이 현실을 극복하여 통일과 평화를 이루는 일이 한국교회에 내리는 하나님의 명령이며 우리가 감당해야 할 선교적 사명임을 믿는다."고 말하였다. 또한 「민족분단의 현실」에서는 민족적 적대감과 계층적 갈등의 구조를 극복해야 할 구조로 언급함으로써 사회구조 변혁으로서의 평화운동을 말하고 있다. 특히 남북한 긴장 완화를 위해 평화협정을 요구하고, 핵무기는 결코 사용되어서는 안 되며, 한반도에 배치되었거나 한반도를 겨냥하는 모든 핵무기는 철거되어야 한다고 주장함으로써 서구 교회의 평화운동을 답습하고 있다.

동양의 종교사상에도 평화정신은 분명하게 드러나 있다.

불교에서 말하는 연기론은 "인연생기(因緣生起)" 즉 모든 존재가 인연에 의해 생겨남을 뜻한다. 연기사상에는 상의성(相依性)이라는 개념이 있는데 이는 연기론의 핵심적 의미로서 원시불교에서 화엄종과 천태종, 선종 등의 대승불교에 이르기까지 불교사상의 가장 큰 핵심을 이루는 것이다. 보통의 인과론이 "저것이 있을 때 이것이 있고 저것이 없을 때 이것이 없다"는 시간적 인과 관계를 의미하는 것인 데 비해, 상의성은 "저것이 있을 때 이것이 있고 이것이 있을 때 또한 저것이 있으며, 따라서 저것이 없을 때 이것이 없고 이것이 없을 때 저것이 또한 없다"는 것으로서, 이것과 저것이 서로 의지하여 있다는 것을 의미한다. 그러므로 보통의 인과론이 이것과 저것 사이의 시간적 선후 관계에 주목하여 이를 비대칭적으로 다루는 데 비해, 연기론은 이것과 저것 사이의 상호 의존성에 의한 대칭적 관계까지 포함하는 관점이라고 볼 수 있다. 자연세계이든 인간세계이든 단 하나의 예외도 없이 모든 존재는 그러한 상호 연관성으로 비로소 성립한다는 것이 상의성의 내용이다.

유교의 자연관은 먼저 천인합일(天人合一) 사상을 이야기할 수 있는데,

인간은 자연의 마음을 물려받았음을 전제로 한다. 따라서 유교는 인간과 자연의 조화를 추구하며, 인간의 생명력은 자연에 내재된 도(道)를 뜻한다. 유교에서 말하는 바람직한 삶이란 자연의 도를 본받아 다른 인간과 존재들에게 인(仁)을 베푸는 것이다. 『논어』에 '천리동풍(千里同風)'이라는 어구가 나온다. 이는 "온 세상에 같은 바람이 분다."는 뜻으로 만민이 평등한 가운데 화평을 누린다는 내용이다.

도교의 인간과 사회에 대한 개념은 무위로 대표된다. 무위는 아무것도 하지 않는 것을 의미하지는 않는다. 그것은 단지 과장하지 않음을 뜻한다. 무위는 '무질서'나 '무법칙'이 아니며 억지로 하지 않고 인공의 힘을 가하지 않은 자연스런 행위를 뜻한다. 모든 자연의 과정에서 자연 세계에 무목적의 질서가 내재하거나 인위적인 것이 끼어들게 되면 그것은 항상 의도했던 것과는 정반대로 되거나 실패로 끝날 것이기 때문에 무위 없이는 진정한 삶을 이룩할 수 없다. 즉 바람직한 삶은 자연의 질서를 본받아 무위의 삶을 사는 것이다.

초기의 도가사상에서는 계획적인 인간의 간섭은 자연 변화과정의 조화를 깨뜨리게 된다고 믿었다. 원시농경사회의 자연적인 리듬과 자연의 커다란 움직임 속에서 사심 없이 공동체생활을 영위하는 것이 도가가 이상으로 여기는 사회이다. 장자는 유가에 의해 찬양되는 문화 영웅이나 문화와 제도의 창시자, 사회의 의식과 규범을 만든 성현들까지도 비난했다. 심지어는 지식욕까지도 그것이 경쟁심을 자아내고 물욕을 자아내어 분쟁을 일으킨다고 하여 비판했다. 도가는 당초부터 전쟁이라는 존재를 철저하게 부인한다. 자연 그대로의 상태, 그리고 그걸 누리는 자만이 평화를 획득할 수 있는 것이다. 이는 칸트의 "자연을 탐구하는 자가 평화를 얻을 수 있다."라는 주장이나 고은이 말하고 있는 "평화의 궁극은 아마 자연일 것이다. 아마도 시의 마지막 단계가 이러한 자연과의 일치된 생명성을 가능케 할 것이다."[5]라는 선언과 일맥상통한다.

이와 같이 기독교, 불교, 유교, 도교 등 대부분의 우리 민중이 신봉하는 종교의 이념 가운데에는 전쟁을 부인하고 평화를 요구하는 메시지가 포함되어 있다. 전쟁은 개체생명에 대한 모독이다. 개체생명이 없다면 전체생명은 존재가치가 없다고 볼 수 있다. 평화만이 개체생명과 전체생명을 포함한 온 생명이 존재가치를 지니며 살 수 있는 인류 최고의 가치가 되는 셈이다.

이상에서 서구의 전쟁과 평화론, 그리고 기독교, 유교, 불교, 도교 등 인류에게 보편적인 믿음을 부여하는 여러 종교에 나타난 평화론에 대해 간단하게 살펴보았다.

3. 현대시와 평화사상

앞에서 논의한 것을 토대로 하여 필자는 우리 현대시에 나타난 평화사상을, ① 반전의식을 노래한 시, ② 반독재 민주화 의식을 지닌 시, ③ 통일을 염원하는 시, ④ 인간성 회복의 의식을 지닌 시 등 네 갈래로 나누어 살펴보고자 한다.

1) 반전의식

반전의식을 담은 작품들은 주로 6·25전쟁 와중이나 그 직후에 나온 작품들이 많이 있다. 전쟁 중에는 유치환의 「기의 의미」와 모윤숙의 「국

---

5) 고은, 앞의 글, 288쪽.

군은 죽어서 말한다」, 「이 생명을」, 「검은 머리를 풀어」를 비롯하여 조지훈의 「다부원에서」 등 소위 애국시가 적지 않게 산출되었으나, 그보다는 전쟁의 비인간성과 맹목성, 잔혹성 등을 폭로하며 평화를 갈망하는 반전의식을 담은 작품들이 거의 대부분이다. 그밖에 이윤수의 『전선시첩 2』, 유치환의 『병사와 더불어』, 조영암의 『시산을 넘고 혈해를 건너』 등 애국시가 주 내용인 시집들이 적지 않게 출간되었다. 이러한 작업은 문학이 평화의 언어를 더 많이 찾아나서야 하고 오랫동안 이어온 세계의 민족들의 삶 속에 유전되고 있는 평화의 본성을 새로 찾아냄으로써 그것을 계기적으로 문제화시켜야 할 것이다.[6]

다음 작품은 직접 전쟁의 비극을 들려준다.

현기증 나는 활주로의
최후의 절정에서 흰나비는
돌진의 방향을 잊어버리고
피묻은 육체의 파편들을 굽어본다.

기계처럼 작열한 작은 심장을 축일
한 모금 샘물도 없는 허망한 광장에서
어린 나비의 안막을 차단하는 건
투명한 광선의 바다뿐이었기에—

진공의 해안에서처럼 과묵한 묘지 사이사이
숨 가쁜 제트기의 백선과 이동하는 계절 속—
불길처럼 일어나는 인광의 조수에 밀려
이제 흰나비는 말없이 이지러진 날개를 파닥거린다.

---

6) 위의 글, 287쪽.

하얀 미래의 어느 지점에
아름다운 영토는 기다리고 있는 것인가
푸르른 활주로의 어느 지표에
화려한 희망은 피고 있는 것일까

신도 기적도 이미
승천하여 버린 지 오랜 유역—
그 마지막 종점을 향하는 흰나비는
또 한번 스스로의 신화와 더불어 대결하여 본다.

— 김규동, 「나비와 광장」 전문

여기에서 '흰나비'는 화자를 대신하는 존재다. 시인은 '흰 나비'의 행위 속에 자신을 투영시킴으로써 알레고리의 기법을 응용한다. '제트기'와 '활주로'는 전쟁을 의미하는데, 여기에 '흰나비'를 대립시킴으로써 전쟁이라는 극한적 분위기를 비판하고 있다. 전쟁이라는 현실은 우리를 신의 존재나 기적마저도 인정할 수 없게 만든 것이다. 그러면서 이 작품의 바탕에는 전쟁이 가져다준 비인간화를 비판하고 질서와 평화를 회복하려는 휴머니즘 정신이 반영되어 있음을 알게 한다.[7]

길가엔 진달래 몇 뿌리
꽃 펴 있고,
바위 모서리엔
이름 모를 나비 하나
머물고 있었어요

잔디밭엔 장총을 버려 던진 채

---

7) 한계전, 『한국 현대시 해설』, 관동출판사, 1994, 73쪽 참조.

당신은
잠이 들었죠.

햇빛 맑은 그 옛날
후고구렷적 장수들이
의형제를 묻던,
거기가 바로
그 바위라 하더군요.

기다림에 지친 사람들은
산으로 갔어요
뼛섬은 썩어 꽃죽 널리도록.

— 신동엽, 「진달래 산천」 부분

 6·25전쟁의 가장 큰 특징은 동족상잔의 전쟁이라는 데 있다. 3년에 걸친 전쟁은 남과 북이 서로 밀고 밀리면서 엄청난 사상자를 낳았다. 아름다운 산천마다 시신이 묻혔다. 고향의 진달래가 저리도 붉은 이유는 민족상잔의 비극이 그만큼 컸던 때문이다. "뼛섬은 썩어 꽃죽 널리도록" 진달래는 붉지만, 우리는 아직도 그때의 비극을 극복하지 못하고 있는 게 현실이다. 시인은 전쟁에 대한 직접적인 증오를 드러낸 여타 전쟁시와는 달리 조용한 어조로 전쟁의 비극을 이야기한다. 그리고 거기에는 감상성과 관념성의 단계를 벗어난 소박한 평화세계를 바라는 민족이 있음을 알게 한다.

2) 반독재 민주화 의식

 우리는 일제 강점기에서 해방이 되고도 5년 만에 6·25전쟁이라는 민

   우리 시, 우리 시인

족사상 가장 큰 비극을 거쳤다. 그러면서 민주주의라는 허울을 뒤집어 쓴 독재 지도자의 시대를 관통하며 살았다. 민주화를 외치며 일부 지식인들이 죽거나 투옥되었고, 정치적으로 제거되었다. 이 시절은 평화와 거리가 멀었다. 특히 유신과 5·18광주민주화운동이 발발하던 때에 평화에 대한 갈구는 한층 심화되었다. 자연히 많은 시인들이 반독재를 외치며 거리로 나가거나 작품으로 독재를 고발하였다.

우리 모두 화살이 되어
온몸으로 가자.
허공 뚫고
온몸으로 가자.
가서는 돌아오지 말자.
박혀서 박힌 아픔과 함께 썩어서 돌아오지 말자

우리 모두 숨 끊고 활시위를 떠나자.
몇 십 년 동안 가진 것,
몇 십 년 동안 누린 것,
몇 십 년 동안 쌓은 것,
행복이라던가
뭣이라던가
그런 것 다 넝마로 버리고
화살이 되어 온몸으로 가자.

허공이 소리친다.
허공 뚫고
온몸으로 가자.
저 캄캄한 대낮 과녁이 달려온다.
이윽고 과녁이 피 뿜으며 쓰러질 때

단 한 번
우리 모두 화살로 피를 흘리자.

— 고은, 「화살」 부분

　이 작품은 씌어진 1970년대는 유신독재시대였다. 긴급조치로 대변되는 헌법 유린 현상이 계속되었고, 많은 지식인들과 학생들이 독재에 항거했다. 시대의 어둠은 '캄캄한 대낮'으로 표현된다. 그래서 시인은 우리 모두 화살이 되어 허공을 뚫고 '캄캄한 대낮'이라는 과녁을 향해 날아가서 이에 항거하자는 결의를 작품에 담는다. 평화는 독재와는 동거할 수 없다. 평화를 위해서 독재는 반드시 쓰러져야 할 존재인 것이다. 더욱이 그것이 군사정권이기에 더욱 그러하다.

푸른 하늘을 제압하는
노고지리가 자유로웠다고
부러워하던
어느 시인의 말은 수정되어야 한다

자유를 위해서
비상하여본 일이 있는
사람이면 알지
노고지리가
무엇을 보고
노래하는가를
어째서 자유에는
피의 냄새가 섞여 있는가를
혁명은
왜 고독한 것인가를

우리 시, 우리 시인

혁명은
왜 고독해야 하는 것을

— 김수영, 「푸른 하늘을」 전문

자유를 향한 자의 고독한 의지를 노래한 작품이다. '푸른 하늘'은 자유의 공간이다. 그것을 '제압'당하는 일은 자유를 빼앗기는 것이다. "자유를 위해서/비상하여본 일"은 그저 즐거운 놀이에 그치는 게 아니라 뚜렷한 자유에 대한 의지와 그것을 쟁취하기 위한 투쟁, 그리고 거기에 수반되는 고독한 투지를 일컫는다. 그러기에 "혁명은/왜 고독해야 하는 것"을 강조하고 있다. 자유는 곧 평화이다. 타자에게 속박되는 않는 상태―그것이 다시 타자를 속박하지 않는 한 우리는 평화를 얻게 된다.

3) 염원의식

해방 이후 우리는 외세에 의해 분단되었다. 그리고 지금은 세계 유일의 분단국가로 남았다. 남북의 갈등은 6·25전쟁을 발발시켰고, 현재까지도 대결의 양상을 보이고 있다. 우리는 어려서부터 안석주 작사, 안병원 작곡의 "우리의 소원은 통일, 꿈에도 소원은 통일"이라는 노래를 불렀다. 지금은 북에서도 이 노래를 부른다고 한다. 그만큼 통일은 우리 민족 공동의 소원이다. 여러 차례에 걸친 적십자회담이 열렸고, 두 번이나 남북 최고 지도자가 만났으며, 남북의 이산가족이 상봉하기도 했다.

그러다가 2005년 7월 20일부터 25일까지 평양과 백두산, 묘향산에서 남북문인, 해외 교포작가 등 150여 명이 모인 가운데 민족작가대회가 열렸다. 이는 2000년에 열렸던 남북정상회담에서 결의한 6·15공동선언의 주요 내용인 "남과 북이 자주적이고 평화적으로 통일하자."는 정신을 반영하고 문학에서 통일의 기반을 놓자는 의도에서 열린 대회였다. 이미 2004년에는 『임꺽정』의 작가 홍명희의 손자인 북한 작가 홍석중의 장편소설 『황진이』가 남한의 창비사가 주관하는 만해문학상을 수상하기도 하였다.

그러나 남북문인들이 염원하는 문학의 통일도 이념적인 이데올로기로 말미암아 이루어지지 못했다. 남북의 전쟁이 영원히 종식되고, 민족이 함께 동질성을 회복해야만 이 땅에 평화는 정착될 수 있다. 다음 시는 외세를 배격하고 민족끼리 통일을 이루었으면 하는 꿈을 담고 있다.

> 내 소원은 하나
> 엿장수가 되고 싶습니다
> 엿장수가 되어
> 저 원수 놈의 휴전선 철조망
> 몽땅 잘라다
> 이 나라 방방 골골
> 남북 강산 백두산 넘어 아득한
> 우리 고구려 대륙으로
> 엿장수 마음대로 가위를 치며
> 초콜렛 대신 비스켓 대신
> 우리나라 우리 새끼들에게
> 엿 한판씩 나누어 주고 싶습니다
>
> ― 김효사, 「소원」 전문

'비스켓'과 '초콜렛'으로 상징되는 외세를 배제하고 우리 민족만의

우리 시, 우리 시인

힘으로 통일을 이루었으면 하는 기원을 담은 작품이다. "저 원수 놈의 휴전선 철조망/몽땅 잘라다" 백두산 너머 고구려의 옛 영토였던 만주까지 수복했으면 하는 기원을 담고 있다. '비스켓'과 '초콜렛'을 미국이요, 옛 고구려 영토를 차지하고 있는 것은 중국이다. 두 거대한 외세가 우리의 통일을 막고 있는 셈이다.

> 내가 돌아서드래도
> 그대 부산히 달려옴같이
> 그대 돌아서드래도
> 내 달려가야 할
> 갈라설래야 갈라설 수 없는
> 우리는 갈라져서는
> 디딜 한 치의 땅도
> 누워 바라보며
> 온전하게 울
> 반 평의 하늘도 없는
> 굳게 디딘 발밑
> 우리 땅의 온몸 피 흘리는 사랑같이
> 우린 찢어질래야 찢어질 수 없는
> 한 몸뚱아리
> 우린 애초에
> 헤어진 땅이 아닙니다.

— 김용택, 「우리 땅의 사랑노래」 전문

6·15선언 10주년을 기념하는 작품 가운데 한 편이다. 시인은 여기에서 "갈라져서는/디딜 한 치의 땅"도 없고 "누워 바라보며/온전하게 울/반 평의 하늘"도 없는 좁디좁은 우리 땅이 왜 이리 찢어지고 갈라져야 하는가 하는 물음을 우리에게 던진다. 우리는 애초에 '헤어진 땅'이 아

니었기에 분단의 현실이 더욱 서럽다.

4) 인간성 회복의식

앞에서도 언급한 것처럼 평화의 반대어는 전쟁이 아니다. 전쟁으로 말미암아 우리들의 가장 큰 손실은 인간성의 상실이다. 모든 문학운동과 글쓰기는 인간성을 지키는 데 있다. 따라서 문학에 있어서의 평화사상은 단순히 반전운동에 그쳐서는 안 된다. 문학 속에서의 평화는 인간사와 관련된 비본질적인 요소와 비인간적인 요소를 제거하는 원초적 인간세계의 지향점이라 할 수 있다.[8]

> 우리에게
> 평화의 길만 걸어가게 하소서
> 사람의 안경을 끼고
> 세상을 평화롭게 보도록 하소서
>
> 세상에서 가장 의로운 사랑은
> 진솔하고 부지런한 사람입니다
> 가장 아름다운 목소리로 사랑을 노래하게 하소서
>
> 21세기를 열어가는 오늘
> 우리 서로 믿고 도우며
> 더불어 살 줄 아는 지혜를 갖게 하소서

---

8) 윤병로, 「한국문학에서의 전쟁과 평화의식」, 『대동문화연구』 제19집, 성균관대학교 대동문화연구원, 1985, 52~53쪽.

이 땅의 총칼 말끔히 거두어 가게 하시고
물신주의와 어떤 외세에도 의연할 수 있는
알찬 민족이 되게 하소서

어떻게 하면 참되게 살 수 있는가를
항상 생각하는 민족이 되게 하소서
우리 모두 평화가 얼마나 소중한가를
진정 깨닫게 하소서

— 김원중, 「평화를 여는 기원」 전문

위의 시는 평화의 개념이 무엇인가를 단적으로 보여주고 있다. 그것은 "진솔하고 부지런한 사람"이 지닌 "의로운 사랑"이며 "더불어 살 줄 아는 지혜" 가운데 자리하고 있음을 알게 한다. 그렇게 되었을 때 "물신주의와 어떤 외세에도 의연할 수 있는" 것이며 "이 땅의 총칼 말끔히 거두어 가게" 하는 것이다. "진솔하고 부지런한 사람"이 평화의 모태라는 것은 다음 시에서 한층 명백해진다.

사람들아, 사람들아
왔던 길은 모두 잘려 나가고
가야할 곳은 길이 없다.
뉴욕 쌍둥이 빌딩이건
런던 지하철 폭탄 테러건
문제는 사람이다.
사람이 문제다.
검은 숯덩이 같은 까마귀
갈가마귀 되지 말고
산빛 깨치고 일어나
해맑은 해 덩어리의

사람이 되자.

— 강우식, 「평화, 문제는 사람이다」 전문

    평화를 지키려는 존재도 사람이요, 평화를 파괴하고자 하는 존재도 역시 사람이다. 9 · 11테러사건은 동서의 종교적 갈등에서 비롯되었고, 런던 지하철 폭탄 테러는 완고한 민족주의에서 파급된 비극이었다. 테러는 사람이 저지르는 가장 추악한 행위 가운데 하나이다. 전쟁 상태가 아닐 뿐더러 더욱이 민간인을 상대로 한 살상 행위는 사람의 가치를 부인하는 야만이 저지른 행위로 지탄받아 마땅하다. 그래서 시인은 "산빛 깨치고 일어나/해맑은 해 덩어리의/사람이 되자."고 역설한다. 평화를 지키려는 존재도 사람이고 그것을 깨뜨리는 존재도 사람이기 때문에 "문제는 사람이다"라고 절규한다. 평화를 지키려는 이는 어린아이와 같은 심성을 가진 사람이어야 한다.

아이들은 천연색 자연이다
아무도 그 노래 막을 수 없고
아무도 그 웃음 지울 수 없다

뿌리에서 물기 차오르는 나무처럼
절로 솟구치는 희망과 꿈

전쟁이 휩쓸고 간 폐허에서도
눈비 몰아치는 벌판에서도
쑥쑥 속눈 틔워 일어선다

속눈썹 파르르 미소 지으며
평화로운 초록빛 세상

힘껏 끌어안고

저 하늘 높이높이
온 우주 내 세상
그렇게 자란다
내일도 그렇게 자라나는 것이다

— 김후란, 「초록빛 세상을」 전문

시인은 자라나는 아이들만이 '평화'를 가져온다고 믿는다. 아이들은 "전쟁이 휩쓸고 간 폐허"에서도 "뿌리에서 물기 차오르는 나무"와 같이 '속눈' 틔워 일어선다. 아이들은 '천연색 자연' 막을 수 없는 '노래'와 지울 수 없는 '웃음'을 지니고 있다. 그래서 아이들의 세상은 언제나 "평화로운 초록빛 세상"이다.

목마른 긴 밤과
미명의 새벽길을 지나며
싹이 트는 씨앗에게 인사합니다
사랑이 눈물 흐르게 하듯이
생명들도 그러하기에
일일이 인사합니다

주님,
아직도 제게 주실
허락이 남았다면
주님께 한 여자가 해드렸듯이
눈물과 향유와 검은 모발로써
저도 한 사람의 발을
말없이 오래오래
닦아 주고 싶습니다

오늘 아침엔
이 한 가지 소원으로
기도드립니다

— 김남조, 「아침기도」 전문

시인은 지상의 인간이 지켜야 할 소중한 것, 사랑과 생명이 충만한 세계에 대한 희구를 드러낸다. 막달라 마리아가 예수의 발을 닦아준 것처럼 시인은 자신을 낮추고 신에 대한 사랑, 인간 생명에 대한 사랑을 노래한다. 그것은 '향유'라는 모성의 이미지를 내세워 이 땅 위의 인간을 아끼고 키우며 사랑하겠다는 기원을 담고 있다. 인간에 대한 사랑은 바로 평화 그 자체이다.

4. 결언

협의의 평화란 '전쟁이 없는 상태'를 뜻하지만 광의의 평화는 '사회의 물질적, 계급적 모순이 없는 상태'를 말한다. 문학은 평화를 이끌어내는 힘이 되어야 한다. 사르트르는 그의 참여문학론에서 인간의 실존성 즉 인간의 자유의 확보와 확장의 가치를 이야기하였다.[9]

"평화는 반드시 실현 불가능한 것이 아니며, 전쟁도 반드시 불가피한 것은 아니다."라는 케네디(J. F. Kenedy) 대통령의 취임사처럼 그것이 가능하든, 또는 불가능하든 우리는 평화의 정착을 믿으며 살아갈 수밖에 없다. 문학은 문학만을 위한 작업이 될 수는 없다. 문학인은 사회에 대해 나름대로의 책무를 가져야 한다. 그 책무가 인류의 평화적 가치의 추

---

9) 박이문, 「어떤 글쓰기가 평화를 위한 것인가」, 『평화를 위한 글쓰기』, 앞의 책, 584쪽.

구라면 더더욱 그렇다.

문학 속의 평화사상 연구는 민족의 주체성을 찾는 작업이다. 그리고 민족의 염원인 통일을 실현하는 초석이 되리라 믿는다. 우리 민족에게 평화와 통일은 실현 불가능한 일일 수만은 없다. "그렇게/그 날이 왔으면/천둥 치듯 왔으면"(김호길, 「그 날」) 하고 노래하며 '태평무'를 출 수는 있어야 한다.

미주의 한인문학

1. 한국문학의 정의

한국문학의 정의를 살펴보면, 한국 사람이 모국어인 한글로써 한국의 정서를 나타낸 작품을 말한다. 그런데 한인문학이란 집필의 주체가 한국 사람으로서 한국어나 외국어로 창작한 문학을 뜻한다는 것을 의미할 것이다. 이에 의하면 국외 한인문학이란 외국 여러 지역에 나가 사는 우리 동포들이 현지에서 한글이나 현지어로 창작하는 문학작품을 일컫는다. 재외 한국인이 한글로써 문학 활동을 할 때, 우리는 주저 없이 이를 한국문학이라고 칭한다. 그러나 재외 한국인이 영어, 중국어, 러시아어 등 현지어로써 문학 활동을 하는 경우에는 문제가 다를 수도 있다. 예를 들어 미국 동포가 한글이나 영어로 문학 활동을 하거나 중국 동포의 경우 한글과 중국어, 러시아 고려인의 경우 한글과 러시아어로 문학 활동을 펴는 경우가 된다. 그러나 조선시대 우리 조상들이 창작한 한문문학을 광의의 한국문학의 범주에 포함시키고 있는 것과 같은 맥락에서 우리는 외국어로 표기된 우리 교민의 작품을 한국문학에 포함시켜도 별무리가 없다는 결론에 도달할 수 있다.

이렇게 세계 여러 지역에서 이루어지고 있는 한인문학은 민족문학으로서 중요한 가치를 지니고 있다. 일찍이 한국이라는 지역문학을 주도한 한글작품은 민족문학의 실체인 동시에 세계문학의 한 구성 요소이기 때문이다. 따라서 한반도 밖의 세계 여러 지역에서 형성되고 있는 한인들의 작품들은 우리 통일문학사의 필수적인 재료로 활용하게 된다.

따라서 한인문학의 영역은 세계의 해당 거주 지역에 걸쳐서 생활하는 1세대 및 2세대, 3세대 한인들이 모국어인 한국어를 비롯하여 다양한 현지어로 작품 활동을 하는 문인들과 그들의 작품을 모두 포괄하여 접근 대상으로 삼는 것은 한국문학의 외연을 넓히는 길이기도 하다. 따라서 본고에서는 미국 교민으로서 한글로 발표된 작품과 함께 현지어인 영어로 발표된 작품을 포함하여 이번 논의에 붙이고자 한다.

미주에서의 한인문학은 먼저 영어로 발표되었다. 그러다가 1980년대에 들어서면서 미주 한인문인들의 한글문학이 집중적으로 발표되면서, 본격적인 미주 한인문학이 꽃피우기 시작하였다. 미주 이민 100주년의 나이테를 새겨온 미주 한인문단은 그 문학 성과라는 측면에서 미주를 제외한 여타 지역의 국외 한인문단과는 달리 활성화되고 있어 눈길을 끈다. 우선 미주의 한인문단은 근년 들어 일본이나 중국 또는 중앙아시아 지역의 그것에 비하여 두드러지게 많은 활약을 보이고 있다.

2. 미주 한국문학의 개관

대한제국 당시인 1903년 1월 13일 소수의 한인들이 일본의 고베항을 거쳐 가엘릭호를 타고 호놀룰루 부두에 입항한다. 제물포를 떠난 지 22

일 만의 일이다. 이때 한인의 숫자는 고작 93명이었다. 이들은 사탕수수 농장에서 노예나 진배없는 처우를 받으며 노동에 종사하였고, 고국의 처녀들과 사진결혼을 통해 차츰 교민사회를 이루어 나갔다. 1903년 안 창호가 미국 본토에서 한인단체를 처음 조직하였지만, 1907년 이후 본 토 이민이 금지되면서 하와이 교민은 증가하였다.

이렇게 한말 우리 조상들이 하와이에 첫발을 내디딘 지 벌써 1백 년 이 넘어 어느덧 미주 이민 100주년이라는 역사가 기록된 것이다. 초기 미주에서의 한글작품은 1900년대 『신한민보』 등에 게재된 소박한 수준 의 것으로서 그 질과 양의 면에서 크게 주목을 받지 못했다.

미주 한국문학의 본격적인 출발은 1930년대에 들어서야 그 싹을 틔운 다. 강용흘이 한국적인 소재를 가지고 영어로 발표한 소설 『초당』(1931) 으로 미국 문단에 이름을 알린 것이다. 그 후 20여 년이란 공백기를 거 쳐 1950년대 이후 김용익의 『꽃신』(1956), 박인덕의 『행복의 계절』 (1960)과 김은국의 『순교자』(1964), 『죄 없는 사람들』(1968), 『빼앗긴 이 름』(1970) 등의 수준 높은 영문소설들이 잇달아 발표되어 한인의 문학을 알리기 시작했다. 1980년대에 접어들어 미국 주류문단에서 주목받은 차 학경의 소설 『딕테』(1982), 박태영의 『죄의 대가』(1983)에 이어 김난영의 『토담』(1986) 등이 발표된다. 또한 1990년대에 와서 이창래의 『본토박 이』(1995), 『제스처 인생』(1999), 이혜리의 『쌀의 정물화』(1996), 수전 최 의 『외국인 학생』(1998), 단리의 『황인종』(2000) 등이 연이어 발표되어 현지문단의 호평을 받았다.

1950년대 한국의 가난한 농어민의 생활상을 그린 『꽃신』과 오리건대 학원 졸업논문으로 제출된 『토담』은 미국 문단으로부터 대단한 찬사를 받았으며, 한국계 미국 시민으로서의 정체성을 파악하고자 노력한 『본

   우리 시, 우리 시인

토박이』는 미국 유수의 문학상인 '헤밍웨이 펜 어워드'를 수상하기도 했다. 김은국의 세 작품은 신과 인간과의 실존적인 문제를 묘파한 가작으로 노벨상 수상에 접근한 작품이라는 평가를 받기도 하였다. 이 무렵에는 시 부분보다 소설 부문에서 한인들의 활동이 두드러졌다.

이에 비해 미주의 한글문학은 1970년대까지도 미미한 수준이었다고 해도 과언이 아니다. 그러나 1965년 10월에 있었던 미국 이민법의 개정 공포를 계기로 해서 점차 다수의 한인들이 새 삶의 터전을 찾아 미주대륙으로 이주해오게 된다. 이런 미주 이민 대열에는 중산층이 그 주류를 이루고 있어 다른 지역과는 다른 문학적 토양을 배태하고 있었다.

이를 바탕으로 하여 1980년대에 접어들어 미주 한인문단에 한글문학의 정착기를 이루게 된다. 당시 한인문단을 이끈 문인들의 면모를 살펴보면 최태응, 박남수, 고원, 한무학, 주평, 이철범, 김용팔, 김선현, 김송현, 김호길, 마종기, 최연홍, 송상옥, 전달문, 이언호, 박상륭, 조윤호, 이세방, 이계향, 김송희, 박시정, 곽상희, 최정자 등이다. 이들은 대부분 한국 문단의 원로이거나 중견 이상의 문인들이었다. 이들은 이미 모국 문단에 등단 절차를 밟았거나 현지에서 등단한 후배 문인들과 더불어 각 지역의 문인단체를 결성함과 동시에 여러 문예지를 창간하여 한글문학을 활성화하는 데 이바지하였다.

1982년에는 서부지역에 사는 한인 문인들 가운데 일부가 미주 한인문인협회를 결성하고, 그해 가을에 송상옥, 최백산, 김명환, 전달문 등 11명의 문인이 편집인으로 참여한 가운데 기관지 『미주문학』을 창간하였다. 『미주문학』은 창간 이래 최근까지 결호 없이 꾸준히 간행되었는데, 미주 문예지로선 유일하게 한국문예진흥원의 지원금을 받아 계간으로 발간되고 있다. 창간호 권말에는 당시 미주에 거주하는 문인과 문학 동호인들의 주소록이 게재되었는데, 그 숫자가 101명에 이르렀다. 1983년에는 미주 크리스천문인협회가 발족되고 다음해에 기관지 『크리스찬문학』이 창간되었다. 이어서 1887년에는 재미시인협회가 출범하여 장르 전문지의 효시인 연간 사화집 『외지』가 발간되었으며, 2004년에는 시 전문지 『미주시세계』가 연간으로 창간되었다.

1995년 가을에는 10년 전부터 김호길 시인을 중심으로 행해오던 시조 연구회를 미주 시조시인협회로 재발족한 이후 문예지 『해외시조』 등을 간행하며 이국에서도 민족 고유의 문학 장르인 시조 창작과 보급에 힘을 기울이고 있다. 1997년에는 조윤호가 해외한민족작가협회를 창립하여 전 세계에 걸친 한민족문학 네트워크를 구축하며 신인 배출 역할도 겸해 기관지 『해외문학』지를 연간으로 꾸준히 펴내고 있다. 또한 1999년 가을에 전달문, 김문희 등이 주축이 되어 재미수필문학가협회를 창립하고 그해 연말 『재미수필』지를 창간한 이래 현재까지 연간으로 간행해오고 있다. 2001년에는 미주 소설가협회가 결성되고 이민 100주년 기념으로 한국소설가협회와 공동 작품집 『나는 지난 여름 네가 그 땅에서 한 일을 알고 있다』를 출판한 바 있다. 이밖에 LA 지역에서는 2003년에 미주 한국아동문학가협회까지 발족되어 매년 『미주아동문학』을 간행하면서 문학 세미나와 신인상 제도를 열고 있다.

한편 동부지역에서도 한인문학 활성화에 노력하였다. 1985년부터 문예지 『신대륙』을 3호까지 내오다가 1989년에 미국 동부 한국문인협회를 발족하여 1991년에 기관지 『뉴욕문학』을 창간하였으며, 애틀랜타문인협회에서는 『한돌문학』을 간행하는가 하면, 1990년에는 워싱턴문인회가 결성되어 『워싱턴문학』을 창간하여 오늘에 이르고 있다. 한편 시카고 지역에서는 1983년에 명계웅을 중심으로 시카고문인회를 발족하고

1996년 『시카고문학』을 창간하여 지금까지 발간하고 있다. 한편 1990년에는 뉴욕을 중심으로 미주 크리스천문학가협회가 발족되고 기관지로 『미주이민문학』을 창간하였다. 같은 해 워싱턴수필가협회에서 동인지 『워싱턴뜨기』를 펴냈고, 2001년부터 미주 한국수필가협회에서 정기간행물 『미주에세이』를 간행하고 있다.

이처럼 지역 한인문학단체가 속속 모습을 드러낸 가운데 2000년대에 들어서는 미주 전체의 문인들이 참여하는 단체들이 속속 결성되어 미주 한인문학의 발전과 더불어 국제교류를 도모하고 있다. 2001년에는 시인 전달문 등이 주동이 되어 국제펜클럽한국본부 미주지역위원회가 동부와 서부지역 문인을 한데 아우른 가운데 결성되어 2년 후 기관지 『미주펜문학』을 연간으로 간행하는 한편 매년 미주펜문학상을 수여하고 있다. 2002년에는 이민 100년을 계기로 미주 한인문학단체연합회가 결성되어 배정웅, 이언호, 전달문, 명계웅 등 각 문학단체의 대표가 참여하여 『한인문학대사전』을 엮어내는 쾌거를 이루었다.

3. 미주 한국문학의 현황

현재 한국과 미국에서 등단 절차를 마친 문인 수는 LA 지역 2백여 명, 기타 지역 2백여 명 등 모두 4백 명 정도이다. 미주 한인문단은 한인들이 많이 모여사는 LA 중심의 서부와 뉴욕 중심의 동부로 크게 양분할 수 있다. 그들은 미국 주류문단과는 대조적으로 민족공동체적 소수 민족의식과 이방인 의식에서 스스로 여러 문학단체를 결성하고 문예지도 발간하고 있다. 이들 작품의 주제는 고달픈 이민생활과 문화적 충격에 대한 갈등이 대부분이다.

미주에 거주하는 문인들의 작품을 살펴보면 나름대로의 유사성을 가지고 있다. 강용흘을 비롯한 초창기 한인문인들은 한국의 정서를 작품에 담았다. 시대가 끌어안고 있는 민족의 아픔과 생활상을 묘사한 작품을 영어로 발표하여 미국 문단의 주목을 받았다. 그리고 미국 문단에 한국을 알리는 역할을 담당하기도 하였다. 그러나 1980년대 이후 한국어로써 창작된 작품들이 대거 발표되면서, 이들 작품이 모국의 문예지에 수록되거나 미주의 한인잡지에 게재됨으로써 미국 문단과는 어느 정도 거리를 두게 된다. 또 미주에 자리 잡은 한인 가운데 모국의 문예지를 통해 문단에 데뷔하는 문인의 숫자가 증가하면서 미주 안에서의 한인문학은 나름대로의 특성을 지닌다. 다시 말해 이민문학으로서의 성격이 작품 가운데 고스란히 드러나는 현상을 보여주고 있다. 여기에서 미주에서 활동하는 한국 문인들의 시작품에 나타난 문학세계를 살피고자 한다.

1) 경계인으로서의 삶

미주의 한인들은 시민권을 가졌든, 혹은 영주권만을 획득했든 철저한 이방인이고 주변인일 수밖에 없다. 주변인은 주변인들끼리 모여 LA에서, 또 뉴욕에서 자신들만의 타운을 건설하고 모든 일상을 그곳에서 해결하였다. 하루 종일 영어를 한 마디도 사용하지 않아도 생활에 불편을 느끼지 못한다. 그들은 비록 미국의 제1도시와 제2도시에 살고 있지만 한인이라는 의식을 버리지 못한 채 지내고 있는 것이다. 대부분의 한인 문인들도 한글잡지와 한글신문에 작품을 발표하면서 지내고 있다. 한인 타운은 미국 가운데의 작은 섬이다. 미국 사회와 담을 쌓고 자신들의 영역을 지키고 산다. 그래서 미국 사회는 우리에게 낯설기 마련이다. 어떤 의미에서 그들은 코리안도 아니고 아메리칸도 될 수 없다. 그래서 코메리칸이란 용어가 생기기도 했다. 그들은 고국과 미국을 가르는 경계선 상의 어정쩡한 군상들일 따름이다.

> 사는 것이 낯설수록
> 길은 여기저기서
> 성급하게 꺾여 있다가
> 오래 걸어 허리가 아플 때쯤에야
> 낯설기 때문에 아름답고 슬펐던 길의
> 긴 방황이 몸져 누운 게 보인다.
>
> 삶이 짧을수록 낯선 길은 멀다
> 뒤돌아보지 말라고
> 꿈은 언제나 낯선 길 앞에서 몸을 드러내고 있다.
>
> — 김문희, 「낯선 길」 부분

　미국으로의 이민을 우리는 아메리칸 드림이라고 불렀다. 그래서 너도 나도 미국으로의 이민을 택한다. 그러나 그곳은 결코 낙원은 아니었다. 삶은 낯설기 그지없다. 그러나 그 길은 여기저기서 성급하게 꺾여 있어 방황이 몸져누운 게 보이기까지 한다. 그래서 화자는 "삶이 짧을수록 낯선 길은 멀다"라고 느낀다.

> 남의 땅, 남의 골목길에
> 남의 글로 문패를 단다.
> 주소 없는 소포처럼
> 동서양을 방황하던 지친 날개를 접고
> 한 조각 남의 땅에
> 토질에 맞지 않는 꽃밭을 가꾼다.

고국에서 함께 온 인격은
아직 이민 짐에 묶어둔 채,
온몸이 발이 되어
월부 인생을 뛴다.

재봉공도 아닌 재봉공,
청소부도 아닌 청소부,
펌푸맨도 아닌 펌푸맨,
소작인처럼
남의 직업을 대신 뛰고
남의 인생을 대신 살아준다.

— 김병현, 「남의 땅, 남의 골목길」 부분

그곳은 철저하게 남의 땅이고 남의 골목길이었다. 그리고 남의 글로 문패를 단다. "토질에 맞지 않는 꽃밭"을 가꾸는 일도 남의 땅에서나 가능한 일이다. 고국의 꽃은 그곳의 땅에 뿌리를 내리기 힘들다. 남의 땅에 씨를 뿌리고 꽃을 보기 위해서는 엄청난 노력을 해야만 한다. 우리네 인생도 그러하다. 모국에서 한 번도 해보지 못한 재봉공, 청소부, 펌프맨 노릇을 하며 "남의 직업을 대신 뛰고/남의 인생을 대신 살아준다". 고국에서의 인격이나 지위는 이곳에서 아무런 의미가 없다. 다만 낯선 땅에서 살아남기 위해 "인격은/아직 이민 짐에 묶어둔 채" 월부 인생을 살아야 한다. 고국에서는 도저히 할 수 없는 직업을 택할 수밖에 없는 신세로 전락한 것이다. 그곳의 주류사회에는 들어갈 수 없는 외계인처럼 경계선 바깥을 빙빙 돌 뿐이다. 철저히 소외된 존재요, 단독자로서의 존재가 이민자의 삶이다. 그 사실을 깨달았을 때 비로소 인간의 실존이란 무엇인가 의문을 갖게 마련이다.

사람들은 가끔 내게 묻는다
미국 사신 지 얼마나 됐느냐고
그러면 나는 대답한다
한 삼십 년쯤 됐노라고
사람들의 얼굴은 갖가지로 변한다
놀라는 사람, 안됐어 하는 사람, 부러워하는 사람
나도 처음엔 사람들을 만나면 늘 물었다
미국에서 사신 지 얼마나 됐느냐고
그러나 이젠 이따위 질문은 하지 않는다
십 년인들 어떻고 이십 년이면 어떻고 또 삼십 년인들 어떻다는 말인가
아무리 살아도 노오란 얼굴은 그대로이고
부룩큰 잉글리쉬도 그대로이고
가슴이 헛헛한 것도 그대로인 것을
이제는 그런대로 성공했다고 말해주어도
왜 우리는 이렇게 쓸쓸하기만 한가
처음 이민 보따리를 쌓을 때 그때가 더 행복했던 것을
가난하지만 꿈이 있었던 것을
사람들은 또 내게 물을 것이다
미국에 오신 지가 얼마나 됐느냐고
그러면 나는 대답해 주리라
바로 어제였다고

— 김옥교, 「이민」 전문

　미국으로 이민 온 지 30년이 되어도 "바로 어제였다고" 대답할 수밖에 없는 것이 바로 이민자의 비극이다. 그는 '노오란 얼굴'을 하고 '부룩큰 잉글리쉬'를 사용한다. 30년 전 잘살아보겠다는 꿈을 간직한 채 이곳으로 와서 남들은 "그런 대로 성공했다고 말해주어도" 화자의 가슴은 쓸쓸하기만 하다. 고국에서의 그 시절엔 비록 가난했으나 꿈이 있었지만, 이젠 꿈마저 사라지고 없다. 사라진 꿈 대신에 비집고 들어온 현실

은 공간적인 거리와 함께 문화적 차이가 주는 간극만큼이나 메울 수 없는 것이다. 그건 아무리 씻고 화장을 해도 사라지지 않는 '노오란 얼굴'에 대한 자괴감으로 드러난다.

2) 민족 정체성의 재인식

이민자로서의 동화되지 못한 삶은 결국 "나란 어떤 존재인가?" 하는 물음으로 귀결된다. 이는 자신에 대한 자각인 동시에 민족에 대한 재인식의 단초이다. 풍요로운 삶을 추구하고 보다 나은 환경에서의 활동을 꿈꾸던 이민자의 헛헛한 가슴을 뚫고 솟아나오는 것은 인간 존재의 가치인 것이다. 그래서 이민자는 스스로 맨해튼의 석공을 자처한다.

석공이었다
그는

어두운 골목길에
가로등만 있어도
돌아가고 싶은
백제의 남정이었다

아사녀의 얼굴을 들고
만하탄의 표정 없는
돌을 쪼으면

석정 소리에도
귀가 먹은
바닷가 도시

쉴새 없이 떠내려 보내도
남아도는 멍든 하늘을
허드슨 강물은 손을 저으며
바다에 주저앉는다

보슬비도 장대같이 내리는
만하탄의 비를 맞으며
침묵으로 탑을 쌓는
석공이여

짚어보라면 서투른
곰나루의 멀어진 표적을
밤에나 볼 수 있는 그런 별처럼
가슴에 안고

그림자도 생기지 않는 무영탑을
쌓으며 오르는
백제의 석공

아! 그는
만하탄 숲속에서 울고 있나니.

— 김윤태, 「아사달」 전문

아사달은 석공 중에서도 백제인 석공이다. 아사달이 석가탑을 건조할 때 이미 백제는 멸망하고 난 뒤였다. 시인은 "짚어보라면 서투른/곰나루의 멀어진 표적을/밤에나 볼 수 있는 그런 별처럼/가슴에 안고" 백제 최고의 석공 아사달이 그림자도 없는 무영탑을 쌓은 것과 마찬가지로 맨해튼의 거리에 침묵으로 탑을 쌓는다. 마치 아사녀가 탑의 그림자를 찾지 못해 영지에 투신한 것처럼 시인은 맨해튼 숲속에서 비를 맞으며 울고 서 있을 뿐이다. 그러나 비록 영지에 그림자가 비치지 않았다고 해도, 무영탑은 우리 겨레가 세계에 자랑할 만한 문화재이다. 시인은 맨해튼 한복판에 고국의 무영탑을 세우고 싶어 한다.

호박 심은 데는
호박 나야 한다고
심은 자의 땀이 헛되서는
안 된다고

말라버린 밑둥치에서
멀리 떠나와
기를 쓰고 피워 올린
샛노란 호박 꽃송이
그 환한 호박꽃 숨진 자리에
애처롭게 매달린
애기 호박 하나
아, 삶도 이렇게 깊을 수 있다면.

— 김행자, 「호박꽃」 전문

우리 옛말에 "콩 심은 데 콩 나고 팥 심은 데 팥 난다."라는 속담이 있다. 이와 함께 호박 심은 데 호박이 나는 것은 당연하다. 가난이 싫다하여 고국에서 멀리 미국까지 이민 온 것처럼 "말라버린 밑둥치에서/멀리 떠나와"도 호박은 기를 쓰고 샛노란 꽃송이를 피워낸다. 애기 호박꽃은 비록 "애처롭게 매달린" 존재이지만 시인은 그것을 부러워한다. 호박 심은 데서 호박꽃이 달리는 깊은 자연의 이치 때문에. 우리 삶은 그렇지 못한 데도 말이다.

 우리 시, 우리 시인

조개의 연한 살 찢고 속에 박힌
모래알 하나

쓰리고 아픈 고통 내뿜지 못하고
흐르는 눈물의 진액으로
모래알 감싸 안으며
사랑의 암석으로 키워간다
긴긴 세월 인내로 기르는
작은 돌

바닷가에 씻길수록 영롱한 빛깔의
고운 자태
고통과 눈물과 애정으로 쓰다듬으며
빚어낸 보석

어미 조가비 내면에 새겨진
애절한 줄무늬 사연

어미 조개의 생명줄 끊고 태어난
희생과 눈물의 결정체
진주.

— 최루시, 「진주」 전문

조개는 자기 몸에 이물질이 들어오면 이를 바깥으로 배출하려고 분비물로 감싸기 시작한다. 분비물이 더께를 더해감으로써 마침내 이물질은 영롱한 빛깔의 진주로 변한다. 진주는 이처럼 고통과 눈물과 희생의 결정체이다. 이 작품에는 비록 현재의 삶이 힘들지라도 고통과 눈물과 희생을 통해 이민자로서의 정체성을 찾고 싶은 시인의 고백을 담고 있다.

3) 모국에의 향수

고향은 어머니와 동의어이다. 고향과 어머니는 안식처요, 죽어서라도
만나고 싶은 존재이다. 더욱이 만 리도 넘는 남의 땅으로 삶의 터전을
옮긴 이들에게 고향이란 한층 정겹고 따뜻한 곳이 아닐 수 없다. 남의
땅에서 경계인으로 살면서 자신이 이방인임을 느낄 때 그들은 고향을
찾고 고향의 풍광을 그리워한다. 미주 한인들의 작품에는 향수를 제재
로 한 것들이 많다.

> 고향집 뒷산 하나 넘어
> 선산으로 가던 길
> 한나절 발 부르트게
> 엄마 손 잡고 따라가던 날
>
> 성황당 마루에서
> 무서워 돌 하나 던지고
> 새끼 머슴 등에 업혀가던 길
> 난 연두저고리에 다홍치마 입고
> 철없이 그저 즐겁기만 하던 날
> 소복한 어머니의 긴 곡소리
> 빈손 울림 되어 돌아오면
> 어쩐지 나도 조금은 슬퍼져 찔끔 울었지
>
> 그날
> 아버지 무덤가에 피어 있던 들꽃 한 송이
> 오늘도 그곳에 피어 있을까
> 무심히 울던 산새들
> 아직도 그날처럼 울고 있을까.

오늘 우리들은 어쩌다가 이리 먼 곳까지 흘러와서
고향의 한가위를 그리워하나
이제는 성묘 갈 선산도 없고
그저 먼저 간 얼굴들을 그려본다.

오늘 밤 한가위날
휘영청 보름달이나 뜨면 좋겠다.
고향집 꿈이나 꾸면 좋겠다.

— 김옥교, 「한가위날」 전문

우선 위의 작품에서 눈에 띄는 것은 시어가 주는 고국의 정취이다. '성황당 마루', '새끼 머슴', '연두저고리'와 '다홍치마', 그리고 '한가위' 등의 시어는 이국에서는 도저히 맛볼 수 없는 우리만의 정서이다. 이런 한국적 정서는 자연스레 고향을 떠올리게 만든다. 그러다가 "휘영청 보름달이나 뜨면" 떠나온 고국과 고향, 그리고 "소복한 어머니"와 "아버지 무덤가에 피어 있던 들꽃 한 송이"가 더욱 절절하게 그리워진다. 그래서 "어쩌다가 이리 먼 곳까지 흘러와서/고향의 한가위를 그리워"하면서 "고향집 꿈이나 꾸면 좋겠다"라고 기원한다.

아직도 그 바닷가
모래알의 노래는 그대로 들리는지
들려다오 그 노래를
알알이 쌓여 간 모듬의 생애를

아직도 그 숲에
산새소리 그대로 우짖는지
전해다오 그 정경을
오솔길의 전설을.

아직도 그 늪에
하늬바람 그대로 불어오는지
답해다오 그 환희를
뭍을 향한 섬 소녀의 동공을.

봄이 오면 뭍으로 돈벌이 떠난다던
그 소녀 고향 찾았는지.

알려다오 그 소녀의 설움을
'이어도' 노래의 역사를.

연지 찍고 육지로 시집갔다
시댁을 떠났다던 그 여인
지금쯤 고향 찾았는지
전해다오 그 여인의 한을.

바람 따라 밀려와 고국을 삭이는
실향민의 망향은
고향생각 드리우며 마음 앓는
잃은 자의 설움이
태평양을 넘나드는 한의 소리로
메아리 되어 돌아옴을
너는 아는가.

들려다오 고향의 그 노래를.

— 전달문, 「망향소곡」 전문

시인에게 고향은 '모래알의 노래'와 '산새소리'와 '소녀의 동공'으로 기억된다. 그러나 시인은 "바람 따라 밀려와 고국을 삭이는/실향민의 망향"을 안고 살아간다. 그래서 "고향생각 드리우며 마음 앓는/잃은 자의 설움이" 한으로 맺혀 있다. 시인은 고국에 대한 망향을 "모래알의 노

우리 시, 우리 시인

래"에서, "이어도 노래의 역사"에서 "시댁을 떠난 여인의 한"에서 찾고 싶어 한다. 시인은 제주 출신이다. 제주의 바다와 산타모니카의 바다가 서로 연이어 있듯 "고향의 노래"가 태평양을 넘어 메아리가 되어주길 기다린다. 망향은 서러움이요 기다림이다. 이민자의 삶이 아무리 풍요하다 해도 내 고향에서의 궁핍한 생활보다는 조금도 나을 게 없다.

4) 모국 문단에 대한 의존성

일제 강점기에 경제적인 동기와 정치적인 이유 등으로 인해 많은 한인들이 중국, 만주, 연해주 등지로 망명의 길을 택했다. 1920년대 이후 극심한 생활고는 100만 명이나 되는 연변 이민자를 만들었으며 이민자들은 조선족 문단을 탄생시켰다. 처음 이들의 활동은 본국의 문단에 의지하였으며 그 영향 아래 놓여 있었다고 해도 과언은 아니다. 그만큼 러시아의 연해주 일대와 만주의 용정 일대의 한글문단은 한반도 문학의 한 지류였다. 그러나 일제 강점기 무렵에는 지류였던 그곳에서 생활하던 문학도들이 광복 후 한국에 돌아와서 오히려 한국의 중심문단에 적잖은 기여를 해왔음도 부인할 수 없는 사실이다. 남한 측 경우만 하더라도 서울 문단에서 활동하는 문인들 태반이 청소년기에 식민지의 고뇌가 서려 있는 압록강, 두만강 건너의 이국 체험을 활용해서 역사의식의 각인과 제재의 확대를 꾀해 왔던 것이다.

그렇지만 이와는 달리 고려인 문단이나 조선족 문단에 비해서 이민의 역사가 조금도 뒤지지 않는 미주 문단은 아직도 상당 부분 고국의 문단에 의존하고 있는 게 현실이다. 미주의 여러 지역 문인단체에서 간행하는 대다수 문예지들과 개인의 작품집들의 출판이 서울에서 이루어지고 있고, 문단 데뷔 역시 고국에 의지하는 경향이 있으며, 심지어 문인단체

선거전마저 미주문학은 거의 서울 문단의 아류적 자세에서 벗어나지 못하고 있다.

이와 같은 미주 문단의 고국 의존 형태는 미주 문단이 몇몇 문인을 제외하고는 비교적 낮은 수준에 머무르고 있는 현상과 연결된다. 국내의 일부 문예지 가운데에는 신인 등단 절차를 사적인 이익을 위해 악용하는 잡지들이 적지 않은데, 이들이 미주 한인을 대상으로 상업성을 띠는 경우가 많은 것은 크게 우려할 만한 상황이다. 또한 현지에서 한글 독자층이 얕은 탓에 문예지와 시집 등이 상품적 가치를 획득하지 못한 점도 커다란 약점이다. 이러한 현지문단의 풍토는 작가들에게 절실한 집필 동기를 부여하지 못하는 한 원인이 되기도 한다.

그렇지만 대부분의 미주 문인단체와 고국에서 발행되는 일련의 문예지들은 미주 문인들에게 지면을 할애하여 창작 활동을 지원하는 등의 사업을 활발하게 전개함으로써 미주 한인문학 발전과 미주 한인문단의 활성화에 한 축을 담당하리라는 기대를 하게 만든다.

4. 결언

이상으로 미주 한인문단에 대해 살펴보았다. 이런 접근 노력은 곧 미주 한인문학의 방향모색은 물론이요 한국문학의 발전과 직결되는 과제이기 때문이다. 미주를 포함한 세계 속의 한인문학은 각 지역의 문화 정보가 혼효된 가운데 나름대로 한국인이라는 정체성을 추스르는 문학적 과제를 가진다. 이유가 어떻듯 모국을 떠나 낯선 땅에서 이민족 틈에 섞여 생활하는 한인들은 말 그대로 소수민족 출신의 주변인이자 경계인일 수밖에 없다. 이는 불안의식과 직결된다. 이런 불안의식은 뼈저린 소외

  우리 시, 우리 시인

감과 향수로 표현되게 마련이다. 그렇지만 이국에서의 삶의 실상이나 절실한 감정들을 속속들이 표출해낸 한인 문학작품들은 더 소중한 민족 문학의 자산이 아닐 수 없다.

이민 100년사를 지낸 미주 한인문학은 모름지기 한반도 밖 한글문단과 현지어 문단이라는 측면에서 새로이 한인문학을 주도하는 역할을 맡아야 할 것으로 기대된다. 더구나 한반도에 인접한 재일동포 문인들이 한국어를 경원한 채 일본어 위주로 작품을 창작하는 경우를 감안하면 미주 현지어를 통한 주류문단 진입과 한글문단의 활성화는 한국문학의 입장에서 그만큼 든든할 수밖에 없다. 한글과 영어를 통한 이중언어의 작품으로써 미주의 주류사회에 진입하는 한인 문인들은 오히려 선진된 미주의 문화를 선별적으로 수용하기 수월하다는 일면을 지니고 있음도 부인할 수 없는 요소들이다. 그만큼 우리의 전통의식과 문화의 전파라는 측면에서 보면 다중언어사회, 다문화사회인 미주에 대한 문화적 소개에도 장점을 지니고 있다. 따라서 미주의 한인문단이 이런 장점을 십분 활용한다면 한국문단의 발전에도 효과적으로 기여할 것으로 기대한다.

백석 시에 나타난 고향

1

"남쪽에 정지용이 있다면 북쪽에는 백석이 있다."라는 말이 있다. 그것은 정지용과 백석 두 시인 모두 고향에 관한 시가 많기 때문이 아닐까. 충북 옥천 출신의 정지용은 「고향」, 「향수」 등 고향을 소재로 한 작품이 다수 있는가 하면 평북 정주 출신의 백석은 시집 『사슴』에 수록된 많은 작품이 고향의 풍물과 민속, 인물을 대상으로 하고 있음을 알 수 있다.

백석(白石, 본명은 백기행)은 1912년 평북 정주군 갈산면 익성동에서 부친 백용삼의 장남으로 출생했다. 오산소학교와 오산학교를 거친 그는 1929년 오산고보를 졸업하였다. 그가 문단에 데뷔한 것은 1930년 1월 『조선일보』 신년현상문예에 단편소설 「그 모(母)와 아들」이 당선된 뒤였다. 1934년 도쿄의 아오야마(靑山)학원을 졸업한 그는 조선일보사에 입사하여 교정부 일을 하였다. 그리고 그해에 단편소설 「마을의 유화」와 「닭을 채인 이야기」를 『조선일보』에 발표하였다.

　백석은 1935년 8월 30일 시 「정주성(定州城)」을 『조선일보』에 발표함으로써 본격적인 시인으로서의 활동을 벌이게 되고 1936년 1월 30일 모두 33편의 시를 묶어 첫 시집 『사슴』(100부 한정판)을 상재한다. 그 후 1936년 4월에 조선일보사를 사직하고 시인 김동명의 추천으로 함흥 소재 영생고보의 영어교사로 부임한다. 여기에서 그는 연인 자야를 만나게 된다. 1938년 겨울방학을 기해 영생고보를 사임한 그는 1939년 1월 조선일보사에 재입사하여 『여성』의 편집을 담당하였다. 이듬해 만주의 신경으로 건너간 그는 만주국 국무원 경제부에 들어가 6개월가량 일했다. 1942년 무렵에는 안동(安東, 현재의 단둥)에서 일본 출판사인 왕문사에서 편집을 맡기도 했다. 1945년 해방 후 그는 신의주를 거쳐 고향 정주로 돌아왔고 고향에서 과수원 일을 하며 지냈다. 1947년부터 북한에서 작품 활동을 하던 백석이 죽은 것은 1963년이라고 알려져 있다. 그는 한때 잊혀진 작가였다. 소위 월북작가로 분류되었기 때문이다. 그러나 그는 엄밀한 의미에서 월북작가는 아니다. 해방을 맞아 고향인 정주에 그냥 남아 있었을 뿐이다. 1980년대 후반 해금이 되고서 백석에 대한 본격적인 일반의 관심이 높아지게 되고 그의 작품을 모은 『백석시선집』(창작과 비평사, 1987)이 출간되었다.

　백석의 시는 시대적으로 큰 변화를 보이지 않는다. 그의 시에서 일관되게 흐르고 있는 특징은 상실한 고향에 대한 향수, 유년시절의 반추, 방언과 특유의 문체 등으로 나타난다. 그의 작품에는 고향에 대한 그리움을 노래한 작품이 많다. 이를 일제의 수탈과 이로 인한 가족공동체의 해체가 불러일으킨 옛것에 대한 집착으로 보고 민중적 리얼리즘 시각에서 평가할 수도 있다. 그러나 일제하의 작품이라는 이유로 시에 드러난 민족의 삶의 모습을 사회적 관점에서 평가하기보다 시 자체의 서정성을 들여다보는 방법이 적합하다는 생각이 든다.

　백석이 시집 『사슴』을 낸 1936년은 모더니즘의 영향이 문단에 보편화되던 시기였다. 이 무렵 정지용의 『정지용 시집』이 발간되었고 김기림의 「기상도」가 발표되었다. 백석이 견지하고 있는 시작방법은 묘사 위주다. 이 무렵 백석은 감정과 정서를 철저하게 배제하면서 어린 화자의 시선으로, 평북 방언으로 고향의 풍물과 민속, 인물을 묘사하고 있다. 이러한 백석의 묘사 위주의 창작방법을 가장 먼저 지적한 사람은 김기림이다. 당시 백석과 함께 조선일보사에 근무하고 있었던 김기림은 백석의 시집이 발간되자 『조선일보』를 통해 서평을 내놓았다. 그는 백석의 작품이 지닌 모더니티를 언급했다.

　　백석은 우리를 충분히 애상적이게 만들 수 있는 세계를 주무르면서도 그것 속에 빠져서 어쩔 줄 모르는 것이 얼마나 추태라는 것을 가장 절실하게 깨달은 시인이다. 차라리 거의 철석(鐵石)의 냉담에 필적하는 불발한 정신을 가지고 대상과 마조 선다. 그 점에 『사슴』은 그 외관의 철저한 향토 취미에도 불구하고 주착없는 일련의 향토주의와는 명료하게 구별되는 '모더니티'를 품고 있는 것이다.

　모더니즘 시인들은 신선한 감각으로서 현대의 기계문명이 주는 인상을 그리는데, 언어의 가치, 시각적 영상 등 여러 가지 가치의 상호작용에 의한 전체적 효과를 의식하면서 시를 창작한다. 백석은 당대에 풍미하였던 모더니즘 조류 중 이미지즘 성향을 흡수하되 그것에 빠져들지는 않았다. 그런 점이 모더니즘 시인들과 다르다. 다시 말해 백석은 고향의 풍물과 민속, 인물을 대상으로 하는 작품을 창작하면서 당대의 이미지스트과 같은 묘사의 방법을 사용하고 있지만, 방언이라는 독특한 방식으로 고향세계를 전개했다는 점에서 다른 모더니즘 시인들과는 차별된다. 백석은 작품의 창작방법론에서 묘사라는 진술을 선택한 것이다. 백석이 묘사에 관심을 보이는 이유는 그가 소설로 등단하였고 시를 발표하기 전까지 소설을 두 편이나 발표하였다는 사실과 관련이 있는 것으로 보인다. 소설은 서술자의 의도나 감정을 직접 토로하는 것이 아니라 사건과 행동, 인물의 성격, 분위기 등을 묘사를 통해 보여주는 방법을 즐겨 사용한다. 이처럼 대상을 묘사함으로써 간접화시키는 백석의 시작 방법론은 시 이전에 소설을 발표했던 것에서 비롯된 창작 태도라고 볼 수도 있다.

그러나 백석은 1936년 1월 23일자 『조선일보』에 시 「통영」(동명의 작품으로 모두 3편이 전한다)을 발표하는 것을 계기로 하여 묘사 일변도의 진술방법에서 탈피한다. 시인은 이 작품에서 묘사의 기법을 통해 통영을 그리고 있으면서도 마지막 연에서 시적 화자의 상태, 그중에서도 화자의 느낌을 직접 진술하고 있다. 이것이 초기 시들과의 차이이다. 이는 묘사만으로 시적 깊이를 획득하기 어렵다고 생각하고 서사를 시에 끌어들이면서 돌파구를 마련했다고 하는 논자들의 지적이 타당성을 얻는다.

2

문학작품을 창작하는 데 있어 시대적 상황이 끼치는 영향은 매우 크다. 그것은 문학이 시대상을 반영하는 예술이기 때문이다. 시인 백석이 작품 활동을 한 무렵 일제의 강압적 식민지정책이 극에 달해, 자율적인 문화 활동은 자연 위축될 수밖에 없었다. 그로 인해 문학은 민감한 사회상을 반영할 수 없었고, 역사를 제재로 삼거나 대중적 애정을 다루었고,

다른 한편으로는 순수 지향과 주지적 방향으로 나아갈 길을 모색하기도
했다.

1930년 당시의 시대적 상황은 조국을 상실한 좌절과 절망 속에서 자
아를 찾으려는 몸부림과 가치관의 변화로 인한 갈등의 시기였다. 이와
같은 심리적 배경은 많은 시인들에게 고향으로의 회귀 의지를 드러내는
작품을 양산하게 만들었고, 그것은 고향이나 모성을 노래하는 귀소본능
으로 형상화되었다. 고향은 운명적 공간이다. 운명적 공간은 문학에 영
원한 모티프가 되기 마련이다. 이러한 고향의식을 깔고 있는 작품은 심
리적 표출방법들이 다양한 그리움의 양상으로 표출된다. 그 대표적 심
상으로 들 수 있는 향수는 고향에 대해 원형적이고 심리적인 배경을 드
러내게 하는 개념이다.

고향이란 모성의식과 결부된 본능적 공간이다. 상상력이 마음껏 펼쳐
지는 풍요의 의미이기도 하지만 추상적 장소로서 현실과의 불일치로 인
한 도피공간이기도 하다. 따라서 균열된 사이로 비집고 들어오는 향수
는 현재라는 공간과 시간의 불만족 내지는 결핍의 요소가 작용하여 발
생하는 것이면서 고독의 세계로부터 궁극적으로는 자아성찰의 기회로
까지 연결되기 마련이다.

현대인은 고향을 상실하고 유랑하는 존재이다. 우리 민족에게는 실제
적 고향 상실이라는 불행한 상황이 유난히 많았다. 일제의 지배와 민족
의 분단으로 인한 커다란 고통의 상처는 아직도 아물지 않은 상태이다.
이러한 이유로 우리 민족에겐 필연적으로 고향에 대한 생각이 남다른
바 있으며 누구에게나 안식처가 되는 고향은 중요한 문학적 소재로 취
급된다. 따라서 고향은 오랫동안 많은 이에게 시의 원천이 되기도 하고
끊임없이 반복될 수 있는 전형적 상황이라는 점에서 문학의 창작 동기

가 된다.

당대의 문학작품에는 고향을 잃은 실향의식이 유난히 많이 나타난다. 나라를 빼앗긴 울분과 가족 해체, 유랑민의 애환이 주제로 등장한다. 당시 많은 민족의 구성원들이 간도, 만주, 연해주 등지로 살길을 찾아 이주하기도 하였다. 그런가 하면 일제 침략의 마수는 이곳에서도 민족을 얽어매었다. 일제는 만주에 대한 영향력을 확대하고, 독립군의 활약을 차단하기 위해 조선 유이민 및 항일 투쟁단체에 대한 대대적인 토벌을 시행한다.

그래서 그들은 더욱 먼 땅 시베리아를 향해 다시 짐을 꾸리게 된다. 이용악의 시 「낡은 집」(1938)에는 이런 정경이 리얼하게 그려져 있다.

재를 넘어 무곡을 다니던 당나귀
항구로 가는 콩실이에 늙은 소
모두가 없어진 지 오랜
외양간에 아직 초라한 내음새 그윽하다만
털보네 간 곳은 아무도 모른다.

찻길이 뇌이기 전
노루 멧돼지 족제비 이런 것들이
앞뒤 산을 마음 놓고 뛰어다니던 시절
털보네 셋째 아들
나의 싸리말 동무는
이 집 안방 짓두광주리 옆에서
첫울음을 울었다고 한다.

"털보네 또 아들 봤다우
송아지래두 불었으면 팔아나 먹지"
마을 아낙네들은 무심코

차그운 이야기를 가을 냇물에 실어보냈다는
그날 밤
저릅등이 시름시름 타들어가고
소주에 취한 털보의 눈도 일층 붉더란다.

그가 아홉 살 되던 해
사냥개 꿩을 쫓아다니는 겨울
이 집에 살던 일곱 식솔이
어데론지 사라지고 이튿날 아침
북쪽을 향한 발자욱만 눈 우에 떨고 있었다.

더러는 오랑캐령 쪽으로 갔으리라고
더러는 아라사로 갔으리라고
이웃 늙은이들은
모두 무서운 곳을 짚었다

이용악은 이 작품에서 식민지시대 농민의 몰락상을 감정 이입 없이 객관적으로 노래했다. 여기에는 조선 유민의 비극이 명징하게 드러나 있다. 북쪽의 ‘오랑캐령’이나 ‘아라사’는 낯설고 물선 무서운 땅이었다. 만주도 무섭다고 하지만 아라사는 그곳보다도 한층 무서운 곳이었다. 그러나 살길이 막막한 털보네 일곱 식솔은 눈이 오는 날 그 ‘무서운 곳’으로 떠나고 말았다. 이것은 털보네 가족사를 통해 우리 유민의 비극성을 극명하게 보여주는 작품이라고 할 수 있다.

정지용의 「고향」과 백석의 「고향」을 함께 살펴보기로 한다. 먼저 정지용의 작품 「고향」이다.

고향에 고향에 돌아와도
그리던 고향은 아니러뇨.

산꿩이 알을 품고
뻐꾸기 제철에 울건만,

마음은 제 고향 지니지 않고
머언 항구(港口)로 떠도는 구름.

오늘도 뫼끝에 홀로 오르니
흰 점꽃이 인정스레 웃고,

어린 시절에 불던 풀피리 소리 아니나고
메마른 입술에 쓰디쓰다.

고향에 고향에 돌아와도
그리던 하늘만이 높푸르구나.

　여기에서 시적 화자가 고향에 돌아와서도 '그리던 고향'은 아니라고 말하고 있다. 시적 화자는 고향에 대한 상실감을 느낀다. 그 이유가 명확하게 서술되어 있지는 않지만 시에서는 "산꿩이 알을 품고/뻐꾸기 제철에 울건만//마음은 제 고향 지니지 않고/머언 항구(港口)로 떠도는 구름."이라고 말하고 있다. 즉 고향은 변하지 않았지만 시적 화자의 마음이 고향을 떠나 항구로 떠도는 마음이기 때문이라고 해석된다. 또 "오늘도 뫼끝에 홀로 오르니/흰 점꽃이 인정스레 웃고,//어린 시절에 불던 풀피리 소리 아니나고/메마른 입술에 쓰디쓰다."라고 말하고 있어 역시 고향의 자연은 변함이 없지만 자신이 변해서라고 해석할 수 있다. 이는 고향이 변해서라기보다는 화자 자신이 변했기 때문이다. 나아가 시인이 이런 변화와 상실감을 확인할 수밖에 없는 이유는 주권을 빼앗긴 당대의 현실이 그 주요 원인이었을 것이라고 이해할 수 있다.

다음은 백석의 작품 「고향」이다.

나는 북관(北關)에 혼자 앓아 누워서
어느 아침 의원(醫員)을 뵈이었다.
의원은 여래(如來) 같은 상을 하고 관공(關公)의 수염을 드리워서
먼 옛적 어느 나라 신선 같은데
새끼손톱 길게 돋은 손을 내어
묵묵하니 한참 맥을 짚더니
문득 물어 고향이 어데냐 한다.
평안도(平安道) 정주(定州)라는 곳이라 한즉
그러면 아무개 씨(氏) 고향이란다.
그러면 아무개 씰 아느냐 한즉
의원은 빙긋이 웃음을 띠고
막역지간(莫逆之間)이라며 수염을 쓴다.
나는 아버지로 섬기는 이라 한즉
의원은 또다시 넌즈시 웃고
말없이 팔을 잡아 맥을 보는데
손길은 따스하고 부드러워
고향도 아버지도 아버지의 친구도 다 있었다.

낯선 북관(함경남도 지방)에서 고향을 그리워하던 화자가 의원과의 대화를 통해 고향의 정을 느끼는 상황을 형상화한 것이다. 그러면서 서정을 바탕으로 하긴 하였지만 그 안에는 서사적인 요소를 지니고 있다. 시상의 전개로 보아 1, 2행은 북관에서 의원에게 진찰을 받고 있으며, 3행에서 7행까지는 화자에게 고향을 묻는 의원, 8~12행은 고향의 아무개 씨와 친구인 의원, 13~15행은 부드럽고 따스한 정으로 진맥하는 의원, 16, 17행은 의원의 손길을 통해 고향과 아버지에 대한 그리움에 젖는 화자의 느낌을 전해준다. 한마디로 기승전결의 서사적 구성이 나타

난다.

두 작품 가운데 전자는 서정성을, 후자는 서사성을 드러낸다는 점에서 확연하게 차이가 있다. 그리고 앞의 작품은 화자의 실향을 시대상과 결부시켰지만, 뒤의 작품에는 그런 시대적인 환경과는 무관하게 사람이면 누구나 갖게 되는 고향에 대한 애착만이 엿보인다.

3

백석의 작품 중에는 고향을 소재로 한 작품이 가장 많은 부분을 차지한다. 유년시절의 기억과 풍물, 그리고 고향의 사투리, 동네 어른들이 흔히 시의 소재로 등장한다. 그리고 이런 고향에 관한 작품들은 대개 서사적이다. 다음 작품이 그 가운데 하나이다.

> 눈이 오는데
> 토방에서는 질화로 우에 곱돌탕관에 약이 끓는다
> 삼에 숙변에 목단에 백봉령에 산약에 택사의 몸을 보한다는 육미탕이다
> 약탕관에서는 김이올으며 달큼한 구수한 향기로운 내음새가 나고
> 약이 끓는 소리는 삐삐 즐거웁기도 하다
> 그리고 다딸인약을 하이얀 약사발에 밭어놓은 것은
> 아득하니 깜하여 만년 옛적이 들은 듯한데
> 나는 두손으로 공이 약그릇을 들고 이약을 내인 옛 사람들을 생각하노
> 라면
> 내마음은 끝없이 고요하고 또 맑어진다.

—「탕약」 전문

자신의 생각과 마음을 고백하는 방식은 이제까지의 시에서 보여주던 간접 제시의 방식과는 다른 방법론으로 시인의 관심이 객관적인 대상을

묘사하는 것에서 주관적인 생각과 마음의 세계로 바뀌었음을 보여준다. 이후 백석의 시작 방향은 생각과 정서를 직접 술회하는 쪽으로 기울어지게 된다. 감정과 정서를 철저하게 배제하고 묘사에만 치중하던 초기와 다르게 이때는 화자의 생각과 감정에 기울여져 있음을 볼 수 있다. 1936년에서 1938년 사이에는 단순히 생각과 마음의 세계를 발견한 화자의 모습만 나타나 있다면 그 이후의 시는 화자의 생각과 감정을 진술하거나 토로하고 있음을 불 수 있다. 이런 시작 태도에서 시인이 공간성보다는 시간성에 관심을 갖고 있음을 알게 한다.

이 시기는 백석 개인에게 어렵고 사연이 많았던 시기이면서 동시에 민족 전체에게도 혹독한 고난의 시기였다. 그래서 시인은 제어하기 어려운 쓸쓸하고 외로운 감정을 직설적으로 토로한다. 그러면서도 스스로를 다잡기 위해 노력한다. 그 가운데 자연과 대지의 생명력에 의지하는 강인한 태도를 견지하려는 시인의 의지가 담겨 있다.

어느 사이에 나는 아내도 없고, 또,
아내와 같이 살던 집도 없어지고,
그리고 살뜰한 부모며 동생들과도 멀리 떨어져서,
그 어느 바람 세인 쓸쓸한 거리 끝에 헤매이었다.
바로 날도 저물어서,
바람은 더욱 세게 불고, 추위는 점점 더해 오는데,
나는 어느 목수네 집 헌 삿을 깐,
한 방에 들어서 쥔을 붙이었다.
이리하여 나는 이 습내 나는 춥고, 누긋한 방에서,
낮이나 밤이나 나는 나 혼자도 너무 많은 것같이 생각하며,
딜옹배기에 북덕불이라도 담겨 오면,
이것을 안고 손을 쬐며 재 우에 뜻 없이 글자를 쓰기도 하며,
또 문 밖에 나가지두 않구 자리에 누워서,

 　　　　　　　　　　　　　우리 시, 우리 시인

머리에 손깍지베개를 하고 굴기도 하면서,

나는 내 슬픔이며 어리석음이며를 소처럼 연하여 새김질하는 것이었다.

내 가슴이 꽉 메어 올 적이며,

내 눈에 뜨거운 것이 핑 괴일 적이며,

또 내 스스로 화끈 낯이 붉도록 부끄러울 적이며,

나는 내 슬픔과 어리석음에 눌리어 죽을 수밖에 없는 것을 느끼는 것이었다.

그러나 잠시 뒤에 나는 고개를 들어,

허연 문창을 바라보든가 또 눈을 떠서 높은 천장을 쳐다보는 것인데,

이때 나는 내 뜻이며 힘으로, 나를 이끌어 가는 것이 힘든 일인 것을 생각하고,

이것들보다 더 크고, 높은 것이 있어서, 나를 마음대로 굴려가는 것을 생각하는 것인데,

이렇게 하여 여러 날이 지나는 동안에,

내 어지러운 마음에는 슬픔이며, 한탄이며, 가라앉을 것은 차츰 앙금이 되어 가라앉고,

외로운 생각만이 드는 때쯤 해서는,

더러 나줏손에 쌀랑쌀랑 싸락눈이 와서 문창을 치기도 하는 때도 있는데,

나는 이런 저녁에는 화로를 더욱 다가 끼며, 무릎을 꿇어 보며,

어느 먼 산 뒷옆에 바우섶에 따로 외로이 서서,

어두워 오는데 하이야니 눈을 맞을, 그 마른 잎새에는,

쌀랑쌀랑 소리도 나며 눈을 맞을,

그 드물다는 굳고 정한 갈매나무라는 나무를 생각하는 것이었다.

—「남신의주 유동 박시봉방」 전문

역시 서사적이다. 일제 강점기 말기에 중국 등지를 떠돌아다니며 쓴 작품으로 당대 지식인으로서 무기력하게 살아가는 자신의 모습을 돌아보고 반성하며 쓴 작품이다. 시인의 유랑의식이 그대로 드러난다. 고향을 떠난 화자가 유랑, 방황의 삶의 살다가 어느 집에 더부살이 하면서 무기력감에 젖어 세월을 보내다가 이윽고 굳고 정한 '갈매나무'를 생각

하며 자신의 삶을 반성하고 있다. 그러면서 고통스러운 삶을 이기려는
의지가 엿보인다.

오대(五代)나 나린다는 크나큰 집 다 찌그러진 들지고방 어득 시근한 구
석에서 말쿠지와 숫돌과 신뚝과 그리고 옛적과 또 열두 데석님과 친하게
살으면서

한 해 몇 번 매연지난 먼 조상들의 최방등 제사에는 컴컴한 고방 구석을
나와서 대멀머리에 외얏 맹건을 지르터 맨 늙은 제관의 손에 정갈히 몸을
씻고 교의 우에 모신 신주 앞에 환한 촛불 맡에 피나무 소담한 제상 우에
떡 보탕 식혜 산적 나물 지짐 반봉 과일들을 공손하니 받들고 먼 후손들의
공경스러운 절과 잔을 굽어보고 또 애끊는 통곡과 축을 귀애하고 그리고
합문 뒤에는 흠향오는 구신들과 호호히 접하는 것

구신과 사람과 넋과 목숨과 있는 것과 없는 것과 한 줌 흙과 한 점 살과
먼 옛 조상들과 먼 홋자손의 거룩한 아득한 슬픔을 담는 것

내 손자의 손자와 나와 할아버지와 할아버지의 할아버지와 할아버지의
할아버지의 할아버지와…… 수원 백씨(水原白氏) 정주 백촌(定州白村)의
힘세고 꿋꿋하나 어질고 정 많은 호랑이 같은 곰 같은 소 같은 피의 비 같
은 밤 같은 달 같은 슬픔을 담는 것 아 슬픔을 담는 것

—「목구(木具)」 전문

작품 전체에 화자의 회귀의식이 곳곳에서 드러나 있음을 알 수 있다.
여기에서 '목구'는 조상과 자손이 서로 만나는 사물에 해당되면서 "슬
픔을 담는 것"으로 이미지화된다. 이 대비는 귀신과 사람, 넋과 생명의
대비이며 있는 것과 없는 것의 대비이다. 이 대비가 슬픔을 담는 것으로
전이된 목구에 응집되고 있음을 볼 수 있다. 시적 화자에게는 미래에 대

우리 시, 우리 시인

한 비전이 없다. 그래서 비애감에 깃든 화자는 고향을 그리워한다. 고향
은 인간에게 애착과 회귀의 대상이다. 일반적으로 인간은 행복한 삶을
살아갈 수 있는 장소를 원하며 집과 고향은 이러한 인간 염원의 공간이
다. 백석의 고향에 대한 애착은 궁핍한 현실과 시대적 격변 속에서 자아
를 찾고자 하는 욕구와 세계에 대한 총체적 인식을 회복하고자 하는 의
도에서 출발한 것이라 볼 수 있다. 시를 통해 유년시절로 회귀하려는 백
석의 시도는 해체된 대가족주의와 고향이 가지고 있는 질서를 확인하는
것이다.

4

　이상으로 백석의 시가 보여주는 고향의식에 대해 살펴보았다. 그의
작품 중 많은 작품이 고향을 소재로 한다. 그에게 있어 나타난 고향의
모티프는 실제 작품에서 유랑의식과 회귀의식으로 형상화된다.

　그의 시를 처음 대할 때 느끼는 곤혹감은 낯선 평북 방언 때문이다.
그러나 방언이 주는 곤혹감은 낯설게 하기의 효과를 지니고 있다. 그것
은 독자들에게 언술 자체에 관심을 집중하게 만든다. 비록 독자들이 언
어의 정확한 의미는 모른다 해도 작품이 제기하는 정서에 빠져들게 한
다. 그의 시에는 그의 고향인 평안북도 정주 지방의 방언이 날것 그 자
체로 나타난다. 이로 인해 시가 덜 다듬어지고 세련미가 적다고 볼 수
있다. 그러나 그것은 오히려 질박함에서 오는 편안함과 순수함이 친근
함으로 다가온다. 이로써 그가 모국어를 사랑하고 꾸밈없는 자연미에
얼마나 관심이 큰가를 알 수 있다. 시의 형식면에서는 산문시가 많이 나
타나는데, 이로 인해 함축적이기보다는 서사적인 면이 두드러진다.

　백석이 1930년대라는 우리 민족의 암울한 시대에 작품 활동을 하였으나 그의 시는 오히려 서정적인 면이 두드러진다. 그가 비록 실향의 고통과 비애, 고향에 대한 회귀 의지를 나타내기는 하지만, 일제의 지배를 직접적으로 비판하는 민족적 색채를 띠지는 않는다. 이는 백석 시의 고통과 비애가 일제라는 시대적 현실에서 야기된 것이 아니라 시인의 본원적인 고독에서 나온 것임을 말하는 것이다.

 　　　　　　　　　　　　　　　　　　　　　　　우리 시, 우리 시인

절대고독과 절대신앙의 변증법

— 김현승의 시세계

1. 서언

커피를 유난히 좋아해서 다형(茶兄)이라는 호를 사용했던 시인 김현승(金顯承, 1913.4.4~1975.4.11)은 평양에서 목사인 부 김창국(金昶國)과 모 양응도(梁應道)의 6남매 중 차남으로 출생하였다. 평양에서 태어났지만 목사인 부친을 따라 엄격한 기독교식 가정교육을 받으며 제주도와 광주 등지에서 성장하였다. 그는 어린 시절 광주 양림동에 살면서 미션 계통인 숭일학교 초등과를 다녔으며 평양으로 건너가 숭실중학교를 졸업하고 1932년 숭실전문학교 문과에 입학하였다. 1934년 숭실전문학교 2학년 재학 당시 교지에 실린 그의 작품 「쓸쓸한 겨울 저녁이 올 때 당신들은」과 「어린 새벽은 우리를 찾아온다 합니다」를 본 교수 양주동(梁柱東)이 『동아일보』 문화부장 서항석(徐恒錫)에게 천거하여 동지에 게재됨으로써 문단에 나왔다. 김현승은 "나의 육체가 성장한 곳은 광주이지만 내 정신이 성장한 제2의 고향은 평양"이라고 회고하고 있다. 이후 김현승은 가끔 『조선시단』과 『동아일보』에 「묵상수제」, 「유리창」, 「철교」, 「이별의 시」 등 이미지즘 계열의 작품을 발표하여 임화, 김기림, 정지용, 홍효민 등으로부터 인정을 받기 시작한다. 1936년 숭실전문학교를 졸업하고 모교인 숭일학교 교사로 부임한 김현승은 이듬해 신사참배 문제로 검거되어 한차례 고초를 겪었는데, 이런 일련의 사건들이 그의 절필 사유가 되었다. 광복 후에는 숭일학교 교감으로 취임하면서 다시 시작 활동을 재개하였다. 1951년 조선대학교 부교수에 임용되었다가 다시 1960년 숭실대학 부교수로 취임하는 한편 한국문인협회 부이사장을 역임하였다. 김현승은 일제 강점기에 젊음을 보내고 해방과 6·25전쟁을 겪었으며, 전후 이념적, 경제적, 도덕적 황폐에서 민주화와 경제성장시대를 살아가면서 신앙인으로, 지식인으로, 문학인으로의 치열한 삶을 살았다. 일제 강점기에는 강인한 의지와 민족적 낭만주의 경향의 시를 썼으나, 광복 후에는 기독교적인 신앙과 사상에 입각한 내부적 생명의 세계를 추구함으로써 절대자와 고독한 인간의 대화, 문명적인 시대 상황, 사랑, 신앙, 고독 등의 인간 조건에 대한 탐구를 보여준다. 따라서 그의 시에는 기독교적이고 주지적인 성격이 강하게 나타나게 된다. 그의 시는 일제 식민지 치하의 어둠과, 해방 후의 혼란을 거쳐오면서 일관되게 정직, 청결, 고독, 엄격성 등을 기반으로 한 시적인 삶과 인간적 삶을 통해 인간 본질에 관해 어느 시인보다 끈질긴 탐구를 보여왔음도 사실이다. 그러나 중요한 것은 그의 시에 나타난 정신사적 맥락을 살핌에 있어 '양심'과 '고독'이란 언어로 대표되는 인간적 사고와 삶, '참회'와 '신'에 대한 찬미로 대표되는 종교적 사고와 삶의 관계라 할 것이다. 왜냐하면 그의 시와 삶 속에 나타난 이 두 가지 요소의 변증법적 관계를 올바로 이해하지 않고서는 그의 정신사적 면모를 파악했다고 할 수 없기 때문이다.

그는 독실한 기독교인으로서 기독교 정신과 인간주의의 인생관을 시로 형상화하여 자신만의 시세계를 추구하였다. 생전에 시집으로는 『김현승시초』(문학사상사, 1957), 『옹호자의 노래』(선명문화사, 1963), 『견고한 고독』(관동출판사, 1968), 『절대고독』(성문각, 1970) 등 4권이 있다. 이밖에 1974년 관동출판사에서 『김현승 시 전집』을 펴냈으며, 유고시집으로 『마지막 지상에서』(창작과 비평사, 1977) 등이 있으며, 사후 산문집으로 『고독과 시』(지성산업사, 1977), 『가을에는 기도하게 하소서』(예전사, 1984) 등이 있다. 이후 그의 작고 30주년을 기려 『김현승 시 전집』(민음사, 2005)이 간행되었고, 『다형 김현승 시 전집』(한림출판사, 2009)도 출간되었다.

2. 문학세계의 변천 유형

김현승의 문학세계는 평자에 따라 시기 별로 3기 혹은 4기로 구분하는데, 여기에서는 네 단계로 구분하기로 한다. 제1기는 『동아일보』에 처음 시를 발표한 1934년부터 절필한 1938년까지로 볼 수 있다. 이 시기에는 그의 청신한 감각이 포착한 자연의 경이감이 표출된다. 제2기는 김현승 시인이 13년간의 절필생활을 끝내고 다시 작품을 발표하기 시작한 1949년부터 1960년대 중반까지의 시기에 해당하며, 『김현승시초』와 『옹호자의 노래』에 묶여진 시편들로, 신을 통해 인간의 존재론적 한계와 인간적 삶의 정의를 노래한 때이다. 제3기는 1960년대 중반 이후 발표한 『견고한 고독』과 『절대고독』을 상재한 시기와 일치하는데, 기독교에 대한 회의와 인간 내면 탐구에 몰입하여 신과 인간의 분리를 표출한 소위 '절대고독'의 시기다. 제4기는 시인이 지병인 고혈압으로 쓰러진 후 가까스로 회복하여 지난 삶들을 참회하며 기독교에 다시 회귀하여 순수 신앙시를 창작하면서 말년을 보낸 '절대신앙'의 시기이기도 하다.

1) 제1기−자연과 민족

김현승이 시를 처음 발표했을 무렵은 서구에서 다다이즘과 초현실주의의 영향으로 모더니즘 문학이 유입되던 때이다. 당시 사회가 일제의 노골화된 식민정책에 무기력하게 대응할 수밖에 없었던 암울한 현실에서 어두운 현실을 청신한 감각으로 자연의 경이로움을 노래하였다. 그는 자연을 인간 중심으로 표현하고자 했으며, 자연을 통한 민족적인 감정을 표출하였다. 김현은 김현승의 자연을 가리켜 "그의 자연은 김광균의 복고주의적 자연도 아니며 장만영의 즉물적 자연도 아니다. 그의 자연은 인간의 유한성과 그것을 벗어나려는 초월에의 욕구를 보여주는 자연이며, 그런 의미에서 인간만을 위한 자연이다."라고 정의내렸다. 김현승은 작품 「아침」, 「황혼」, 「새벽교실」 등을 계속 발표하여 낭만주의 경향을 나타냄으로써 주목을 끌었다. 그러나 기독교 집안에서 태어나 성장한 김현승은 신사참배를 거부한 사건으로 일제의 종교탄압을 받아 누이동생과 함께 투옥되었다가 누이동생을 잃는 등 육체적 정신적 고통을 겪었다. "자연의 사물에서 얻은 감각과 인상을 표백한 것"이라는 시인의 말은 이 시기의 시적 주제의식이 잘 나타내고 있다. 초기 작품으로는 『김현승시초』(1957)에 게재된 「쓸쓸한 겨울 저녁이 올 때 당신들은」, 「어린 새벽은 우리를 찾아온다 합니다」 등 데뷔작을 비롯하여 16편의 작품을 들 수 있다. 이 가운데 '새벽'이라는 단어가 들어가 있는 제목만 해도 4편이나 된다. 이렇게 '새벽'이라는 말이 자주 등장하는 것은 당시 현실을 이겨나갈 수 있는 희망으로 '새벽'을 의식한 때

우리 시, 우리 시인

문으로 보인다. 일제 식민지 상황에서 불행한 현실을 버텨나갈 수 있는
길은 자연을 보며, 자연의 순리를 지향하고 어두운 밤이 지나고 나면
‘새벽’이 온다는 희망을 간직하는 일이었다. 1930년대의 민족적 울분과
고통을 ‘새벽’이나 ‘아침’의 이미지를 차용함으로써 민족의 희망을 표
현코자 하였다.

해를 쫓아 버린 검은 광풍이 눈보라를 날리며 개선행진을 하고 있습니
다 그려!
불빛 어린 창마다 구슬피 흘러나오는 비련의 송가를 듣습니까?
쓸쓸한 저녁이 이를 때 이 땅의 거주민들이 부르는 유전의 노래입니다.
(…중략…)
캄캄하던 동방산 마루에 빛나는 해를 불쑥 올리려고 밤의 험로를 천리
나 만리를 달려 나갈 젊은 당신들―

―「쓸쓸한 겨울 저녁이 올 때 당신들은」 부분

그의 첫 작품인 위의 시는 ‘광풍’과 ‘해’를 대치시켜 일제 식민시대의
참담하고 우울한 암흑시대를 밝히기 위해 “해를 불쑥 올려야 된다”고
노래한 것이다. 김현승의 초기 시들에는 자연 예찬을 통한 발랄한 낭만
적 감성이 엿보인다. 이 시기의 작품은 1930년대 문단의 유행 풍조였던
모더니즘의 영향을 받았으면서도, 당시의 시대 풍조인 암울한 세계를
형상화하여 민족적 울분을 표현하고 있다. 김현승의 30년도 초기시는
일제 식민지와 밀접한 관련이 있다. 자연을 예찬하고 동경하면서도 그
밑바닥에는 민족적 감상주의가 짙게 깔려 있음을 볼 수 있다.

그 무렵 나의 시에는 자연미에 대한 예찬과 동경이 짙게 풍기고 있었다.
이 점 또한 그 당시의 한 경향이었다. 불행한 현실과 고초의 현실에 처한

시인들에게 저들의 국토에서 자유로이 바라볼 수 있는 곳은 거기서는 주권
을 행사하지 않는 자연뿐이었다. (…중략…) 그러므로 그 당시 자연을 사랑
한다는 것은 흉악한 인간 — 일인들과 같은 인간의 때가 묻지 않은 깨끗하
고 아름다운 세계를 지향하는 의미가 포함되어 있었고, 지상에서 빼앗긴
자유를 광대무변한 천상에서 찾는 의미로 함축되어 있었다.

그의 이와 같은 진술은 30년대가 일제하의 망국민족이라는 암울한 현
실이었기 때문에 자연을 통하여 현실을 극복하고자 하는 열망을 로망이
나 감상으로 나타낸 것이다. 불행한 현실 아래에서 자유롭게 대면할 수
있는 것은 자연뿐이고 그 자연을 통해서 민족의 염원이나 미래의 희망
을 노래했던 것이다. 따라서 그에 있어 자연은 단순한 자연이 아니라 현
실 극복과 밝은 미래를 상징하는 가장 친근한 존재였던 것이다.

새벽의 보드라운 촉감이 이슬 어린 창문을 두드린다.
아우야 남향을 열어제치라
어젯밤 자리에 누워 헤이던 별은 사라지고
선명한 물결 위에 아폴로의 이마는 찬란한 반원을 그렸다.

꿈을 꾸는 두 형제가 자리에서 일어나 얼싸안고 바라보는 푸른 해안은
어여쁘구나
배를 쑥 내민 욕심 많은 풍선이 지나가고
하늘의 젊은 「퓨우리탄」 — 동방의 새 아기를 보려고 떠난 저 구름들이
바다 건너 푸른 섬에서 황혼의 상복을 벗어 버리고 순례의 흰 옷을 훨훨
날리며
푸른 수평선을 넘어올 때
어느덧 물새들이 일어나 먼 섬에까지 경주를 시작하노라.

— 「아침」 전문

우리 시, 우리 시인

　1934년 『조선중앙일보』에 발표된 이 작품에서도 '새벽', '바다'와 같은 시어를 구사하여 새 시대에 대한 염원을 노래하고 있다. 상실된 조국의 절망의식에서 훌훌 털고 일어나 푸른 바다를 바라보는 '두 형제'에서 우리는 암울한 시대에서 벗어나고자 하는 희망의 얼굴을 떠올릴 수 있다. 이제 푸른 섬에서 암울한 시대를 상징하는 황홀의 상복을 벗어버리고 물새들처럼 자유롭고 평화롭게 이 세상을 날아보자는 갈구의 의식을 강렬하게 내보인다. 이렇게 자연을 통하여 민족의 희원을 노래한 그의 시의식은 「어린 새벽은 우리를 찾아온다 합니다」, 「새벽교실」, 「새벽」 등에서 공통적으로 볼 수 있다. 초기시에 두드러지게 나타나는 '새벽', '밤', '땅', '나무', '바다' 등을 통한 자연에 대한 예찬은 결국 시대적 불행을 극복하고 민족의 염원을 상징한 것이다. 무엇보다 중요한 것은 30년대 많은 시인들이 현실을 떠나 전원적 이상세계만을 낭만적으로 노래했으나 김현승은 암흑시대라는 현실을 외면하지 않고 자연을 통하여 민족의식을 추구하였다는 점이다.

2) 제2기-인생의 가치 추구

　김현승은 절망감과 생존 위기에 허덕이다가 해방을 맞게 되었고, 1949년부터 다시 작품을 발표하기 시작하였다. 1957년에 발간된 그의 첫 시집 『김현승시초』에는 「눈물」, 「플라타너스」, 「자화상」, 「창」, 「바람」, 「가을의 시」 등 모두 27편의 작품이 수록되어 있다. 1963년에 나온 제2시집 『옹호자의 노래』에는 「신설」, 「사월」, 「창」, 「눈물」, 「가을이 오는 시간」, 「가을의 입상」, 「가을의 향기」, 「옹호자의 노래」, 「인간은 고독하다」 등 모두 70편이라는 제법 많은 작품이 실려 있다. 김현승은 시집 『옹호자의 노래』 자서에서 "내가 현실적으로 처하여 있는 문명과 사회와 민족에 대한 나의 태도와 주장과 신념을 노래하였다"고 토로함으로써 해방의 혼란과 독재와 민주화 투쟁 등 정치적, 사회적인 어려움의 시기에 삶의 가치를 위해 노래하였음을 말하고 있다. 이 시집에는 『김현승시초』에 실렸던 20여 편의 시가 재수록되어 있다. 김현승 시인은 가을을 유달리 좋아하는 시인이다. 가을을 소재로 한 시가 유난히 많다. 「가을이 오는 시간」, 「가을의 입상」, 「가을의 시」, 「가을의 포도(鋪道)」, 「가을은 눈의 계절」, 「가을의 향기」, 「가을의 소묘」, 「가을 넥타이」, 「가을비」, 「가을의 기도」 등 제목에 가을이란 단어가 사용된 작품이 10여 편이 된다.

가을에는
기도하게 하소서……
낙엽(落葉)들이 지는 때를 기다려 내게 주신
겸허(謙虛)한 모국어(母國語)로 나를 채우게 하소서.

가을에는
사랑하게 하소서……
오직 한 사람을 택하게 하소서.
가장 아름다운 열매를 위하여 이 비옥(肥沃)한
시간을 가꾸게 하소서.

가을에는
호올로 있게 하소서……
나의 영혼,
굽이치는 바다와
백합(百合)의 골짜기를 지나
마른 나뭇가지 위에 다다른 까마귀같이.

— 「가을의 기도」 전문

우리 시, 우리 시인

이 시는 형태상 "가을에는 ~하게 하소서"의 기본 골격이 변형, 반복
되면서 시상이 마지막 연을 향해 집중되는 점층적 구조를 보여주고 있
다. 여기에서 가을의 의미는 '기도의 시간', '사랑의 시간', '고독의 시
간'으로 심화된다. 그러면서 마지막 연에 이르러 '마른 나뭇가지 위'의
'까마귀'로 집중된다. '까마귀'는 절대고독 속에서 진실한 삶의 궁극적
경지에 다가가려는 시적 화자의 형상이다. 이 작품은 김현승의 대표작
으로 기독교 정신을 바탕으로 기도의 자세와 신앙심을 시세계의 근간으
로 하고 있다. 김현승은 8·15 해방, 6·25, 4·19를 거치는 동안 발생
한 사회 부조리와 혼란 속에서 도덕적 윤리적인 문제를 지키기 위해 양
심으로 맞서는 의지를 보여준다.

나는 기독교 신교의 목사의 집안에서 태어나 어려서부터 천국과 지옥이
있음을 배웠고, 현세보다 내세가 더 소중함을 배웠다. 신이 언제나 인간의
행동을 내려다보고 인간은 그 감시 아래서 언제나 신앙과 양심과 도덕을
지켜야 한다고 꾸준한 가정교육을 받았다. 나라는 인간의 본질은 아마도
비교적 단순하고 고지식한 데가 있는 것 같다. 나는 나이가 먹은 뒤에도 이
신앙과 양심과 도덕을 곧이곧대로 믿고 지키려고 노력하여 왔다.

위의 글에서 볼 수 있듯이 그는 어려서부터 신앙과 양심, 그리고 도덕
을 배웠고 이를 지키기 위해 노력하였다. 그러나 현실은 부정과 불의가
난무하여 양심과 도덕과는 거리가 멀자 종교와 윤리의식을 표현하기 시
작하였다.

꿈을 아느냐 내게 물으면,
플라타너스,
너의 머리는 어느덧 파아란 하늘에 젖어 있다.

너는 사모할 줄 모르나,
플라타너스,
너는 네게 있는 것으로 그늘을 늘인다.

먼길 올 제,
홀로 되어 외로울 제,
플라타너스,
너는 그 길을 나와 같이 걸었다.

이제 너의 뿌리깊이
나의 영혼을 불러 놓고 가도 좋으련만,
플라타너스,
나는 너와 함께 신이 아니다!

—「플라타너스」 부분

　사람에게는 현실적이든 정신적이든 평생을 함께 할 동반자가 필요하다. ‘플라타너스’는 시적 화자의 동반자이다. 시인은 ‘플라타너스’를 통해 꿈과 사랑과 고독을 함께 나누고 공유한다. 여기에서 시인은 우리가 흔히 보아 넘기기 쉬운 자연물의 하나인 ‘플라타너스’가 인생의 반려가 되어 우리 삶을 보듬어주는 존재가 될 수 있음을 보여준다. 그리하여 ‘플라타너스’는 “아름다운 별과 나와 사랑하는 창이 열린 길”까지 함께 할 것이다. 그는 자연을 하나의 인격적인 존재로 보고 동반자적 실체로 인식한다. 여기에서 그가 기독교 정신의 조화로운 관계에서의 신과 관계하고 있음을 알 수 있다. 플라타너스를 ‘너’로 지칭하여 동반자적 관계로 인식하고 있다는 것은 플라타너스가 가지고 있는 싱싱한 푸른 잎, 든든한 가지 등이 요인이며 그 나무의 실체는 바로 생명성에 있기 때문이다. 그의 기도는 신앙적 의식에서 비롯된 모국어와 사랑, 그리고 고독

이다. 절대의존의 신 앞에서 신과 인간이 보다 긴밀한 관계를 형성하기
위한 반성의 기도를 하면서도 계속 기도하도록 해달라는 그의 고백과
요청은 신에 대한 자신의 굳은 의지의 발산인 것이다. 경건한 삶의 가
치를 추구하기 위한 영혼의 요청으로 신에 대한 그의 태도를 엿볼 수
있다.

> 더러는
> 옥토(沃土)에 떨어지는 작은 생명이고저…….
>
> 흠도 티도,
> 금가지 않은
> 나의 전체는 이뿐!
>
> 더욱 값진 것으로
> 드리라 하올 제,
>
> 나의 가장 나아종 지닌 것도 오직 이뿐!
>
> 아름다운 나무의 꽃이 시듦을 보시고
> 열매를 맺게 하신 당신은
>
> 나의 웃음을 만드신 후에
> 새로이 나의 눈물을 지어 주시다.

—「눈물」 전문

이 작품은 정지용의 「유리창」이나 김광균의 「은수저」와 마찬가지로
김현승이 사랑하는 아들을 잃은 비극적 상황에서, 그 아픔과 슬픔을 견
디면서 쓴 것이다. 시인은 아들을 죽음의 세계로 떠나보낸 슬픔을 통해,

우리 인간은 기쁨보다는 슬픔 속에서 성숙한다는 인간의 삶에 내재된 역설을 깨닫는다. 여기에서 '꽃'은 화려하지만 언젠가는 지고 마는 일시적 존재이다. 그러나 꽃이 져야만 '열매'를 맺듯이 '웃음' 역시 꽃처럼 화려하고 찬란하지만 '눈물'은 존재의 최종 결실체로서 우리에게 가장 소중한 것이라는 깨달음을 보여준다. 여기에서 시인은 어린 자식의 죽음을 통해 눈물의 의미, 즉 삶의 가치를 새롭게 인식한다. 주어진 슬픔을 신의 섭리로 인식하고, 그것을 극복하고자 하는 시적 화자의 굳은 의지가 표현되어 있다.

3) 제3기 - 절대고독

김현승은 1950대에 접어들면서 종교에 대한 회의를 느낀다. 자연히 시의 변화도 뒤따른다. 유일신에 대한 의문이 생긴다. 신과 기독교에 대한 회의와 의문이 생기면서 김현승은 인간에 대한 이해와 동정으로 기울어지게 되었다. 따라서 김현승은 신을 잃어버린 고독을 겪게 되는데, 본인 스스로 "내가 지금까지 의지해왔던 믿음이 무너졌을 때에 허공에서 느끼는 고독"이라고 절실하게 토로하고 있다. 이 시기는 1964년부터 시집 『견고한 고독』(1968)과 『절대고독』(1970)을 출간한 때와 겹친다. 이 무렵 그는 "나는 내 마음 안에/있다."(「마음의 집」)라고 종교에 대한 회의와 심리적 갈등을 표현하기도 하였다. 이후 그는 신앙의 세계에서 방황하는 고독의 길을 걸으면서 인간에 대한 한계와 동정을 표현하는 시를 쓴다. 인간의 본질적인 생명을 고독으로 이해하려 했으며, 근원적인 출구가 없는 '절대고독'을 주제의식으로 표출하였다. 시인은 신과 갈등하며 방황한다. 신은 과연 초월적인 존재인가? 그러나 시인은 신이란 인간에 의해 만들어진 추상적인 존재에 지나지 않는다는 확신을 갖는

다. 인간 절대자의 진리가 필요한 시대에는 신은 절대자로서 존재가치
를 지니지만 그 절대의 진리와 법칙이 산산조각이 난 현대에서 신은 존
재하지 않는다. 이런 회의에 빠진 그는 마침내 신과의 관계를 단절한
다. 신과의 단절은 김현승 자신을 철저한 고독의 시인으로 변화하게 만
든다.

> 그것은 한 마디로 신을 잃은 고독이다. 내가 지금까지 의지해왔던 거대
> 한 믿음이 무너졌을 때에 허공에서 느끼는 고독이었다. 그러므로 나의 고
> 독은 기독교와 밀접한 관련이 있는 고독이면서도 키에르케고르 등의 고독
> 과도 다르다. 키에르케고르는 인간을 고독한 존재로 규정하였지만, 이 고
> 독을 벗어나기 위하여 팔을 벌리고 그리스도를 붙잡으려 하였다. 그러므로
> 키에르케고르의 고독은 궁극적으로는 구원에 이르기 위한 수단으로서의
> 고독이었다. (…중략…) 그러나 나의 고독은 구원에 이르는 고독이 아니라
> 구원을 잃어버리는 구원을 포기하는 고독이다. 수단으로서의 고독이 아니
> 라 나의 고독은 순수한 고독 자체일 뿐이다. 그러므로 나의 고독이야말로
> 이 세상에서 가장 진정한 고독이다.

그의 고독은 신을 잃어버린 채 구원을 포기한 것이다. 그것은 인간 본
질의 외로움이나 허무의식이 아니라 문학에서는 시정신이며 윤리적 측
면에서는 참된 양심이 되고자 구원을 포기하는 고독이다. 이는 시집『절
대고독』의 서문, "고독을 표현하는 것은 나에게는 가장 즐거운 시 예술
의 활동이며 윤리적 차원에서는 참되고 굳세고자 함이 된다. 고독 속에
서 나의 참된 본질을 알게 되고 나를 거쳐 일반을 알게 되고 그럼으로써
나의 대사회적 임무까지도 깨달아 알게" 된다고 말한 데에서도 알 수 있
다. 따라서 그의 고독은 신과 인간, 양심과 현실에서 연유된 것이다.

나는 이제야 내가 생각하던
영원의 끝을 만지게 되었다.

그 끝에서 나는 눈을 비비고
비로소 나의 오랜 잠을 깬다.

내가 만지는 손끝에서
영원의 별들은 흩어져 빛을 잃지만,
내가 만지는 손끝에서
나는 내게로 오히려 더 가까이 다가오는
따뜻한 체온을 새로이 느낀다.
이 체온으로 나는 내게서 끝나는
나의 영원을 외로이 내 가슴에 품어 준다.

그리고 꿈으로 고이 안을 받친
내 언어의 날개들을
내 손끝에서 이제는 티끌처럼 날려 보내고 만다

나는 내게서 끝나는
아름다운 영원을
내 주름잡힌 손으로 어루만지며 어루만지며
더 나아갈 수도 없는 나의 손끝에서
드디어 입을 맞춘다—나의 시와 함께.

—「절대고독」 전문

이 작품에서 신의 무한성과 절대성을 사라지고 그 자리에 고독이 대
치한다. 첫 연에서는 시인 스스로 '영원의 끝'과 만나 영원성이 실재하
지 않음을 확인하고 고독의 실체를 맞아들이는 길을 일러주고 있다. 다
음 연은 자각하는 과정이다. 즉 무한성과 영원성의 부재를 깨달아 비로

우리 시, 우리 시인

소 개안하는 것을 보여주고 있다. 그리고 시인이 오랫동안 숭배해온 것들이라고 믿어지는 '영원의 별'을 잃어버린 대신 "더 가까이 다가오는/ 따뜻한 체온"을 느낀다. "따뜻한 체온"은 시인이 새롭게 받아들인 '고독'일 것이다. 넷째 연은 "꿈으로 고이 안을 받친", "언어의 날개"들을 훌훌 털어버리는 시인은 마침내 '절대고독'의 초입에 들어서고, 마지막에는 "더 나아갈 수도 없는" 최고의 정점에서 완벽한 '절대고독'의 경지에 이르게 된다. 시인은 고독의 존재를 "아무도 믿지 않고 의존하지 않는" 것으로 말하고 있지만 "나의 시와 함께" 한다고 진술한다. 그렇다면 아무것도 의존하지 않는 것이라고 가정했을 때, 고독은 곧 시라는 등식이 성립하는데, 시인은 고독과 시의 일치성을 드러내는 단적인 예를 위의 작품에서 보여준다.

신(神)은 무한히 넘치며
내 작은 눈에는 들일 수 없고,
나는 너무 잘아서
신(神)의 눈엔 끝내 보이지 않았다.

무덤에 잠깐 들렀다가,
내게 숨막혀
바람도 따르지 않는
곳으로 떠나면서 떠나면서,

내가 할 일은
거기서 영혼의 옷마저 벗어 버린다.

— 「고독의 끝」 부분

「절대고독」을 발표한 후 2년이 흐른 뒤에 쓴 시 「고독의 끝」에서 시인은 피를 토하듯 자기고백을 한다. 불완전한 육체와 육체적 의식인 지각, 감정, 욕망 등이고, 그것들이 만들어내는 인간적이고 불투명한 관념과 가치가 "모든 황혼"에 집약된다면 '옷'이 나타내는 상징을 무엇일까? 당연히 시인이 영육을 다하여 간구한 '신'이며 '종교'이다. 시인은 단순히 '옷'을 벗어버리고 탈피하는 것으로 끝나지 않고 '무덤'에 들러서도 '영혼의 옷'마저 벗어버리는 완전한 탈피를 말한다.

4) 제4기 – 절대신앙

「고독의 끝」과 「절대고독」 이후 '절대의존'에 관한 시를 쓸 것이라고 예감하고 있는 것으로 보아서 '고독' 이후의 시는 신에 대한 '의존'의 시를 쓰게 되는데, 신앙의 회의로 인하여 각성적 자아인식의 상태인 '고독'의 세계를 발견했던 김현승 시인은 어린 아들을 잃은 슬픔과 고혈압으로 쓰러져 죽을 고비를 넘긴 후 다시 종교에 완전히 회귀하여 '절대신앙'이 내포된 참회의 시가 주류를 이룬다. 이 시기가 김현승 시 변화의 마지막 네 번째 단계에 해당한다.

> 당신의 불꽃 속으로
> 나의 눈송이가
> 뛰어듭니다.
>
> 당신의 불꽃은
> 나의 눈송이를
> 자취도 없이 품어 줍니다.

—「절대신앙」 전문

1968년 12월에 발표된 이 시에서 김현승은 다시 신 앞에 돌아옴과 신

우리 시, 우리 시인

에 대한 승복을 표현한다. 이 시에서 '불꽃'은 신의 뜨거운 사랑, '눈송이'는 자신의 신앙심을 뜻한다. '눈송이'와 '불꽃'이 맞서는 것이 아니라 '눈송이'가 '불꽃' 속으로 뛰어들어 "나의 눈송이를/자취도 없이" 품어준다는 데서 작중 화자의 소멸이 종교적 사상으로 완전하게 승화되고자 하는 의지를 보여준다. 이제 시인은 신의 품속으로 들어감으로써 '절대고독'에서 벗어나서 신의 품에 안겨 따뜻함을 느낀다. 특히 시인 자신을 '눈송이'라고 여겨 쉽게 사라지고 보잘것없는 존재임을 고백하고, '불꽃'으로 인식되는 절대자인 하나님의 빛나고 높은 사랑을 지향하고 있다. 이것이 시인에겐 '절대신앙'의 경지이다. 「절대신앙」은 「절대고독」의 대치점에 위치하고 있는 작품으로, 신에 대한 본격적인 회귀를 알리는 시인의 고해성사이다.

당신의 핏자욱에선
꽃이 피어— 사랑의 꽃이 피어,
땅 끝에서 땅 끝까지
당신의 못자욱은 우리를 더욱
당신에게 열매 맺게 합니다.

당신은 지금 무덤 밖
온 천하에 계십니다 — 두루 계십니다.

당신은 당신의 손으로
로마를 정복하지 않았으나,
당신은 그 손의 피로
로마를 물들게 하셨습니다!
당신은 지금 유대인의 수의를 벗고
모든 四月의 棺에서 나오십니다.

—「부활절에」 전문

이 시는 김현승 시인의 마지막 작품으로 알려져 있다. 앞에서 인용한 시 「절대신앙」이 종교에의 회귀라면 「부활절에」는 기독교 정신인 사랑의 충만함을 노래하였다. 부활절이 단순히 예수의 부활만을 의미하는 게 아니라 시인 자신의 부활도 포함한다. 고난의 시기를 지나 '거듭남' 이야말로 종교가 지향하는 극점이기 때문이다. 견고한 믿음으로 온 인간을 죄악에서 구원한 예수를 통하여 '절대신앙'의 경지인 부활을 체험하고 있는 것이다. 예수가 "유태인의 수의"를 벗듯이 시인도 "죽은 정신의 수의"를 벗고, 예수가 "모든 사월의 관"에서 부활하듯이 시인도 부활을 의도한다. 이것이 시인이 그토록 꿈꾸던 '절대의존'의 경지이다.

3. 결언

지금까지 김현승의 시적 변화를 모두 네 시기로 나누어 살펴보았다. 1930년대 등단 초기에는 자연과 민족을 노래하는 낭만주의 경향을 보이다가 일제의 종교탄압으로 몇 년 동안 절필을 하게 된다. 해방이 되면서 다시 기독교 신앙을 바탕으로 인간의 내면의 세계를 추구하는 작품을 발표하기 시작한다. 1950년대에 이르러 고독의 심연으로 빠지면서 내면화한 자기 의지로 인간의 '절대고독'을 탐구하지만, 사랑하는 자식의 죽음과 허약해진 몸이 되면서 기독교적 세계관으로 다시 회귀하여 말년에는 '절대신앙'의 시를 쓰게 된다. 문학이 그 시대적 상황이나 인간적인 고뇌를 비밀히 소화하여 형상화한 것이라야 참다운 가치를 발휘할 수 있다고 할 때, 그의 문학은 인간 중심의 세계가 기독교 정신과 연관되어 유한한 인간에 대한 인식을 고독의 계단을 밟아가며 영원한 안식의 세계로 나아가는 방향을 제시한 것이라고 말할 수 있다. 결론적으로, 김현

　　　　　　　　　　　　　　　　　　　　　　우리 시, 우리 시인

승의 문학세계는 당초 기독교 정신에서 출발하여 '절대고독'으로 나아
갔다가 다시 '절대신앙'으로 회귀한 변증법적 형태를 취하고 있다. 이러
한 고독과 신앙의 완성을 시적 이미지로 잘 형상화시킨 점이, 금년으로
탄생 100주년을 맞은 김현승 문학의 특징이다.

박제천과 도의 세계

박제천은 그의 첫시집 『장자시』(1975) 이래 열 번째 시집 『SF—교감』(2001)까지 작품 속에서 꾸준하게 동양적 자연관을 화두로 삼은 시인이다. 그것은 '장자', '심법', '율', '노자', '사리' 등으로 표현된 그의 시집 제목에서도 확연하게 드러난다. 다시 말해 이는 시인의 시가 동양적인 인생관과 자연관과 괴리되어 생각할 수 없다는 뜻이기도 하다.

시인이 첫 시집을 상재한 것은 그의 나이 서른의 일이다. 시인은 한창 혈기가 왕성할 나이에 출간한 시집의 제목을 굳이 『장자시』라고 붙였다. 남자 나이 스물에 『논어』와 『맹자』를 읽고, 마흔에 『노자』와 『장자』를 읽으라고 했던 분들의 말은 무슨 이유에서일까? 아마도 세상을 경영할 큰 꿈을 간직한 나이에는 유교적 윤리관이 필요하고, 더 나이가 들면 자연과 가까워지라는 뜻이 그 속에 담겨 있을 듯싶다.

그럼 장자는 누구인가? 장자의 사상은 유교적 사회의 현실 비판에서 출발한다. 그러나 현실의 비판에서 출발한 장자는 도리어 현실을 도피하여 관념적 자유를 구한다. 지금껏 인간생활의 표준이 되는 가치관과 욕심을 버리고 자연법칙에 동화하여 자연으로 돌아갈 때 비로소 사회는 자연적으로 구속 없는 천방무욕의 세계를 얻을 수 있다. 개인을 구속하는 도덕적 권위에는 관심이 없었고 인의마저 무시하였다. 그렇다고 해서 장자가 정치, 도덕, 문화를 파괴하는 허무주의자는 아니다. 단지 기성 지식의 평가와 시비의 태도를 부정함으로써 문화를 재건할 새로운 터전을 발견하려고 하였을 뿐이다. 지식적 유명계를 부정하고 초월하여 자연에 의하여 생멸하는 무명의 존재계를 발견한다.

노자와 장자사상에서 출발한 도교는 우주의 일체 근원은 도, 즉 무이며 여기에서 만물이 생한다고 보았다. 우리들은 무위청정한 생활을 하면 도에 이른다. 따라서 인간은 자연과 함께 장생할 수 있다.

『장자시』 중에서 임의로 고른 한 편의 시를 살펴보자.

天上의軌道마다장미밭을일궜네
내生涯는바람의도포를입었네
가다오다장미꽃가지를치는
오오인연의칼끝에길이놓였네
바람속으로헤매이는내피의물살이여
흩날리는장미꽃잎이여.

—「장자시, 그 서른 셋」 전문

시인은 시를 통해 이 세상을 '천상'으로 만들고 싶어 한다. '천상'은 시인에게 '무욕의 세계'요, '도의 세계'이다. 시인은 "바람의 도포"를 입고, "인연의 칼 끝"에서 벗어날 수 없는 존재다. 그러나 시인은 숙명과도 같은 그 "바람 속"을 헤매면서도 피를 흘리며 '장미꽃밭'을 일구고자 한다. 그것은 곧 '길'이자, 시인에게 주어진 사명이기도 하다. 시인에게 있어 시를 쓰는 행위는 언어를 통해 세상의 욕심을 버리고 자연에 귀일

하는 방법이다. 그것만이 참다운 가치를 찾는 길이다. 그래서 시인은 늘 시를 쓰는 고통에서 벗어나지 못하고 언어에 매달려 산다. 시인은 욕심을 버리듯 언어를 버리고, 무욕에 이르고자 또 다른 언어를 줍는 행위를 반복한다. 번뇌를 버리고, 또 다른 번뇌를 얻는다. 그것은 시인에 있어 새로운 길에 대한 모색이다. 그만큼 박제천의 기존의 것에 대한 저항정신이 뚜렷한 시인이다.

다음으로 그의 열 번째 시집 『SF-교감』에서 작품 한 편을 골라보자.

누군가 내게 물었다 늙마에 애인이 없냐고
나는 애인이 수도 없이 많다고 대답하였다

그 비결을 알려달라기에
마음이 끌리면 주저없이 눈을 맞추고
눈이 맞으면 그 자리에서 한 몸 한 마음이 되는 것이라고
일러주었다

(…중략…)

그래서 시를 읽어보라고 권하였다
시경 이래로 시인이란 자들은
하늘의 별님 달님은 물론 풀이나 나무,
하늘 아래 움직이는 것들, 심지어는
바닷속 물고기까지 이름을 지어주고,
입 맞추고 껴안고 춤추면서
한 몸 한 마음이 되지 않았던가
백석이 갈매기와 눈 맞추고 기림이 나비와 입 맞추고
미당이 달과 한 몸 한 마음이 되는 그 방법을 배우라고 하였다

배워서 되는 일은 아니겠지만

                                    우리 시, 우리 시인

한 겨울 눈 내리는 벌판이라도
껴입은 입성 훨훨 다 벗어던진 맨몸, 맨마음이라면
왜 눈과 눈이 맞지 않겠는가.

—「애인」 부분

시인은 자연과 교감하고 거기에서 기쁨을 얻는다. "껴입은 입성 훨훨 다 벗어던진" 시인은 백석과 김기림, 서정주와 마찬가지로 자연을 애인으로 삼았다. 자연과 눈 맞추고, 입을 맞추고, 한 몸 한 마음이 되었을 때 자연은 비로소 우리 애인이 된다.

창조주는 자연 속에 자신의 비밀을 숨겨두었다. 그리고 그 비밀의 뜻을 찾아낸 이들에게 무한한 열락의 세계를 열어둔다. 그런 의미에서 창조주는 최고의 매춘부일 수밖에 없다. 시인이란 무릇 창조주의 비의를 알아내기 위해 자연을 애인으로 삼는 존재이어야 한다.

박제천에 있어 자연은 새로운 진리를 찾는 모색의 마당이다. 자연 속에는 도의 경지가 있고, 또한 열락의 세계가 있다. 이런 이유에서 시인은 특히 자연을 노래하지 않았을까?

여기에서 우리는 이미 20대 초반부터 장자의 사상에 취하고, 자연과의 교감을 통하여 도와 열락을 꿈꾸는 시인 박제천을 만나게 된다. 『장자시』를 발표할 당시 시인의 정신적 연령은 이미 문단의 어른이었다. 젊은 나이에 도와 만나고, 또한 불교적 진아를 만나기 위해 기꺼이 시인의 고통스런 길을 택한 이가 바로 박제천이다. 그리고 그것은 자연의 법을 존중하고, 자연을 애인으로 삼고 사는 시인의 시 사랑방식이기도 하다.

생태적인 서러움의 시학

— 시인 서상만론

1

1941년 경북 포항의 호미곶에서 태어난 서상만 시인은 성균관대에서 영문학을 전공한 다음 기업인으로 활동하다가 1982년 『한국문학』을 통해 비교적 늦은 나이에 등단의 과정을 거쳤다. 그리고 등단 25년 만에 첫 시집 『시간의 사금파리』(시학, 2007)를 상재한 데 이어 『그림자를 태우다』(서정시학, 2010)와 『모래알로 울다』(서정시학, 2011)를 연거푸 내놓았다. 이 세 권의 시집을 읽고 난 결과 어떤 서러움의 감성이 그의 작품 밑바닥에 도사리고 있음을 알 수 있었다. 서 시인의 작품 밑바닥에 도사리고 있는 서러움은 그의 생애에서 비롯된 것으로 보인다. 이는 시인 자신이 호미곶 분월포 바닷가에서 지낸 가난했던 유년시절의 추억을 비롯하여 어머니에 대한 애틋함, 그리고 먼저 시인의 곁을 떠난 아내의 죽음 등 과거와 현재의 숱한 고통들이 그의 시세계가 서러움으로 점철되는 데 일정한 역할을 하고 있는 것으로 보인다. 그래서 서 시인의 작품은 주변의 삶을 육화시켜 표현함으로써 한층 진정성을 지닌다.

어느 누구는 서 시인을 가리켜 "저녁의 시인"이라고 부른다. 아침이 희망이라면 저녁은 절망의 시간이다. 절망은 방황과 통한다. 그래서 서상만의 시에는 방황의 모습이 드러난다. 그러나 시인은 방황을 통해 진지하게 인생을 성찰하는 자세를 견지한다. 저녁으로 함축되는 절망적 인식을 통해, 인생의 진실에 대한 심도 있는 성찰을 바탕으로 한다. 이로 말미암아 궁극에는 희망과 열정에 대한 의지를 갖게 되는 것은 사뭇 역설적인 차원에서 이해될 수 있다. 하지만 그것은 치열한 방황과 사유 없이는 이룩해낼 수 없는 인생의 중대한 진실을 함유한다. 즉 그는 절망적인 인식을 희망적인 이미지로 전환시키면서 인간에 대한 심도 있는 이해를 이루어낸다.

2

서상만의 세 시집에 공통적으로 드러나는 것은 어머니와 바다를 향한 기억의 편린들이다. 시인에게 어머니는 늘 가난의 인고와 서러움을 지닌 존재였다. 그래서 시인에게 어머니의 존재는 더욱 안타깝고 기억의 심연에 도사리고 있는 아픔으로 도사리고 있다.

> 은유가 머뭇거리다가 가는 구석에는 늘 상징 하나가 탁본된다 둔황 막고불 와불에는 가섭에게 내민 발가락이 닳아 있었다 지워지지 않는 천년을 매만지며 그렇게 빤질하게 닳아 있었다 그날 문득 윤달수의도 못 입고 가신 울 엄니 생각이 났다 지금쯤 하얀 고무신 끌며 몇 만 리 밖을 가고 있는지, 그 길목 뒤따라 가는 나를 휙 뒤돌아본 듯 번쩍 내 이마를 스치며 비천하는 천녀의 그늘을 보았다!

―「할―막고굴에서」 전문

　여기에서 작중 화자인 시인은 "윤달수의도 못 입고 가신 울 엄니 생각"으로 시의 씨줄을 엮는다. 거기에다가 "늘/참고 견디는 일"(「엄마의 부지깽이」)이 어머니의 궁량이었으며 가난에 찌든 가난한 어머니의 모습은 "서러운 전라도 喝"(「어머니의 창」)이었음을 기억하며 시의 날줄로 삼는다. 시인에게 어머니는 언제나 하얀 꽃의 모습으로 남아 있다. 시인에게 어머니의 이미지는 늘 식물성이다. 어머니에 대한 그리움은 서늘한 시선으로 시인이 지닌 영혼의 내면을 성찰하게 만든다. 또 때 묻지 않은 영혼과 맑고 고운 서정으로 출발하여, 예민한 서정과 감성을 더해 뚜렷한 개성을 구축하였다.

　　저녁에
　　먼 바다울음이, 새들과
　　잠자러 오는 마을
　　잠시 외갓집 다니러 간 어머님이
　　그립던 날 있었으니

　　세월이 가고 또 가고
　　영영 안 잊혀져, 눈물처럼
　　조금씩 쌓였다가
　　금방 흩어져 버리는
　　몰개울 모래톱에
　　어머니 흰 적삼같이
　　하얀 정구지꽃 피었네

　　그렇게 슬프게
　　흐르던 개울은, 끝내
　　바다에 닿았지만
　　내 어머님이 남긴 발자국엔

　　　　　　　　　　　　　　　　　우리 시, 우리 시인

오늘도 하얀 정구지꽃만 피었네

—「몰개울의 정구지꽃」 전문

정구지꽃은 "몰개울 모래톱에/어머니 흰 적삼같이" 피었고 "어머님이 남긴 발자국"에도 희게 피어 있다. 그것은 "세월이 가고 또 가고/영영 안 잊혀져" 슬프도록 하얀 정구지꽃으로만 남는다. 그런가 하면 시인은 또 "어머니 가슴에/얼굴 파묻던, 그 가을/홀연, 눈물 나도록 그리운 고향의/까만 감탕 어머니 젖꼭지여"(「깜뚜라지꽃」)라고 어머니에 대한 그리움을 토로한다. 그런가 하면 어머니 산소 가는 길의 백도라지 꽃도 "어머니 흰 적삼"처럼 하얗게 피어 있다.

휘휘 무서리 내린
안개 낀 산기슭 지나
가신 지 어언 40년 성묫길
어머니 초옥(草屋) 옆에
고개 숙여 선
어머니 흰 적삼 같은
백도라지 꽃

내 양철 목소리 듣고
사립문 열고 내다보시는
수척한 얼굴

—「백도라지 꽃」 전문

여기서도 어머니는 흰 꽃의 이미지로 나타난다. 흰색은 순수하고 깨끗하며 천진스러움, 자각 등을 상징하는 색깔로서 우아, 순결, 청초, 결백, 진실을 담고 있다. 흰색이 주는 이미지는 중립적이고 긍정적인 것이

많다. 흰색이 가지는 무채색의 특성과 밝음을 연상시키는 특성 때문이
다. 흰색은 검정색과 비교하면 훨씬 더 적극적이고 자극적이다. 흰색을
좋아하는 사람은 보수적이면서 완벽을 추구하는 한편 현실로부터 도피
하고 싶은 심리 상태를 나타내기도 한다. 그리고 가끔은, 아무것도 없는
완전한 무와 무의식의 세계를 보는 듯한 기분이 들 때면, 흰색은 부정적
으로 다가오기도 한다. 한편 시인은 어머니를 '부지깽이'로 인식하기도
한다.

> 엄마는 아궁이 가득 검불을 지폈다
> 연기 나는 불씨를 이리 펴고 저리 펴서
> 검게 그을린 몽당 부지깽이로
> 불씨를 살렸다.
>
> 군불 지펴 언 몸 녹이고
> 밥 짓고 물 데워 우릴 키웠을 때
>
> 가난한 엄마의 궁량은 늘
> 참고 견디는 일이어서,
> 제 몸 마디마디 다 태우고
> 끝내 동강난 부지깽이로
> 아궁이 앞에 누웠다.
> 오직 자식의 불꽃을 보기 위해
> 자신을 태운 엄마의 사그랑이 손은
> 늘 빈손이었다.
> 엄마 손은 딱 한 번 핀 꽃이었다.

— 「엄마의 부지깽이」 전문

어머니는 "참고 견디는 일"에 익숙해 있었다. 그것은 오로지 "자식의

 　　　　　　　　　　　　　　　우리 시, 우리 시인

불꽃을 보기 위해"서였다. 나뭇가지가 불꽃을 일으켜서 타고 나면 검게 그을린 부지깽이로 남는다. 그러나 내 귀엔 들리는 것은 "어머니의 서러운 전라도 창"이다. '어머니의 창'은 서럽지만, 그것은 시공을 넘어 시인의 영원한 회귀의식으로 자리한다. 시인에게 어머니는 단지 과거의 존재가 아니라 그리움과 서러움을 동반하고 언제라도 시인이 불러낼 수 있는 현재의 감성으로 나타난다. 우리가 사물을 듣고 느끼고 본다는 사실은 실제로는 우리의 감각들이 육체 바깥에서 온 자극에 대해 반응한 것이다. 그리고 우리의 감각들이 그것을 받아들이고 마음이 해석해낸 것은 의식 속에 투영된 것에 불과하다. 그래서 시인에게 어머니의 존재는 "언제나 서러운 전라도 창"과 "시커멓게 그을린 부지깽이"로 투영되어 나타난다.

3

그의 시편에는 "가난에도 울지 않던 눈물 없던 때"(「분월포 2」)의 소년이 바라본 밤바다의 집어등 불빛과 함께 돌아가야 할 고향 분월포에 대한 기억이 아름답고 처연하게 펼쳐진다. 바다는 어머니와 동일한 이미지를 지닌다. 시인은 분월포에 관한 기억의 편린들을 세 권의 시집에 공통적으로 게재하고 있다. 분월포는 어린 시절의 기억이 덕지덕지 쌓인 포구이다. 이렇게 기억의 원천으로서의 어머니와 바다가 그의 시편을 온통 감싸고 있다. 시인은 "어려서는 파도소리에 잠들었고//커서는 파도를 꿈꿨고//어른이 되어서는 소용돌이치는 파도에 휩쓸렸고//늙어서는 파도에 떠밀려"(「파도타기」) 살아왔다. 시인의 삶은 파도타기였다. 시인은 자신과 바다를 동일시하고 있다. 그건 다음 작품에서 한층 뚜렷해진다.

> 오늘밤도 내 마음은
> 맨발로 왕자갈을 밟는다
>
> 밤 파도 높이 치던 날
> 등대불빛이 번쩍번쩍 창호지를 저리 그어
> 잠들지 못할 때,
> 만곡으로 낮게 휜 호미곶 능선 따라
> 은빛 보리이삭 수만 자락이
> 추수 꿈에 출렁일 때,
> 앞 구만 먹빛물결, 바람의 회초리로 매 맞으며
> 갈기갈기 아픈 울음 울던 바다
>
> 달 뜨면
> 까끌까끌한 베 홑이불 깔고
> 달빛 젖은 내 살 파도에 닦아
> 어머니 날 재워주시고
>
> —「그리운 호미곶」 일부

시인을 키운 건 바다의 파도소리였다. 또한 시인은 "속살 젖는 보랏빛 눈물"(「모롱이 길」)의 힘으로 "바람에 쓸리는 쓰거운 고독"(「접신」)도 받아들이기도 하고, "겨울 강 아래/따뜻하게 흐르는 어떤 그리움"(「겨울 강」)에 가 닿기도 한다. 이런 것들은 시인에게 서서히 번져오는 태생적 감정이다. 그리움의 주제는 인간의 내적 정서에 기인하는 인식의 한 영역이라고 할 수 있다. 시인에게 그리움은 "은빛 보리이삭 수만 자락"이 바람에 출렁이는 시각 이미지와 파도소리라는 청각 이미지로 치환된다. 그리움이 지닌 격정과 고요, 그것이 시인이 되찾고자 하는 가장 원초적

　　　　　　　　　　　우리 시, 우리 시인

이고도 궁극적인 경지이다.

4

시인의 세 번째 시집 『모래알로 울다』의 제2부 '아내의 발톱'에 실린 17편의 시들은 떠나버린 아내에 대한 절절한 그리움을 형상화시킨 것들이다. 시인은 순환기 계통 질환으로 15년을 병상에 누워 지낸 아내를 간병하면서 지냈다. 그는 말을 잃은 아내를 위해 놋쇠 요령을 하나 산다. 파랗게 녹이 슬어 만든 지 백 년은 넘어 보이는 놋쇠 요령은 마치 평소의 아내처럼 청아한 소리를 낸다. 그러나 아내는 지난 4월 25일 세상을 떠났고 놋쇠 요령만 남았다.

    망미동 골동품 가게에서
    놋쇠요령 하나를 샀다
    젊은 날, 아내의 곱던 목소리같이
    살짝 흔들어도 청아한 울림

    파랗게 녹이 슬어
    백년은 더 되었다고
    가게주인이 세월에 덤을 달았다

    이 요령의 주인은 누구였을까

    말문을 닫고
    검불로 누운 그녀 침상에
    호출용으로 놔 둔 놋쇠요령,

    그녀 손에서 요령이 흔들릴 때마다

나는 얼른,
그 녹슨 소리를 받아먹었다

이제 놋쇠요령은 울지 않는다

철렁, 가슴이 내려앉던 밤들

—「놋쇠요령」 전문

　만든 지 백 년이 넘었지만 아직도 청아한 울림을 가진 놋쇠 요령은 아내를 닮았다. 가난한 작중화자인 나에게 시집와 반평생을 함께 보내며 자식을 키워내고 빈 둥지처럼 검불로만 남은 아내는 말문을 닫고 놋쇠 요령을 흔들어 나를 부른다. 그리고 나는 그 놋쇠 요령 소리를 받아먹는다. 나에게 놋쇠 요령 소리는 단순히 놋쇠 요령 소리가 아니라 아내의 목소리와 동일시된다. 그래서 아내가 떠나자 더 이상 놋쇠 요령 소리도 울리지 않는다. 소리의 주체는 사라지고 아내의 삶 역시 놋쇠 요령처럼 파랗게 녹이 슨 채 그렇게 기억으로만 남는다.

한 십 년
내 손으로 아내의 손톱 발톱을 깎아주었다
한 오 년은 힘없어도 겨우겨우
예쁜 손톱을 내밀며 조금은 자신 있게
못생긴 발톱을 내밀며 조금은 부끄럽게
넌지시 미소를 건네주던,

그 후 한 오 년은 미소마저 잃어버린 채
맥없이 처져버린 그녀의 손톱 발톱
그 긴긴 날들이 한순간의 꿈 같다
그럼 누가

우리 시, 우리 시인

무덤 속에 자란 손톱 발톱을 깎아줄까
어느새 내 슬픔도 이만큼 자랐는데

어디쯤 갔을까
이제는 따라가지 못할 이승의 밖
당신과 나는
수억 년을 건너뛴 공간 밖이라는데

오늘따라
남한강 아침안개에 젖어 있을
아내의 하얀 발톱이 그립다

—「아내의 손톱」 전문

십 수 년 동안 병석에 누운 아내의 손톱 발톱을 깎아준 시인에게 아내를 잃은 고통은 너무도 크게 다가온다. 그래도 아내가 시인 곁에 누워 있을 때 시인은 아내에게 무언가 해줄 수 있었다. 그것이 아내와 시인이 함께 지닌 존재감이다. 그러나 이제 아내는 아침 안개가 자주 끼는 남한강 기슭에 누워 있다. 화자의 슬픔은 "무덤 속에 자란 손톱 발톱을 깎아줄" 수 없음에서 비롯된다. 죽은 아내의 자라나는 손톱 발톱만큼 시인의 슬픔도 자라나는 것이다. 아내와 시인은 수억 년을 건너뛴 공간 밖에 자리한다. 공간이나 시간은 모두 인간의 의식 속에서 구체화된 하나의 차원이고 그것은 선험적 감각으로 여겨진다. 그런 감각 역시 경험을 통하여 이루어진다. 모든 사건은 하나의 시간과 결부된다. 공간도 마찬가지다. 모든 시공간은 인간의 존재와 결부되는 것이다. 그것은 인간이 창조하는 행위와 구체화된 의식 속에서 정연한 질서를 얻는다.

나는 서역 관문 양관에서
잠시 신을 벗고
뜨거운 모래밭에 발을 묻을 때
갑자기, 그 옛날 어머니가 끓여준
뜨거운 시래기국이 생각났다
아, 여기는 눈물은 있어도
까닭을 묻지 않는 고비사막

서역 삼만 리
아리아리 비늘 같은 은사(銀蛇) 길을
혜초같이 걸었다,
왜 하필, 그런 혜초 얼굴로
약속 없는 여기까지 와서
스스로를 태우려는지

소소초처럼 모래바람에 엉기어
끝없는 사막,
그 전율에 갇힌 외로움
언젠가 우리 모두 면할 수 없는
한줌 흙이거나 모래일 것임으로
하루쯤은 호젓이
모래알로 미리 울어보고 싶었다
그림자도 실날같이 숨어버린
내 아내 하얀 잠옷 같은 땅에서

— 「모래알로 울다」 전문

　　화자는 서역의 관문 양관에 서 있다. 양관은 뜨거운 모래벌인 고비사
막으로 들어가는 초입에 있다. 끝없는 모래밭 길에 서서 시인은 존재란
무엇인가 하는 의문을 던진다. 뜨거운 모래밭에서 어머니가 끓여주시던
시래깃국이 생각나고, 하얀 모래벌판을 보며 아내의 하얀 잠옷을 떠올

우리 시, 우리 시인

린다. 내 곁에서 존재하던 사랑하던 모든 이를 잊기 위해 화자는 "서역 삼만 리/아리아리 비늘 같은 은사(銀蛇) 길을/혜초같이 걸었다". 그리하여 "언젠가 우리 모두 면할 수 없는/한줌 흙이거나 모래일 것임으로", '모래알로 울고 싶었'기 때문이다. 그 모래알에 어머니와 아내의 존재를 묻고 싶었지만, 결국 시인은 두 사람의 존재를 기억이라는 이름으로 대체한 채 가슴에 품고 돌아왔을 것이다. 기억은 재생됨으로써 비로소 그 존재가 인정된다. 기억은 일상적으로는 저절로 떠오르는 회상(回想)이나 적극적인 노력으로 재생되는 상기(想起)에 의해 나타난다. 철학자 베르그송(H. Bergson)은 기억의 실체에 대해 "의식 속에 주어지는 세계의 타당성들은 때로는 현실적인 것으로 때로는 잠재적인 것으로 주어지기는 하지만, 항상 지평적 성격을 가진 것으로 주어진다. 말하자면 다양하게 흐르고 있는 의식의 삶 속에서 이전에 획득한 것들이 단순히 지나가버린 것이 아니라 항상 단지 주목되지 않을 뿐, 배경으로서 함께 주어져 있다."라고 말하였다. 또 그는 기억의 덩어리가 창조적 에너지로 사용된다고 하였다. 이제 시인에게 있어 아내의 기억은 창조적 에너지의 하나로 작용할 것이다. 그것은 어쩌면 어머니보다 더욱 생생한 기억으로 남을는지도 모른다. 이는 앞으로 시인의 작품 배경이 어머니에서 아내로 옮겨질 것임을 추단하는 근거이기도 하다.

5

이 세 권의 시집에 드러난 가장 빛나는 시적 성과는 그의 시적 서정성과 인생에 대한 긍정이다. 긍정은 관조의 세계에서 온다. 그만큼 시인은 한 발짝 물러서서 인생의 의미에 대해 반추한다. 문학에 있어서의 관조는 문학가의 일정한 예술의지의 표현으로 자연과 인생과 문학에 대한 사랑으로 드러난다. 시인은 "눈 내리기 전/나무에 새집도 달아주고/작은 밥상도 하나 걸어줘야겠다"(「새와 나」)고 마음먹는가 하면 "한 생이 //짐을 내릴 때다.//서서히 사라지는 빛과 그림자"(「그림자를 태우다」)라고 세상 모든 것에 대한 존재 의미를 노래한다.

> 중절모를 쓰고
> 바다를 넘어온 달이 솔가지 끝에 매달려 있다
> 간월도 저편
>
> 달은 벌써 아편 먹은 몽유병자
> 밀물과 썰물이 헛디디며
> 나도 조금만 지체하면 섬이 되었겠다
>
> 개심사쯤 가서 마음 비울까 했는데
> 자꾸만 뻘밭으로 몸이 돌아간다
> 물은 빠지고 서천을 덮던
> 달그림자가 도요새를 물고 갔다
>
> 캄캄한 뻘밭에 바람은 눕고
> 굴 여무는 소리, 진주알 몸 굴리는 소리
>
> 귀가 가렵다 간월도 저편
>
> —「간월도 저편」 전문

달이 뜬 간월도의 풍경이 손에 잡힐 듯 그려져 있다. 고요한 간월도의 달밤 풍경은 외롭다. 화자는 "개심사쯤 가서 마음 비울까" 했는데, 자꾸 뻘밭으로 몸이 돌아가는 것은 "캄캄한 뻘밭에 바람은 눕고/굴 여무는

우리 시, 우리 시인

소리, 진주알 몸 굴리는 소리" 때문이다. 그래서 화자도 "조금만 지체하면 섬이 되었겠다"라고 자신의 심정을 토로한다. 여기에서 시인은 곧 간월도와 하나가 된다. 하늘에 떠 있는 달, 밀물과 썰물이 있는 바다, 그리고 작중 화자는 하나의 삼각고리를 이루며 자연의 일부분처럼 간월도를 지키며 서 있는 것이다. 중절모를 쓰고 가지에 걸린 달은 화자 자신이고 몽유병자처럼 아편 먹은 달 역시 화자 자신이다. 간월도의 밤바다 풍경은 시인을 취하게 만든다. 거기에다가 자연이 들려주는 소리를 들을 줄 아는 시인에게 다가오는 서정성은 자연과의 일체화에서 오는 것은 아닐까?

시인은 그의 작품에서 그리웠던 우리들의 지난날의 모습을 보여주고 있다. 그 지난날의 모습이 단순한 지난날의 모습만은 아니다. 그것은 우리 미래의 바람직한 모습이기도 하고, 우리들의 삶이 되찾아야 할 가치이기도 하다.

한밭의 풍물과 색깔 입히기
— 시인 홍희표론

1

2012년 9월 22일 홍희표 시인이 세상을 떠났다. 대학에서 정년퇴임을 맞은 지 7개월 만의 일이다. 나이는 66세였다. 1946년 10월 6일 대전 대흥동에서 치과의사인 홍영관의 4남 2녀 중 장남으로 태어난 홍희표는 신흥중학교를 거쳐 보문고등학교를 졸업하고 서울로 올라와 동국대 국문학과에 입학한다. 홍희표가 시에 눈을 뜬 것은 중학생 시절 시인 임강빈 선생을 만나고부터였다. 또 고교시절에는 시인 이재복 선생이 교장으로 재직하고 있었고, 대학 입학 후에는 시인 서정주 선생에게서 시를 배울 수 있었던 행운을 누렸다. 그리고 대학 재학시절 강희근, 문효치, 박제천, 홍신선, 송유하, 김규화, 마종하, 문정희, 송영희 등 훗날 한국 문단을 수놓은 선후배들과 교유하면서 자신만의 문학세계를 더욱 확고하게 다져나갈 수 있었다. 그런 가운데 홍희표는 1967년 신석초 시인의 추천으로 『현대문학』을 통해 등단했다. 초회 추천작은 「내 살결에」(1966년 12월호)였고, 2회 추천작은 「봄바람에게」(1967년 5월호), 3회 추천작

　　　　　　　　　　　　　　　우리 시, 우리 시인

은 「아침의 노래」(1967년 9월호)였다. 그때가 동국대 3학년 재학 중으로 21살 약관의 나이였다. 그리고 이듬해 첫 시집 『어군의 지름길』을 발간한 이래 45년의 문단생활 동안 『숙취』, 『마음은 구겨지고』, 『한 방울의 물까지』, 『살풀이』를 비롯하여 『하이터치 그리움』까지 모두 열여섯 권의 시집과 『꿈의 정직함과 시의 넉넉함』 등 세 권의 평론집, 『박목월의 시 연구』 등 두 권의 저서를 펴내는 부지런함을 보여주었다. 대학을 졸업한 후 홍희표는 대전과 서울에서 중고교 교사생활을 하다가 1980년 대전의 목원대학교 국어교육과 교수로 임용되어 2012년 2월에 정년을 맞았다. 타계 후 『홍희표 시 전집』이 발간된 사실이 그의 죽음을 더욱 안타깝게 만든다. 마지막 가는 길을 지켜본 생전의 친구로서 시인 홍희표를 추모하는 마음을 담아 여기에 간략하나마 작가와 작품에 대한 소견을 피력한다.

2

홍희표는 여러 차례 시세계에 대한 변화를 시도한다. 평론가 조남익은 홍희표의 시세계를 모두 네 시기로 분류했다. 제1기는 청신한 이미지의 시, 제2기는 절제율의 민중시, 제3기는 토박이의 한밭 풍물시, 제4기는 세속과 신성의 화해시가 그것이다. 첫 시집 『어군(魚群)의 지름길』(1968)과 두 번째 시집 『숙취(宿醉)』(1973)를 펴낼 당시의 홍희표는 청신한 이미지스트였다는 평가를 받았다. 다음은 추천작품 가운데 하나였던 「아침의 노래」이다.

Ⅰ
다갈색(茶褐色) 안개에 마주서면
또 다시 탄생하는 기쁨
물오른 포플라의 활동을,
초하(初夏)의 땅을 가꾸는
부드러운 젖줄의 뒤척임.
은신(隱身)의 어둠 위를 나부대며
앳된 액기(腋氣)의 손끝으로
일제히 올라 오르고 있다.

Ⅱ
기왓골을 밟아오는
금발의 숲길을 헤치며
한 마리 새의 몸짓에
목마름 채워주고
달여울 맑음을 향해
나래치는 투망(投網)
차가운 미로(迷路) 속을 머물다
꿈꾸는 새눈이여

Ⅲ
풀포기 쫓아간
춤추는 벌나비떼
동녘에 서서
경작(耕作)하는 지혜를,
밝게 흔들리는 근육.
숨가쁜 목구멍의 준마(駿馬),
가파른 벼랑 위의 광휘(光輝)를.

— 「아침의 노래」 부분

우리 시, 우리 시인

아침의 눈부신 탄생과 기쁨을 노래한 시다. 표현이 매우 쉬우면서도 의식의 이미지화에 심혈을 기울인 작품이라고 말할 수 있다. 홍 시인의 개성이 고스란히 드러나는 작품이다. 신석초 시인의 추천의 말이 이 시의 성격을 그대로 대변한다.

홍희표 군의 「아침의 노래」는 아침의 청신하고도 약동하는 이미지를 내심의 추이에 따라 선명하게 부각시켜 놓았다. 홍 군의 시 발상이 많이 내면 추구에 노력하고 있으나, 대개 상황 묘사에 그치는 느낌이 있어 흠이다. 더 좀 상(像)을 응고시켜 심도를 나타내도록 유의해야겠다. 하지만 지적인 언어조직은 매우 고화(高化)되어 있고, 보기 드문 참신한 미를 나타내는 것은 좋은 가능성을 보여준 훌륭한 시인이 되어주기를 바란다.

한마디로 홍희표의 시는 이미지 위주의 작품이라는 뜻이다. 특히 '다갈색 안개'라든지 '금발의 숲길'이나 '나래치는 투망'이 주는 이미지는 시인이 시각적 이미지 제고에 얼마나 노력했는가를 알려준다. 그리고 그 가운데 움터오는 생명의 약동을 노래하고 있다. 여기에서 우리는 흑백의 배경에다 천연색 생명의 움직임을 보여주는 듯한 느낌을 받고 있다. 시는 비유와 상징을 통해 여러 가지 이미지를 제시한다. 구체어로부터 연상되는 감각적 인상이나 형상, 또는 연상되는 추상적 관념을 말한다. 이미지의 기능은 감각적 인상의 재현, 추상적 관념의 구체화, 추상적 관념의 암시로써 사물을 보다 생생하게 전달하며, 사물의 인상과 영상을 더욱 뚜렷이 하는 기능을 한다. 이미지의 제시방법으로서는 묘사, 또는 감각적인 수식어의 구사를 통하여 직유, 은유, 대유, 의인 등의 수사적 표현방법에 의해 상징을 통해 이루어진다. 이미지의 기본적인 기능은 감각적 인상을 생생하게 재현해내는 데 있다. 이미지는 어떤 대상의 감각적 인상을 전해줄 뿐만 아니라, 독자에게 그 대상과 관련된 여러 가지 관념들을 연상시킨다. 이와 같이 관념을 연상시키는 기능을 가지는 이미지가 상징적 이미지다. 홍희표의 초기 시는 이러한 상징적 이미지를 살리는 데 탁월한 솜씨를 보인다. 다음은 그의 두 번째 시집 『숙취』의 표제작이다.

잠긴 빗장을 열면
뻘밭의 배암처럼
허물을 벗은 망령
무너진 살점 같은 문
쏟아지는 하늘
죽은 입술 사이로
사라지는 크랙션
네거리의 불티
울음 울던 초승달이
미루나무 가지 위에
떨며 일어서는
간밤의 나의 숙취

—「숙취」 전문

여기에서 대부분의 시행들은 '망령', '문', '하늘', '크랙션', '불티', '숙취' 등 명사로 끝을 맺고 있으면서 이 단어들을 연결고리로 하여 하나의 이미지를 만들어낸다. 논리적 구문과는 관계없이 주로 명사와 명사로 된 행의 결합을 통해서 함축적인 표현을 담아내는 방법이다. 이는 이미지의 간결성을 주면서 독자에게 집중된 인상을 전해주는 역할을 한다. 어떤 외부의 장면이나 대상에 대한 생생한 인상을 통해서 정서적 감응을 표현한 것이다.

시인은 작품 전체를 통하여 주관적 감정을 배제하려는 의도를 보인다. 화자가 전면에 나타나지 않은 것도 이와 관련이 있다. 그는 대상과 객관적 거리를 유지함으로써 감정이 노출되는 것을 막아준다. 그렇다고 시인이 작품 속에서 전혀 아무런 역할도 하지 않는 것은 아니다. 이들 사물들을 선택하고 배열하여 특정한 구도와 분위기를 연출하는 자체가 하나의 의도된 계획하에서 나온 것이기 때문이다. 이러한 수법에서는 이미지 수법이 매우 중요하게 작용한다. 이 작품에서 명사형 결구가 주는 이미지는 매우 어둡다. 형태적으로 보이지 않는 '망령'과 '크랙션' 등의 언어는 어둠의 근저를 조명하고 있다. 이는 시인의 의식세계이다.

3

1970년대에 유행하기 시작한 우리 민중시는 민족문학론의 발전 개념으로 나타나는 민중문학의 한 장르이다. 일반적으로 민중시란 민중의식을 토대로 한 실천성의 개념을 중시한다. 민중시가 실천적 의식을 강조한다는 것은 전통적인 의미의 시적 자율성을 거부하고, 시적 공간과 일상적 공간의 일치를 전제로 한다. 1980년대에는 인간다운 삶에의 열망이 시로 표출되기도 했는데, 민중시는 이와 같은 사회적 쟁점을 첨예하게 반영하여 80년대 시의 흐름을 주도하였다.

홍희표 시의 제2기는 민중시가 그 주를 이룬다. 그는 초기 시에서 보듯 감성이 예민하고 풍부한 시인이다. 세상을 아름답고 참되게 살고자 하는 시인 앞에 던져진 현실은 아픔과 절망을 예고한다. 현실은 정치적인 것일 수도 있고, 사회적인 것일 수도 있다. 순수하고 예민한 감성의 시인에게는 한층 큰 아픔일 수 있다. 그러나 홍희표의 시에는 그 아픔과

절망에서 벗어나고 싶은 간절한 욕구가 서리게 된다. 사회와 정치권에
게 던지는 쓴소리가 그것이다. 다음은 시인의 제3시집 『마음은 구겨지
고』(1978)에 수록되어 있는 작품이다.

> 불붙는 화투짝 나의 언어는
> 정치적 오도(誤導) 그 손등의 파리
> 머리털 한 올 한 올 빠지고
> 수운 먹고 있는 호박꽃
> 폐수 먹고 있는 미꾸라지
> 떨어지는 편견의 기저귀
> 구름 바라보며 70년대 소설가
> 관능 하염없이 생각함.

—「양치질하며」 부분

"불붙는 화투짝"은 황금만능주의를, "정치적 오도"는 권모술수와 기
만으로 얼룩진 이 세상을 가리킨다. 그런 가운데 시인이 다루는 언어는
"손등의 파리"에 지나지 않는다. 즉 거대한 시대의 오탁(汚濁)의 흐름에
시인의 존재는 나약하기 그지없다. 그래서 시인은 "머리털 한 올 한 올
빠지고" 여느 사람들은 "수운 먹고 있는 호박꽃"이거나 "폐수 먹고 있는
미꾸라지"에 불과하다. 이러한 물신 숭배, 정치 만능의 풍조에 대해 시
인은 "엉덩이를 소중히/명예를 소중히/다이아몬드를 소중히/(갈수록 상
쾌합니다)"(「풀잎 하나」)라고 줄기찬 야유의 끈을 놓지 않는다. 시인은
이런 세상을 야유하면서 시를 쓴다는 사실에도 회의를 느낀다.

> 쓴다는 것은
> 아주 부질없는 행방
> 버려진 것을

 우리 시, 우리 시인

기둥 삼아 살아간다는 것은.

그런 어리석음으로
애써 버린
반평생의 의족(義足)
슬픔의 저울눈 읽으며

―「거꾸로 서서」 부분

시인은 "시를 쓴다는 것"을 "버려진 것을 기둥 삼아 살아간다는 것"에 비유한다. 자신의 삶을 자신의 의지대로 살지 못하는 현실을 "반평생의 의족"으로 표현한다. 그렇기 때문에 참과 거짓의 가치가 전도된 세상을 바로 이해하기 위해 "거꾸로 서서" 바라볼 수밖에 없다. 이런 사회 비판의 시는 제4시집 『한 방울의 물에도』(1982)까지 이어진다.

4

홍희표 시의 제3기는 한밭 풍물시가 주조를 이룬다. 그것은 제5시집 『살풀이』(1984) 이후인데, 제9시집 『아스렝이 버드내에서 춤추며』(1991)에서 본격적으로 한밭의 풍물을 다루기 시작하였다. 그의 창작의 고향은 대전이다. 그는 대전에서 태어났고, 대전에서 초등학교, 중고교를 다녔다. 4년 동안의 대학시절과 잠시 동안의 서울에서의 교사생활을 뒤로하고 그는 다시 대전으로 귀향했다. 그리고 1980년부터 타계하기 직전까지 고향에 있는 목원대학교에서 교수로 재직했다. 한마디로 그는 어릴 때 출향하였다가 시인과 문학박사 학위를 가진 교수로 금의환향한 셈이다. 그러나 겉으로 드러난 이런 모습 이외에 그의 귀향은 문학적 뿌리를 튼튼하게 내리고 있는 정신적 지주를 다시 찾은 셈이다. '한밭'은 글자 그대로 큰 밭이 있던 넓은 들판이었다.

　　서울에서 목포까지
　　울며불며 가는 완행열차
　　늙은 거북이 춤추듯
　　중간역 대전에 도착해
　　떠나는 시간이 0시 50분
　　동태눈 짝짝으로 하고
　　가락국수 먹던 호남선의 시발역홈
　　그제나 오늘이나
　　우리 백제권은
　　모래바람만 휘날리는
　　푸대접과 무대접판이라
　　외줄기 철로 위에서
　　흰 거품 뿜으며
　　이별의 말도 없이
　　쉬어가던
　　대전발 목포행 완행열차
　　당신은 잊었는가
　　그 대전 부르스를

— 「0시 50분」 전문

　　대전은 경부선과 호남선이 갈라지는 지점이다. 교통의 요충지로 한
밤중에 완행열차가 선다. 자정 무렵 열차가 대전에 잠시 정거하면 승객
들은 플랫홈 홍익회 매점에 달려가 가락국수 한 그릇으로 요기를 하고
나서 다시 열차에 타거나 다른 열차로 갈아탄다. 한밭은 야간열차의 승
객처럼 삶의 피곤함과 무심함으로 다가오는 곳이다. 한밭은 개성 없는
도시, 역사 없는 도시, 뜨내기 도시이다. 시인은 그런 도시에 시적 표정

　　　　　　　　　　　　　　　　　　　　　우리 시, 우리 시인

을 입히려고 노력한다. 그 표정은 유행가 가사처럼 '이별'과 낯섬으로 다가온다. 그것은 시인이 고향을 사랑하는 방식이다. 시인은 또 고향의 친구를 사랑한다. 시인 송유하도 그 가운데 한 사람이다.

오정골에서 태어난
우리 한밭의 이름난 시인
은진 송씨의 유하
오, 주발에다
하늘을 담자는
파란꽃은 파란 꿈 꾸고,
오, 주발에다
엄니 손길 담자는
빨간꽃은 빨간 꿈 꾸고,
어느 날 잡지 편집쟁이가
싫어, 싫타
막걸리 퍼마시다
노래 노래 자지러지듯
빙폭의 탄압을 견디다가
객지 김포 논두렁에서
코 박고 이승 떠난
꽃의 민주주의 시인이여!

—「오, 주발에다」 전문

시인 송유하와 시인 홍희표는 고교와 대학을 함께 다닌 죽마고우로, 서로 누가 시다운 시를 쓰느냐며 키재기를 하던 친구이다. 비슷한 시기에 문단에 나왔고, 어려운 가운데 출판업을 하던 송유하는 1976년 겨울 김포 논바닥에 주검으로 누워 있었다. 동화작가 정채봉과 술 마신 다음 날 아침의 일이다. 시인은 어린이처럼 순수한 마음과 아름다운 눈빛을 지녔던 송유하를 잊지 못한다.

송유하와 함께 시인에게 언제나 정감어린 고향처럼 포근한 이는 시인 박용래이다. 박용래는 시인의 말대로 '진정한 술꾼'이요, '눈물의 시인'이다. 제2선집 『눈물점 박용래』(1991)는 충청도 토박이 시인 박용래에게 보내는 연가이다. 시인은 작품 「초례」에서 박용래 시인을 "호박잎에 떨리는 청기와.//호박잎에 뒹구는 초례청.//호박잎에 날으는 흰모시.//담 너머 담 너머 우뢰소리."라고 그렸다. '청기와', '초례청', '흰모시', '우뢰소리'는 모두 맑고도 향토적 이미지를 지녔다. 이것들은 우리 삶의 재충전을 위해 영혼에 파고든다. 어느 시집을 들쳐보더라도 시인의 고향 사랑은 가득하다.

시인은 계속해서 고향 대전의 풍광과 언어를 잊지 못한다.

<blockquote>

한밭 한적골에 자리잡은
보문산이 산 중에서
가장 크고 높은 산이네요.
엄니 손잡고 소풍가고
선상님 손잡고 소풍가고
동무 손잡고 소풍가고
때로 기집애 손잡고 소풍갔지요.
다른 고장에서 높은 산도
깔깔거리고 보았지만
지금도 내 주위에
주봉(主峰)으로 붙어앉아
가장 크고 높은 보문산
신산만산할락궁이네요

</blockquote>

　　　　　　　　　　　　　　　　　　　—「보문산 Ⅰ」 전문

　　　　　　　　　　　　　　　　우리 시, 우리 시인

시인의 마음속에 보문산은 세상에서 제일 큰 산이었다. 그건 정신의 주봉이었다. 어린 시절 "엄니 손잡고", "선상님 손잡고", "기집애 손잡고" 소풍간 곳이 바로 보문산이었다. 보문산은 시인에게 '신산만산할락궁'과 같은 존재다. 제주신화에 나오는 신산만산할락궁은 사라도령과 원강아미의 아들이다. 사라도령은 옥황상제의 명을 받아 서천꽃밭 꽃감관으로 가는 도중에 임신한 원강아미를 제인장자 집에 맡기고 간다. 원강아미는 아들을 낳는데, 사라도령의 말대로 신산만산할락궁이라고 이름을 짓는다. 신산만산할락궁은 제인장자의 모진 구박을 피해 아버지를 찾아 떠난다. 그 후 아버지를 만나고 죽었던 어머니도 다시 살려낸 다음 서천꽃밭 꽃감관 자리를 물려받는다. 서천에 있는 너른 꽃밭에는 사람의 운명을 좌우하는 갖가지 꽃이 피어 있는데, 꽃감관은 이를 지키며 세상 사람들의 소원을 들어주는 일을 한다. 즉 시인에게 보문산은 모진 고통을 이기고 부모님과 함께 살게 되면서 세상 사람들의 소원을 들어주는 역할을 담당하는 신산만산할락궁과 같은 존재이다. 자신을 생육시키고 정신의 성장을 지켜보아준 보문산에 대한 예찬은, 고향 대전을 사랑하는 시인에게 어쩌면 당연한 일인지도 모른다.

홍희표는 제10시집 『늙은 호박 속에는 뭐시 들어있을까유우』(1992)의 자서에서 자신의 한밭 풍물시에 대해 이렇게 말한다.

나이를 먹을수록 차츰 고향이 그리워한다. 고향은 때때로 황금나무가지에서 살벌해진 우리를 뒤돌아보게 해준다. 인간순정의 세계로 이끄는 곳이 고향이다. 지치고 고달픈 우리를 감싸 안아주는 화톳불, 그리고 잃어버린 동심 속으로 돌아가게 해주는 오솔길.

나는 이 한밭풍물시에서 어제의 한밭과 오늘의 한밭, 그리고 내일의 한밭을 그리고 싶었다. 그러나 내 유년시절에의 어제의 한밭에 집중된 것도

사실이다. 앞으로 더욱더 고통스럽더라도 오늘과 내일의 이 고장을 지켜보
며 노래할 것이다.

이처럼 시인의 한밭사랑은 제12시집 『보리피리 버들피리 민들레 피리
를』(1994)에까지 이어진다. 충청도 사투리의 정겨움과 한밭의 정다운 숨
결이 가슴에 와 닿는다.

5

'시로 쓴 선사열전'이란 부제를 단 제11시집 『이 뭐꼬!』(1993)는 경허
(鏡虛)에서 지선(知詵)에 이르기까지 선승들의 열전을 산문시로 표현한
것이다. 선(禪)은 깨달음의 체험이다. 이는 시가 깨달음의 노래라는 점에
서 일치한다. 선승이 선의 행위에서 깨달음을 얻었을 때 오도송(悟道頌)
이 터져 나오는 것처럼, 시인이 삶의 진리를 얻었을 때 시가 형상화되어
나온다.

> 선이란 어떤 것인가. 선을 선이라 하면 선이 아니요, 선을 선이 아니라
> 하더라도 선이 아니다. 선은 선도 아니고 선 아님도 아니다. 선은 선이면서
> 선이 아니고 선이 아니면서 선이다.
>
> ―「차 한 잔」 전문

경봉(鏡峰) 스님의 법어를 그대로 시로 쓴 것이다. 결국 언어를 통해
진리는 표현된다. 그러나 언어 그 자체가 깨달음은 아니다. 선이 선이되
선이 아니고 선이 아닌 것도 선이기도 한 것이다. 즉 유(有)와 불유(不有)
는 한 가지요, 무(無)와 불무(不無)도 한 가지이다. "세상사가 훤해졌으면

우리 시, 우리 시인

좋겠는데 나는 여전히 무명의 안개 속에 갇혀 있다.”라는 시집의 책머리에서 말한 것처럼 시인은 시를 통해 무명에서 벗어나고자 했다. 그 노력은 시집 곳곳에서 찾을 수 있다. 「불이문(不二門)」, 「무애락(无涯樂)」, 「오도송(悟道頌)」, 「무심송(無心頌)」, 「야단법석(野壇法席)」 등 작품 제목이 보여주듯이 큰스님들의 행적과 법어와 오도송들이 가득하다. 홍희표 시인은 이 시집에서 시인이 도달한 진정한 언어에서의 벗어남을 보여주고 있다.

홍희표는 한때 기행시를 많이 발표하였는데, 이런 작품을 묶어 제14시집 『라인강의 쥐탑』(1999)을 상재하였다. 시인은 1980년대부터 지리산을 비롯해 한반도 남반부 곳곳을 길손처럼 헤매고 다녔고, 1990년대 이후에는 중국·일본·미국·호주·유럽 등 세계 여러 곳을 여행하였다. 그리고 그것에 대한 자신만의 새로운 시각으로 외국의 풍물을 해석했다.

> 샌프란시스코 건너편 산호세
> 그 옆에 산타클라라
> 목백합 가로수 아래
> 고교시절 문학의 밤 때
> 「이별의 노래」를 불렀던
> 얼룩송아지 눈동자
> 최기숙 단발머리 살고 있네
> 미국 야자수 되어
> 태평양 물무늬 되어
>
> ― 「산타클라라」 전문

시인은 여기에서 보는 것처럼 단순한 산타클라라의 경물(景物)을 노래하지 않고, 아마도 그곳에 이민 와서 살고 있을 문학소년 시절의 여자 친구에 대한 추억의 정서를 표현하고 있다.

제15시집 『물땅땅이도 때때로』(2006)는 그의 회갑을 기념하여 출간된 시집이다. 40년간 시를 써온 시인은 이 무렵 "시 쓰기가 부끄럽다"고 여긴다. 시인은 스스로를 "향기도 없는 담녹색 모과"로 여긴다. 싱싱한 모과에게서는 좋은 향기가 나지만, 썩은 모과는 버려질 수밖에 없다. 그래서 시인은 더 이상 향기로운 시를 쓸 수 없다. 시인은 시 쓰기의 모라토리엄을 선언한다. 더 이상 향기로운 시를 쓰지 못한다고. 시인은 다만 부끄러울 따름이다.

> 러시아 모라토리엄 선언
> 못 다한 여름 떠나보내듯
> 루불화 50% 평가절하
> 백곰 울음소리 처연해
>
> 아니야 내가 먼저 백기 흔들며
> 두 손 번쩍 들 걸
> 아하, 30여 년간 시쓰기
> 모라토리엄(장인적 치밀함도 점점……)
> 아하, 30여 년간 시쓰기
> 모라토리엄(서사적 견고함도 점점……)
> 왜, 되풀이 헛소리만 하니까
>
> ─「모라토리엄」부분

한때 미국과 더불어 세계의 패권을 다투던 거대한 나라 러시아가 외국의 빚을 갚지 못해 모라토리엄을 선언하듯, 시인 역시 이젠 시 쓰기의 모라토리엄을 선언할 수밖에 없다. 30여 년간의 시 쓰기는 '실존적 절

망'과 '억눌린 스프레이', '감상적인 환멸'만 남겨주었다. "시적 치밀함
도 점점" 사라지고, "서사적 견고함도 점점" 약해져 버리고 만다. 그러
나 부끄럽고 아무도 알아주지 않아도 시인은 시를 쓰지 않을 수 없다.

> 막걸리 한 주발에
> 매미소리 깨지고
> 흔들리네 달맞이꽃
> 오요요 오요요
> 강원도의 별빛들
> 늙은개 껴안고
> 탑돌이 하고 있네.
>
> 달콤새콤 시를 쓰는
> 아니 써야 하는 외로움.

—「노견심(老犬心)」 전문

시인은 '늙은개'를 자처한다. 시인은 병술생 개띠이다. 그는 '막걸리
한 주발'에 도도한 주흥에 젖었다. 강원도의 밤하늘 가득 박힌 별을 쳐
다보며, 시인은 외로움을 이기기 위해서라도 '달콤새콤'한 시를 쓸 수밖
에 없는 존재이다.

6

20대 초반의 나이에 시단에 데뷔한 시인 홍희표는 세상을 떠날 때까
지 45년이란 오랜 시간을 시를 쓰면서, 시를 강의하면서, 시를 읽으면서
보냈다. 그렇게 보낸 세월만큼 16권의 시집을 펴냈다. 그리고 시간이 흐
르면서 그의 시세계는 변화를 보여왔다. 초기에는 참신한 이미지스트로

서의 선명하고 참신한 이미지를 표현하기 위해 노력하였다. 이 무렵의 그의 시는 탐미주의 경향을 띤다. 그의 미적 탐구의 대상은 우리 주변의 일상에서 찾을 수 있는 것들이었다.

시인은 한때 민중시라고 불리는 사회 비판시를 발표하였다. 전통적 가치가 사라지고 물질이 세상을 지배하는 사회에 던지는 풍자라든지, 민주주의가 압살당한 독재정권에 대한 저항이 그 주를 이루고 있었다.

대전 출신인 그는 누구보다 고향을 사랑했고, 고향의 경물과 풍습을 자랑했으며, 주변의 문우들과 각별한 우의를 보여주었다. 그래서 시인이 한밭 풍물시를 다수 발표한 것은 오히려 당연한 일인지도 모른다. 그는 뜨내기 도시인 한밭을 아름다운 시의 색깔과 향기로 채우고 싶어 했다.

시인은 이순의 나이에 접어들면서 그의 문학적 세계에 변화를 보여주는데, 고승들의 행적이나 오도송을 시로 표현하기도 하였다. 세계의 풍물을 보고 겪으면서 거기에서 오는 서정감을 내밀히 소화하여 작품으로 형상화한 것도 특기할 만한 일이다.

기호가 주는 상징의 의미

— 시인 정성수론

1

여행을 좋아하는 필자는 서너 차례 러시아를 가볼 기회가 있었다. 그곳에서 슬라브 민족들이 창작한 이콘화(icon畫)에 많은 관심이 갔다. 벼룩시장에는 이콘화를 산더미처럼 쌓아놓고 팔고 있었다. 그것은 모두 헐가였으나 해외반출이 금지된 품목인지라 글자 그대로 "그림의 떡"에 불과했다. 러시아는 당초 문자를 갖지 못했다. 그리스정교를 받아들여 국교로 삼았지만, 백성들에게 기독교의 교리나 성경의 내용을 말로써만 전달할 수밖에 없었다. 그러자니 자연스레 목판 등에 채색한 그림이라는 수단을 사용하여 그것을 알려주어야 했다. 지금 이런 이콘화는 인류의 소중한 문화유산이다. 우리가 컴퓨터의 기초 화면을 켜면 나타나는 아이콘이란 용어도 여기에서 온 것이라고 한다. IT시대를 살고 있는 우리에게 아이콘이야말로 현대적 기호를 대표한다. 그 후 러시아는 11세기 들어 다시 그리스 문자를 가져다가 저들의 문자로 삼았다. 즉 당초에는 이콘화가 의사소통의 주요수단이었다면 다음에는 그리스 문자가 그 역할을 대신했다. 우리 주변에 있는 모든 물적 형성체는 도구적 기능과 소통적 기능을 함께 지니고 있는데, 두 가지 중에서 소통적 기능에 기여할 때, 즉 문화적 영역에 속할 때 우리는 이것을 기호라고 부른다. 그렇다면 기호의 의미는 과연 무엇일까? 기호란 그리 특별한 것은 아니다. 우리의 주위를 둘러보면 모든 것이 기호로 둘러싸여 있음을 우리는 알게 된다. 거리의 도로 표지판에서부터 밤이면 여기저기서 불이 켜져 빛나는 교회의 십자가에 이르기까지 우리는 기호를 바라보며 기호를 통해 세계를 인식하고 다른 사람들과 의사를 소통한다. 이처럼 우리는 기호의 홍수 속에 살고 있는 셈이다. 결론적으로 말하면, 우리는 기호가 표상하는 의미와 가치들을 통해 사회와 커뮤니케이션을 이룩하며 문화를 형성해나간다. 에코의 말처럼 "모든 문화의 과정은 커뮤니케이션 과정"이라고 한다면 기호학은 어떤 현상을 연구하는 학문이라고 규정지을 수 있다.

모든 커뮤니케이션에서는 형식들을 심층에 있는 코드에 의해 메시지를 보낸다. 즉 모든 커뮤니케이션의 고정 속에는 일정한 문화계약에 기초한 규칙이나 코드가 존재하고 있다. 철학이 인간의 사상을 탐구하고, 심리학이 인간의 정신구조를 탐구하는 것이라면, 기호학은 인간이 다루는 모든 상징체의 구조와 그것이 재현하는 사상성을 탐구하는 학문이다. 인간은 심리학의 바탕 위에 서서 철학의 하늘 아래 산다. 다시 말해 인생에는 철학과 심리학 사이에 펼쳐진 공간과 시간의 체험을 지닌다. 철학과 심리학 사이를 채우고 있는 것이 상징체들이고, 그러한 상징체의 기본이 바로 기호이다. 인간이 창조적 동물이라고 할 때, 그것은 인간이 기호들을 엮어 의미 있는 상징체로 만들어내는 능력을 갖춘 존재라는 뜻일 게다.

　　　　　　　　　　　　　　　　　　　　　　　　우리 시, 우리 시인

기호학이란, 사람들이 사용하는 기호를 지배하는 법칙과 기호 사이의 관계를 규명하고, 기호를 통해 의미를 생산하고 해석하며 공유하는 행위와 그 정신적인 과정을 연구하는 학문이다. 기호학의 전통은 철학의 전통과 같이 한다고 할 수 있다.

오늘날의 기호학을 크게 발전시킨 이로 두 명의 선구자적 역할을 담당한 학자가 있는데, 미주를 대표하는 퍼스(C. S. Peirce)와 유럽을 대표하는 소쉬르(F. de Saussure)가 그들이다. 그 가운데 퍼스는 기호를 도상(icon)과 지표(indices), 상징(symbol)으로 구분하였다. 도상은 그 사물적인 형태가 직접적으로 기호의 형태로 발현된 것으로, 기호와 지시하는 대상과 닮은 형태를 지닌다. 즉 기호 자체의 성격에 의해서 그 지시 대상을 언급하는 기호인데, 기호와 대상 사이에 직접적이며 공통된 속성을 지닌다. 초상화, 지도, 도형, 조각 등이 여기에 해당된다. 지표는 그 대상에 의해서 실제적인 영향을 받고, 그 사실을 구성원들이 인정함에 따라 대상의 기호로써 기능하는 것을 말한다. 지도상의 온천, 광산, 학교 등이 여기에 속하는데, 기호와 해석체 사이에 우연적이고도 실질적인 연관을 갖는다. 상징은 기호가 그것을 지칭하는 대상과 임의적이거나 자의적인 관계를 지니는 것으로 언어가 대표적이다.

2

기호학이 의미작용과 커뮤니케이션을 포괄하는 기호작용에 관한 학문이면서도 특히 의미작용에 더 관심을 두는 것은 그것이 근본적으로 정신적 과정이라는 점 때문이다. 이렇게 볼 때 만일 인간의 삶 전체를 문화라고 한다면 문화야말로 기호작용의 총체라고 할 수 있다. 자연의 질서에 인간이 의미를 부여하고, 그것을 번역, 해석하여 인간의 삶에 도움이 되도록 바꾸어나간 것이 문화이기 때문이다. 그래서 인간은 기호의 세계를 벗어날 수 없고 그 안에서 살다가 그 안에서 죽는 것이다. 오늘날 기호학이 기호가 가진 힘과 그것이 인간의 삶에서 차지하는 몫뿐만 아니라 기호의 과잉에 따른 위험을 지적하고 있는 이유가 바로 이 때문이다.

이처럼 인간은 사회생활을 영위하는 데 필요한 의사소통을 위해 여러 가지 방법을 강구하여 왔다. 당초 기호로부터 시작된 커뮤니케이션의 역할도구는 우리 시대에 와서 (문자)언어라고 하는 하나의 쉼표를 찍었다. 우리들이 통상 시인이라고 일컫는 이들은 (문자)언어로써 시(詩)를 창작한다. 시는 일정한 형식에 의하여 통합된 언어의 울림, 조화, 리듬 등의 음악적 요소와 언어에 대한 이미지 등 회화적 요소에 의해 독자의 감정이나 상상력을 자극하는 문학작품이다.

인간의 언어는 형식인 음성과 내용인 의미의 결합으로 이루어져 있는데 언어의 의미에 대해서는 여러 가지 견해가 있다. 먼저 지시설이다. 지시설은 언어의 청각 영상이 실제적으로 가리키는 구체적인 지시 대상이 언어의 의미다. 즉 낱말의 의미를 사물 그 자체와 동일시하는 관점이다. 의미의 지시설은 상품의 상표나 고유명사의 의미 규정에는 어느 정도 타당성을 지닌다고 할 수 있다. 그러나 대다수의 낱말이 명시적으로 사물과의 관련성을 띠는 것에 그치는 것이 아니므로, 의미를 지시로 취급하는 것은 의미 본질의 일부를 드러내는 데 불과하다고 하겠다. 다음은 개념설이다. 언어의 의미는 그 언어가 가리키는 구체적인 대상물이 아니라 개념이다. 즉 언어는 지시물과 직접적으로 연결되는 것이 아니라, 우리 마음속의 개념인 사고와 지시를 통하여 연결된다고 봄으로써,

사고와 지시의 부분을 의미로 규정한 것이다. 이 관점을 뒷받침해주는 것이 바로, 구체적인 지시 대상이 실재하지 않는 말들이 많다는 것이다.

일상생활에서 사람들은 직설적인 말하기나 글쓰기를 통해 자신의 생각이나 느낌을 표현하는 것이 일반적이지만, 시인은 자신이 표현하려는 생각과 느낌을 직접적인 설명만으로 표현하지 않는다. 시를 읽으면서 비유적이거나 상징적인 표현과 마주칠 때 우리는 해석의 어려움을 겪기도 하지만, 그 어려움을 해결하고 나면 대상에 대한 새로운 인식에 도달하게 된다. 사물을 총체적으로 바라보고 그 안에 담겨 있는 진정성을 찾아내는 시의 본질은 비유와 상징을 통해 개별적인 시 작품 속에 구현된다. 따라서 비유와 상징을 이해하는 것은 시를 감상하고 향유하기 위한 바탕이 된다. 그것은 문학 가운데서도 특히 시는 비유와 상징이 그 생명이기 때문이다.

3

그런데 이번에 정성수 시인이 느닷없이 『기호 여러분』(월간문학 출판부, 2012. 1)이라는 제목의 시집을 출간했다. 느닷없다고 표현한 것은, 지금껏 우리가 대하던 언어의 범주라는 틀 안에 자리하던 대다수 시인의 시와는 달리 그가 기호로써 창작된 자신의 시적 표현물을 우리들 앞에 던졌기 때문이다. 비교적 긴 시의 제목들에 비하면 본문은 단 한 개의 기호뿐이다. 예를 들면 작품 「이 세상 모든 고독한 존재에게」의 본문은 "&"라는 기호로 표기되어 있다. 따라서 이 시집에 게재된 작품 79편에는 79개의 기호가 등장한다.

시인은 이미 시집 『세상에서 가장 짧은 시』(2009)를 상재한 적이 있는

데, 거기에 10여 편의 기호시를 선보이고, 이번 시집에는 아예 기호시만 게재하고 부제를 "세상에서 가장 짧은 시(2)"라고 붙였다. 그리고 시인은 이번 시집의 머리말에서 비시적인 요소의 유행을 지적하고 짧은 시를 창작하리라는 다짐을 한다. 다른 하나의 이유에 대해서는 번역의 문제라고 말한다.

> '시의 산문화'에 대한 반작용뿐만 아니라 시의 내용을 외국어로 온전히 번역하는 것이 사실상 불가능한 '문자의 한계'를 벗어나고자 하는 것이 그 것이다.
> 다시 말하자면 '내용(본문) 번역이 불필요한 시'(제목 번역은 다행히도 시 내용에 비해 그리 큰 제목이 되지 않는다)가 이 시집이 지향하는 또 하나의 목적이다. 시는 어차피 운명적으로 상징이나 비유나 심상이 아니겠는가!

시인의 기호에 대한 집착은 이미 오래전부터였던 것으로 보인다. 시인은 중학교 3학년 재학시절에 출판한 첫 시집 『개척자』(1961)를 비롯하여 이번 『기호 여러분』까지 상당수 시집 표지 그림을 자신이 직접 그렸다. 그리고 그것은 사람의 모습을 추상으로 형상화한 선화(線畫)였다. 이것은 시인이 얼마나 기호가 지닌 상징성에 유의하고 있는가 하는 사실을 말하고 있는 것이다.

기호는 의미작용의 기호와 의미소통의 기호로 나눌 수 있다. 전자가 전달하고자 하는 것과 전달되는 것들이 어떤 의미를 지니고 있는가를 중점적으로 살핀다면, 후자는 정보전달이론에서 말하는 바와 같은 어떤 의미와 신호전달의 경로에 관심을 기울인다. 이 시집의 본문에 해당하는 79개의 기호들이 의미작용으로서의 기호와 의미소통으로서의 기호 가운데 어느 부류에 해당하는지는 잘 알 수 없다. 따라서 시의 제목으로써 분류하는 수밖에 없는데, 「그믐달 속 작은 별」, 「꽃들은 우산을 쓰지 않지」, 「지구야, 놀라지 마라」, 「우주는 빈 의자」 등 예닐곱 편의 작품을 제외한 대부분의 작품이 인간과 그 관계를 제재로 하고 있다. 여기에서 무작위로 몇 편의 시를 골라보았다(사실 무작위가 아니라 컴퓨터 문자 판에서 찾기 쉬운 기호를 위주로 하였다.). 그랬더니 "∨"(「나와 그대 사이」), "H"(「사람과 사람」), "&"(「이 세상 모든 고독한 존재에게」), "+"(「나는 너의, 너는 나의」), "—"(「살아온 날들은 빼주세요」), "··"(「콧구멍이 두 개인 이유」), "⌒"(「웃는 눈은 왜 위로 휘어지는가」), " : "(「정자는 질주하며 소리를 내지 않는다」), "△"(「사랑의 끝」), "×"(「존재 속에 사라졌다, 너는」), "ㅇㅇ"(「지구야, 놀라지 마라」), "1/2"(「갈 수 없는 나라」), "ㅎ"(「해의 씨앗은 땅 속에 계시다」), "☆"(「별들은 대낮에도 잠들지 않지」)과 같은 기호들이 나타난다. 긴 작품의 제목이 설명적이고 본문은 단지 한 개의 기호로 성립되어 있는데, 메시지의 전달이 정의(定意)의 방식을 취하고 있다. 정의란 "무엇은 무엇이다."라는 진술방법으로 피정의항과 정의항 사이에 등식이 성립되어야 함을 전제로 한다. 여기에서 피정의항은 긴 제목이고 정의항은 기호이다. 확장된 정의라는 용어가 있다. 피정의항이 복잡한 것일 때 단순한 정의로는 부족할 경우가 있다. 그런 경우 일반적으로 허용된 견해나 개념만으로는 정의가 불가능하다. 이때 필자는 자신이 내세우는 새로운 견해나 개념을 동원하여 새로운 정의를 내세우게 되는데, 이를 확장된 정의라 한다. 정성수 시인의 기호시는 확장된 정의에 가깝다.

위에 열거한 작품 몇 개를 살펴보자. 작품 「나와 그대 사이」를 "∨"으로 표기한 것은 아무리 사랑하는 사이라도 감정적인 간극이 존재하고, 절친한 친구 사이라도 작은 틈이 있을 수 있다는 것을 나타낸 것이라면,

「사랑의 끝」을 "△"으로 말하는 것은 사랑이 변증법적인 현상이 아니라, 소위 말하는 남자 1, 여자 2 혹은 남자 2, 여자 1라는 삼각관계로 돌입할 때 그 사랑은 끝나고 만다는 인과론적 관계를 보여주고자 하는 시인의 의도가 드러나 있다. 또 「갈 수 없는 나라」의 본문 "1/2"은 원래 한 민족 한 국가였던 한반도가 남과 북으로 다른 정치체제로 절반씩 나누어져 서로 갈 수 없는 비극을 이야기한다.

이승하 시인은 정성수 시집 『기호 여러분』의 해설에서 "각각의 부호에 대해 시인이 어떻게 이해하고 해석하고 새롭게 의미를 부여했는가에 대해서는 더 이상 말하지 않기로 한다."라고 결론처럼 언급하면서, 이는 "독자가 자유롭게 감상할 수 있는 부분을 해설자가 빼앗는 느낌이 들기 때문"이라고 밝혔다. 이승하는 시집 해설에서 『기호 여러분』에 나온 본문들과 관련시켜 이 작품들을 기호시라고 불러야 할는지 부호시라고 불러야 할는지 애매한 태도를 보이고 있다. 그만큼 이번 시집이 우리 문단 초유의 것이기 때문이리라.

사실 문예기호학은 기호 혹은 부호로 된 시를 해석하는 학문이 아니다. 기호의 하나인 언어로써 창작된 작품의 구조 관계를 밝히는 것이다. 현대 기호학의 발전은 역시 구조언어학의 발전에 힘입은 바 크다. 구조언어학이나 기호학은 거의 소쉬르의 개념에 토대를 두고 있다. 소쉬르는 언어를 가장 체계적인 기호로 보고, 자율적인 언어체계가 내재적으로 지니고 있는 법칙을 발견하려고 했던 것이다.

4

그렇다고 해서 정성수 시인이 당초 짧은 시와 기호시만을 고집하는

 　　　　　　　　　　　　　　　　　　　　　우리 시, 우리 시인

것은 아니다. 그의 첫 시집 『개척자』(1961년 1월에 등사판으로 초판을
발간하고. 1994년에 동천사에서 재판을 발행)에 드러난 그의 시정신은
역사의식과 사회정의에 대한 고발정신이 대부분이다. 당시는 4·19학
생의거가 일어난 직후로 시인은 중학교 3학년 재학 중이었다. 이 시집
에는 당연히 사춘기의 감성이 드러나 있지만, 당시의 시대상황에 대한
인식이 가득하다.

> 몽둥이도 없이
> 총도 없이
> 최루탄도 없이
>
> 맨몸으로
>
> 몽둥이 삼아
> 총 삼아
> 최루탄 삼아
>
> 날아오는 것 받으며
> 끊임없이 달려라
>
> 분노 앞에 모든 것이 굴복한다
> 얌전히 고개 숙여 항복하는 것들에게
>
> 소리 질러라
> 자유의 소리를
>
> 침을 던져라
>
> 쫓겨가는 독재자에게……
>
> —「젊음의 피」부분

순수한 학생의 나라사랑과 자유의지가 담겨 있는 이 작품은 모두 35행으로 비교적 장시에 속한다. 자유라는 것은 다의적(多義的)인 개념으로, 그 규정도 천차만별이다. 이러한 자유를 추구한다는 자유주의란 무엇인가. 자유주의란 개인의 여러 가지 자유를 존중하고, 봉건적 공동체의 속박으로부터 벗어나려고 하는 사상 및 운동이다. 즉 개인의 자발성을 우선시하며, 국가와 제도가 개인의 자유를 보장하고 개성을 꽃피우기 위해 존재한다고 보는 것이다. 그러나 4·19의거 이전의 자유당 정권에서는 개인의 자유와 개성은 크게 위협을 받았다. 이런 시대 상황 아래 순수한 영혼을 가지고 있는 학생시인은 독재세력에 맞서 젊음의 피를 흘려 싸우자고 온몸으로 절규한다. 그래서 열여섯의 나이에 발간된 이 시집에는 젊은 학생다운 "이유 있는 반항"의 외침이 들어 있다.

정성수 시인의 『사람의 향내』(월간문학 출판부, 2008)는 14년 동안 발표한 작품을 한데 모은 시집이다. 시인은 여기에서 시인으로서의 고독한 존재감을 드러낸다. 그래서 "나 죽으면 바다로 가리"라고 울부짖는다.

>
> 나 죽으면 바다로 가리
> 내 조상 아메바가 숨쉬는 또 하나의 하늘로
> 그냥 맨발로 떠나리
>
> 내 일찍이 파도 속에서 태어났으므로
> 낯선 객지 돌고 돌아 그곳에 닿으면
> 눈먼 내 알몸 감쌌던 양수의 물결
> 아직도 태초의 비린내를 풍기고
> 배꼽 위에 매달렸던 긴 탯줄
> 겨울 달빛에 젖은 채 창백하게 떠 있으리
>
> 어릴 적에 불렀던 내 노래의 한 소절이

이제는 모두 떠나간 작은 섬 갈대밭에서
홀로 뒤척이고
내가 짝사랑했던 열다섯 살짜리 소녀가 등대 곁에서
과거도 없이 날 기다리고 있으리

무죄로 죽기 전의 내 누이동생과 남동생 헌수
치아가 이쁜 어머니와 함께
고단한 호롱불 아래 졸면서 깨면서
술 취한 아버지의 늦은 귀가를 기다리는
키가 아주 나지막한 바다로, 그 그림자 속으로

나 이제 돌아가리. 다시는 떠나지 않으리
죽음도 잊은 듯이 눈부신 세상의 한쪽을 오래오래 내다보는
저 한 떨기 시퍼런 파도가 되어 출렁이리.

—「나 죽으면 바다로」 전문

이 작품은 시인의 자전적인 내용이 바탕을 이룬다. 열여섯 살의 천재적인 문학소년이 인식하였던 인생의 밑바닥에는 동생의 죽음과 가난, 술주정하는 아버지의 모습, 짝사랑의 상대였던 열다섯 살의 소녀, 그리고 치아가 예쁜 어머니에 대한 기억이 자리하고 있다. 이 작품은 바다 이미지를 원용한다. 문학작품의 이미지는 어떤 사물을 감각적으로 정신 속에 재생시키도록 자극하는 말을 뜻한다. 다시 말해 감각적 체험과 관계가 있는 일체의 언어는 나름대로 심상이 될 수 있는데, 바다 이미지는 바다 또는 바다와 관련된 표현이 머릿속에 떠올려주는 감각적 세계를 의미한다. 바다 이미지는 소외 · 도피공간으로서의 바다와 불안 · 초월공간으로서의 바다라는 원형을 지니고 있다.

또한 우리의 고전에 나타난 바다 이미지는 자연과 인간이 공존하는

공간 이미지와 인간이 자연을 의지하고 숭배하는 외경심이 적극적으로 반영된 심미적인 이미지의 결합적인 색채를 보이고 있다. 그리고 바다의 모성애적 포용성과 구원의 이미지, 생존과 파괴가 반복되는 생멸의 이미지가 강하게 반영되어 있음을 알 수 있다.

카뮈의 소설 『이방인』에는 태양과 바다의 이미지가 함께 표현되어 있는데, 뜨거운 태양은 강력한 이미지로 부각된다. 햇빛을 그대로 반사하는 상황을 가중시키는 바다와 포용력과 자유를 상징하는 바다가 『이방인』에서 나오는 두 가지 상반된 이미지이다. 작품 전반의 뫼르소가 마리를 만나는 바다와 작품 후반의 감옥에서 그리워하는 바다의 이미지는 포용력과 자유를 표상한다. 여기서의 바다에는 마리의 이미지가 반영되어 있다. 마리는 모성에 대한 대리충족과 원시적 본능의 충족이라는 의미를 갖는다. 마리는 뫼르소에게 성적 대상인 동시에 그를 포용하는 어머니와 구원자의 역할을 담당한다. 또한 그에게 심리적 안정을 가져다주고 그를 이해하고자 하는 유일한 사람인 동시에 그에게 삶의 행복을 순간적이나마 느끼게 해주는 인물인 것이다.

여기에서 바다는 어머니와 소녀와 죽은 아우들이 시인을 기다리고 있는 고향, 그것도 천상의 고향의 의미를 갖고 있다. 이 작품은 우리들이 흔히 갈구하는 피안에 대한 인식을 보여준다. 그리고 그것은 매 연 말미에 "~으리"라는 어구를 사용하여 음악적인 효과를 높이고 있다. 이는 선명한 이미지와 함께 한층 고양된 서정성을 보여준다.

『누드 크로키』(월간문학 출판부, 2009)에 게재된 작품들은 탐미와 관능이 돋보이는 것들이다. 한분순 시인은 이 시집의 해설에서 "원초적 사랑, 아가페적 사랑, 신과 자연에 기대며 섬기는 사랑이 교차된다."고 하였다. 그러나 시인이 이 시집에서 보여주고자 하는 것은 단순한 여성의

우리 시, 우리 시인

관능과 탐미만은 아니다. 다음 작품에서 그것이 잘 드러난다.

보여주지 않네, 그대는
가장 깊은 곳에 숨겨둔 신들의 아기집

마치 지구별 어린이들이
어른들이 모르는 곳에 그들만의 보물을 감추어 놓듯
지구인 사내들 앞에서
옷 속에 감추어둔 속살 모두 다 꺼내주었으나
순은빛 영혼까지 슬쩍슬쩍 보여주었으나

끝끝내 보여주지 않네, 그대는
소녀 적부터 준비해 둔 아주 작은 아기집

어느 추운 떠돌이별에서 최초로 꽃송이가 피어나는 날
새벽
가장 아름다운 외계인 하나와 만나야 할
영혼의 집 한 채

하느님이 그대 알몸 속에 깊이 감추어둔
오랜 약속

—「그대 아기집」 전문

이것은 생명에 대한 외경이다. 새봄이 되면 마치 죽은 것처럼 보이는
대지에서 새로운 싹들이 돋아난다. 그리고 그것은 크게 자라 꽃을 피우
고 열매를 맺고 다시 대지로 돌아간다. 얼마 전 지리산에 방사된 반달곰
이 동면 중임에도 새끼 두 마리를 낳았다고 한다. 어미는 동면을 하고
있지만 새끼 반달곰은 어미 젖을 빨면서 건강하게 자라고 있다. 그것을
보면서 우리는 생명의 외경을 느낀다. 우주 가운데에는 모든 생명의 씨

앗을 품고 있는 아기집이 있다고 시인은 느낀다. 그것은 마치 "4월은 가장 잔인한 달"이라고 설파한 엘리엇(Eliot)의 「황무지」와 상통한다.

정성수의 짧은 시와 기호시들은 『세상에서 가장 짧은 시』(월간문학출판부, 2009)에 와서 비로소 선보인다. 시인은 여기에서 1음절시, 1어절시, 1행시, 2행시, 3행시에 이르기까지 단형시의 여러 형태를 시험해 보았다. 그리고 몇 개의 기호시를 선보인다. 시인 임보는 시집의 해설에서 정성수의 시집이 지닌 의의를 "이 짧은 시들은 압축과 간결을 지향하는 시라는 글의 형식이 오늘날 얼마나 산문화되고, 난삽해지고, 느슨해지고 있는가를 반성케 하는, 촌철살인의 각성제로 현 시단에 시사하는 바가 적지 않다."라고 언급하고 있다.

디지털 시대의 시적 상상력은 언어의 재현성을 넘어서 문자에 도상적 기호(icon)의 특별한 의미를 부여한다. 이 경우 문자는 그 자체로 이미지가 되어 언어적 해석보다는 시각적 효과로 새로운 의미를 생산해낸다. 물론 이런 특성은 지난 1980년대 실험되었던 형태시에서 그 연원을 찾을 수 있을 것이다. 독일의 구체시 운동에 뿌리를 둔 형태시는 전통적인 시의 형식 해체와 전복을 양식화함으로써 내용과 형식을 무너뜨리는 전위적 성격을 드러냈다. 사회적, 제도적 언어에 대한 불신과 지배 질서에 종속된 언어에 대한 비판의식으로, 문자언어 너머의 또 다른 언어적 표상을 보여주었던 것이다. 이러한 탈언어적 상상력은 사진, 그림, 만화 등이 결합된 상호 텍스트적 양상으로 나타난다.

문자언어(물론 언어도 기호의 하나이지만)와 기호 중 어느 것을 우위에 놓을 것인가의 문제는 여전히 논쟁의 여지가 있다. 그러나 그것 자체가 어떤 의미를 가지고 있고, 그 의미가 어떤 구조와 요소들 사이의 관계에 의존하며 사회적으로 결정된다는 점에서, 필자는 언어 쪽에 무게를 두어도 무방하다는 생각이 든다. 그러나 시집 『기호 여러분』이 우리에게 던지는 의미는 매우 크다. 그것은 문자와 기호가 지닌 동질성과 이질성의 문제에 대한 탐색에서 나온 소산이기 때문이다. 그런 점에서 정성수 시인의 작업을 관심 있게 지켜보며 격려를 보낸다. 그것은 시인과 독자 사이에 일어나는 또 하나의 의미 전달과 의사소통을 거친 상징과 은유의 한 방법이기 때문이다. 그럼에도 불구하고 정성수 시인이 보여주고 있는 시세계는 날것처럼 퍼덕이는 은유와 상징을 바탕으로 언어의 조탁을 통한 시의 서정성에 있다.

사랑의 정열, 그리고 절대고독
— 시인 조성아론

1

화가는 그림으로써 자신을 드러내고, 시인은 시로써 자기 세계를 보여준다. 따라서 그림과 시의 작업을 동시에 수행하는 조성아는 그림과 시라는 자기표현의 이중적 장치를 가진 셈이 된다. 그만큼 세상에 자신을 많이 드러내고자 하는 욕구를 지닌 이가 화가 조성아요 시인 조성아라는 말이 된다.

사람들은 아름다움을 지향한다. 이런 아름다움을 추구하는 행위가 예술을 창조하였다. 예술가들은 이 아름다움을 최고의 가치로 삼아 최상의 미를 찾아 표현하는 이들이다. 대상을 가장 사실적으로 표현해내는 예술 장르인 미술은 다른 어떤 예술의 장르보다도 대상의 아름다움을 구체적이고 사실적으로 그린다. 여기에 비해 문학은 언어예술이다. 언어로 이루어졌다는 점에서는 다른 예술과 구별되고, 예술이라는 점에서는 언어활동의 다른 영역과 차이점이 있다. 언어는 일정한 의미를 지닌다. 의미를 기본 요건으로 삼기에 문학을 의미예술이라고 할 수도 있다.

예술작품이 수용자를 즐겁게 하면서 인간의 진실을 깨우쳐 준다는 것은 어느 누구도 부정할 수 없으나, 그림과 문학의 둘 사이의 관계와 비중을 어떻게 보느냐에 따라서 예술관이 달라질 수도 있다.

조성아는 1994년 『예술세계』 신인상으로 등단하여 지금까지 『널 생각하면 눈물이 흐름에』(도서출판 문단, 1996), 『할말이 없소이다』(마을, 2000), 『나만의 시간과 연인이 되어』(푸른사상, 2002) 등 모두 세 권의 시집을 상재했다. 그러면서 그는 미술 분야에서도 대한민국미술대전에서 최우수상을 차지하는 등 뛰어난 예술혼을 나타내는 작가이다.

그러나 여기에서는 시인 조성아의 문학세계에 대한 언급이 주를 이룰 수밖에 없다. 그는 비교적 과작에 속하는 작가다. 등단 20년에 겨우 세 권의 시집만을 상재했을 뿐이다. 그것은 시인 조성아가 그만큼 시를 아끼고 언어를 가다듬기에 골몰한다는 뜻이 된다. 조성아에 대한 평가는 다양하다. 『널 생각하면 눈물이 흐름에』의 서문을 쓴 시인 최절로는 "자신의 의식을 시 속에 투척하여 시적 영상을 끌어내려는 당당함과 진실한 인간미가 내재한 인간다움의 언어들과 동화를 이루고 있다"고 말하였다. 시인 김송배는 「그리움과 사랑의 시적 조화」(『화해의 시학』, 국학자료원, pp.337~342)에서 조성아의 시를 가리켜 "인간의 욕구를 냉철한 인식으로 잘 분해"하고 있다고 평가하였다. 그리고 문학평론가 채수영은 시집 『나만의 시간과 연인이 되어』의 권말 해설에서 "조성아의 시는 사랑의 마음을 갖고 사물을 바라보면서 사랑이 일렁이게 하는 주술사적인 영감을 부여하기 때문에 생동감을 갖고 다가오면서 생각의 나무를 키우게 된다."라고 말하여 그의 시 대부분을 점유하는 '사랑의 마음'을 시의 특성으로 지적하였다. 조성아의 문학세계는 각 시집에 실린 작품에 따라 조금씩 차이를 보여주고는 있지만 그의 작품 대부분을 관류하는 주제는 사랑, 허무, 고독이라고 말할 수 있다. 그리고 흔히 비, 눈, 가족 등이 시의 소재 내지 제재로 등장한다.

2

우리가 숲길을 갈 때, 무성한 나무와 숲 사이의 길을 낭만이라고 한다면 사람이 흔히 다니는 길은 낭만이 아니라고 할 수 있다. 나뭇잎 아득히 드리운 구불거리는 시냇물과 유유히 흐르는 강물이야말로 낭만을 떠올리게 한다. 낭만주의는 이성보다 감성을 우위에 둔다. 그리고 형식적인 것을 배격하고, 정신적 감정적인 것을 존중하는 예술을 위한 예술을 표방한다. 미술에서도 통일적 구도보다는 격정적인 표현을 의도한다. 17세기 후반 프랑스에서 시작했던 낭만주의는 고대의 모범이 아니라 현대를 옹호하였다. 이 밖에도 낭만적이란 현대적인 예술의 기본 특성을 말해주는데, 슐레겔은 "낭만적이란 감상적 소재를 환상적인 형식으로 서술하는 것"이라고도 정의하고 있다. 여기서 감상적 소재란 단순히 감정에 호소하는 일상적인 소재를 뜻하는 것이 아니라 정신적인 추구를 뜻하며, 환상적 형식이란 아라베스크, 알레고리, 그로테스크 같은 새로운 예술 형식을 뜻한다. 감상주의는 낭만주의의 한 특성이다. 순정주의라고도 불리는 감상주의는 낭만주의에 이어 서구 교양사회를 풍미한, 심정의 내면성을 해방하려고 한 심적 경향 또는 문예사조인데, 루소의 영향이 컸다. 이러한 심적 태도는 자칫하면 주관적 감정에 빠져서 묘사의 정확성과 객관성을 잃어버리기 쉽다. 한국문학에 있어서 감상주의적 경향은 『백조』 동인들의 작품에서 흔히 찾아 볼 수 있다. 감상주의 문학은 애수와 한, 자포자기적인 영탄과 유미 탐구의 경향이 강하게 나타나

우리 시, 우리 시인

있다. 시인 조성아를 한 말로 표현한다면 낭만주의자이다. 낭만주의자 시인 조성아는 자유로운 영혼을 지녔다. 또 분방한 상상력의 소유자이기도 하다. 그래서 그는 "힘이 들면 빈센트 반 고흐의 영혼을 빌어 굶기도 하고/사랑의 요정이 들면 버지니아울프의 창백한 창호지 같은/사랑을 생각한다"(『나만의 시간과 연인이 되어』 서문)고 세상을 향해 자신을 광고한다. 그만큼 그의 가슴은 아직도 뜨겁다.

> 그대는 비 속을 우산 없이 왔다가
> 또한 비가 그치기 전에 홀로 비 속을 지나갑니다
> 그대 침묵의 잔을 듭니다
> 간밤에 꾸었던 꿈의 세계를 매운 상처와 함께 마십니다
> 한 여름의 빗줄기는 지나가고
> 매미가 지붕 위에서 제 죽음을 예고하는 시간
> 홀로 민속집에 가 두 개의 잔을 놓고
> 홀로 두 잔씩 마십니다
> 그대 제게 따스한 손 어깨에 얹고 숲길을 말없이 걷던
> 간밤의 꿈이 마주 앉아 술을 따릅니다
> 그리움은 목이 마르고 가슴은 활짝 열려 있어
> 우산 없이 다녀 간 그대의 빗속을 더듬지만
> 발등을 타고 흘러내리는 시간의 발굽과
> 그리워 쓰고 단 외로움 그대의 잔이 먼저 취해
> 비 속에 우산 없이 지나갑니다
>
> —「비 속을 지나는 외로움」 전문

낭만주의를 나타내는 핵심적인 개념은 질서보다는 무질서이며, 조화보다는 부조화라고 할 수 있다. 그래서 작중화자는 "그리워 쓰고 단 외로움 그대의 잔이 먼저 취해/비 속에 우산 없이 지나갑니다"라며 비 가운데 자신을 맡겨버리고 만다. 타인의 시선은 아랑곳할 필요가 없다. 낭

만주의의 또 다른 특징은 계몽주의에 대한 비판적 의식이다. "정치 또는
경제가 있는 곳에 도덕이란 존재하지 않는다."라는 말은 합리주의적 사
유와 자본주의적 질서를 비판적으로 읽은 것이다. 노발리스는 "사유란
느낌의 꿈, 무감각한 꿈, 연약한 잿빛 삶일 뿐"이라고 말하였다.

> 가을을 느끼기도 전에 은행잎은 도심 속으로
> 노랗게 물들어갔다 겨울 재촉하는 비가 오후
> 늦게 내린다 잎은 반항 한 번 없이 후두둑 소리
> 내며 지나는 이의 발걸음을 세운다
>
> 정신을 묶어논 몸살 감기가 병원 주사를 맞아도
> 떨어지잖더니 무교동 낚지볶음과 소주 너댓 잔
> 그리고 노래방에서 맥주 노랫가락과 혼숙하더니
> "워어메 뜨거라"고 팍 떨어져 나갔다.

— 「갈잎 소리」 부분

이 작품은 우선 문체가 유려하다. 가을이 되어 노랗게 물들어 떨어지
는 은행잎을 "반항 한 번 없이 후두둑 소리/내며 지나는 이의 발걸음을
세운다"거나 "정신을 묶어논 몸살 감기가 병원 주사를 맞아도/떨어지잖
더니"로 표현함에 전혀 꾸밈이 없다. 그러면서 그는 일부러 행의 구분을
무시한다. 프랑스의 초현실주의자들은 프로이트의 선례에 따라 꿈에서
이루어지는 자유로운 연상작용을 기록하려 했다. 그들이 사용한 자동기
술법은 계시적인 무질서 속에서 부조리함이나 부적절함에 전혀 개의치
않고 해방된 의식 속에 쌓이는 문장들을 그대로 옮겨 적는 것이다. 그들
은 말이건 글이건 아니면 그 어떤 수단에 의해서건 사고의 진정한 작용
을 표현하려는 심리적 자동 현상, 이성의 모든 제약에서 벗어나고, 미학

   우리 시, 우리 시인

적이거나 도덕적인 어떤 규약에도 얽매이지 않는 사고의 받아쓰기라고
주장하였다. 조성아의 경우 마치 초현실주의 시인처럼 자동기술법에 의
한 무의식의 세계를 찾아내고, 이로써 자신의 내면 깊숙이 숨어 있는 실
천적 진리를 찾기도 한다.

3

사랑은 대상의 개성을 존중하고 대상의 인격적 존엄을 확보하여야 한
다. 그렇기 때문에 자기의 주관적 충동이나 욕구를 만족시킬 때 느끼는
기쁨과는 구별되어야 한다. 사랑은 인간 보편의 선을 지향하는 정신적
생활의 일환이다. 조성아에겐 사랑의 시가 상당히 많다. 물론 조성아의
사랑에는 로고스(logos)적인 사랑과 파토스(pathos)적인 사랑이 양립한다.
로고스적인 사랑의 대상은 신인가 하면, 남편과 딸이기도 하다.

> 마음이 환해졌어요
> 누군가와 눈이 마주치면
> 그냥 웃음이 실실 나와요
> 가슴에서 꽃향기가 나요
> 하얀 꽃이 막 하늘을 날아요
> 새털처럼 몸이 가벼워졌어요
> 마음이 뽀드득뽀드득 흰 눈을 밟아요
> 참 행복해요

> —「성사를 보고 나서」 전문

성당에서 미사를 마친 다음 거리로 나온 시인은 이 세상을 "행복해
요"라고 말할 수 있다. 그 행복은 '웃음'이 되고 '꽃향기'인가 하면 '새

털'처럼 가벼운 육체, '흰 눈'처럼 순결한 마음이 된다. 시인을 그토록
행복하게 만드는 것은 하느님의 사랑을 가슴에 받아들인 결과이다. 그
분의 사랑을 받아들이면서 시인은 '행복'이라는 은혜를 입는다.

> 네가 하나의 꽃이 되었을 때
> 나는 기뻤다
> 그 꽃의 향기로 누군가의 사랑을 받게 되었을 때
> 나는 부러웠다
> 그 향기가 어우러져 열매가 맺혔을 때
> 나는 또 한 번 더 기뻤다
> 그러나
> 목선으로부터 휘감아 어깨를 붙들고 우는
> 이것이 나는 무엇인지
> 등이 자꾸 시리다
>
> ―「네가 하나의 꽃이 되었을 때」 전문

딸의 결혼식을 지켜보는 어머니의 사랑이 손에 잡힐 듯 그려져 있다.
어렸던 딸애가 어느새 '하나의 꽃'으로 성장하여 한 남자의 지어미가 되
는 순간 향기로운 '꽃'으로 키워냈다는 자부심과 함께 "목선으로부터
휘감아 어깨를 붙들고 우는 이것" 탓에 시인은 "등이 자꾸 시리다"면서
슬픔을 억누른다. 그건 딸이 시인의 사랑의 열매이기 때문이다.

> 나는 당신의 눈빛을 먹고
> 당신이 내 쉰 입김으로 숨을 쉬며
> 당신의 가슴에서 뛰는 심장 박동소릴 들으며 산다
> 맑은 눈
> 밝은 마음
> 언제나 변함없는…… 때론 가슴에 묻혀

삶을 투정부리기라도 할라치면
성큼 가슴을 열어 하늘과 땅 산과 호수를 보여주는
꼭 나만큼 소중한 사람
하루에 한 번 당신을 떠나보내고
하루에 한 번 당신과 이별하고
하루에 한 번 당신을 만난다
내 영혼 뒤에서 언제나 아름다운 바람으로 서 있는 당신
당신이 있어
세상이 곱다

같은 날
같이 죽고 싶다

—「성아의 뜨락에서 · Ⅲ」 전문

남편에게 주는 헌시다. 그는 "꼭 나만큼 소중한 사람"이요, "같은 날/
같이 죽고 싶다"라고 토로할 만큼 사랑스런 존재다. 시인의 작품 가운데
넘쳐나는 것은 남편의 사랑이다. 그밖에 「민들레 내 사랑」, 「YOU 5」 등
시인이 그리는 남편의 사랑에 대한 작품이 적지 않다. 「비 오는 날 Ⅱ」,
「어머니의 초상」, 「모란꽃」 등은 돌아가신 어머니의 사랑에 관한 내용을
담고 있다.

그렇다고 조성아의 시에는 이런 육친에 대한 사랑만 존재하지는 않는
다. 파토스적인 사랑을 노래한 작품도 얼마든지 있다. 철학자 칸트는 사
랑을 경향성에 따른 감성적 사랑과 이성적 의지에 따른 실천적 사랑으
로 나누었다. 감성적 사랑, 즉 파토스는 정념 · 충동 · 열정 등으로 번역
되며 실천적 사랑인 로고스와 상대되는 말이다. 파토스는 종종 이성의
명령에 반항한다. 파토스는 각성적 의식보다도 의식하의 근원충동에 더
관계를 가지고 있는 것이며 인간 존재의 존재 상황을 대표하는 것으로

서 인간 존재의 근원성을 나타내는 것이라고 할 수 있다. 윤리학에서는 대상의 자극을 받아서 생기는 감정을 말하며 특히 현대에는 격정을 뜻하는 경우가 많다.

> 사랑니를 뺐다
> 그렇게 쑤셔대고
> 잇몸을 붓게 하고
> 못 자게 온 밤을 보채더니
>
> 그가 떠난 다음
> 아픔은 가셨다
> 그러나 뻥 뚫렸다
> 상처가 너덜하다
>
> —「빼고 나니」 전문

이 작품은 제목에 사랑이란 단어가 보이지 않지만, 어느 작품보다도 시인이 생각하는 사랑의 정의가 고스란히 드러난다. 사랑은 강한 긍정적 감정뿐 아니라 그리움이나 안타까움과 같은 강한 부정적 감정까지 포함한다. 사랑의 삼각형 이론에서는 친밀감, 열정 및 개입이 충만하게 균형을 이룬 상태를 완전한 사랑이라고 본다. 우리는 흔히 '사랑이 무엇인가' 하고 물으면 좋은 느낌만을 열거하는 경우가 많다.

그러나 사랑을 이루는 감정은 긍정적인 감정만이 아니다. 극단적인 감정의 긍정적인 쪽과 부정적인 쪽을 왔다 갔다 하는 존재이다. 물론 사랑이 매우 긍정적인 감정임에 틀림은 없지만, 그것이 전부는 아니다. 사랑이라는 감정 안에는 둘이 서로 만나고 있을 때 느끼는 긍정적 감정뿐만 아니라, 당장 보고 싶은데 볼 수 없는 상태에서 느끼는 그리움이나 안타까움과 같은 강렬한 부정적 감정도 포함되기 때문이다. 나를 못 살게 하던 '사랑니'를 빼고 나니 사랑의 고통도 사라졌다. 그러나 아픔은 가셨지만 너덜거리는 상처는 남아 있다. 조성아의 사랑은 열정이다.

사랑은 세 가지 구성 요소로 이루어져 있다. 친밀감, 열정, 개입이다. 이 세 가지가 모두 갖추어져 있을 때 우리는 완전한 사랑이라고 한다. 사랑의 삼각형 이론에서는 세 가지 요소 각각이 얼마나 강한지 중요하지만, 상대방이 생각하는 이상적인 사랑의 모습과 본인이 생각하는 이상적인 사랑의 모습 간에 얼마나 차이가 큰지가 중요하다. 이상적으로 생각하는 사랑의 모습이 서로 일치할 때 갈등의 소지가 더 적은 것은 분명하다. 뿐만 아니라, 자기가 생각하는 이상적인 사랑의 삼각형 모습과 현실의 모습 간 차이도 중요하다. 이상과 현실 사이의 괴리가 크면 클수록 당연히 사랑의 갈등도 더 커지게 마련이다. 그리고 갈등은 영원한 문학적 테마이다.

4

"예술은 슬픔과 고통 속에서 생긴다."라는 말처럼 조성아의 시는 슬픔과 고통이 가득하다. 그러나 슬픔과 고통을 거친 만큼 자유스럽다. 자유로운 상상력이 존재한다. 사회가 성격에 대하여 유익한 것처럼 고독은 상상력에 대하여 유익한 것이다. 조성아의 시에는 유난히 비에 관한 것이 많다. 조성아는 고독의 시인이다. 여기서 릴케의 『형상시집』 가운데 작품 한 편을 인용한다.

고독은 비와 같은 것이다.
해질녘을 향하여 바다에서 오른다.

아주 먼 들판에서
고독은 하늘에 올라가 언제나 거기 있다.
그리고 하늘로부터 처음으로 거리 위에 내린다.

‘고독’은 ‘아주 먼 들판’에서 하늘로 올라가 언제나 거기에 있는 ‘비’
와 같은 존재이다. 또 ‘고독’은 ‘해질녘’을 향해 ‘바다’에서 올라온다.
일출은 곧 일몰을 위해 준비되어 있는 것이다.

영과 영끼리 만나
얽힌 고독
육으로 푼 혼 풀이

오르가즘 뒤에
사라진 고독

시트 위에 여전히
깔리는 허무

—「문제 1」 전문

최고의 엑스터시인 오르가즘 뒤에 남은 것은 지독한 허무밖엔 없다고
시인은 탄식한다. 허무는 현재 대상이 주어져 있지 않은 공허한 개념이
다. 허무는 본체가 없다. 다만 우리가 그렇게 인식할 뿐이다. 아무리 본
체가 없는 허무라고 하더라도, 그것은 우리 삶의 한가운데 커다란 구멍
을 뚫어놓는다. 고독에서 시작된 “육으로 푼 혼 풀이”로 말미암아 고독
은 사라졌을는지 모르지만 영 가운데엔 허무가 대신 자리 잡는다.

나
고독한 밤에는

우리 시, 우리 시인

길가 프라타나스도
운다
별 하나
달마저 없는 밤
이파리
겨울 삭풍에 찢기고
대지마저 싸늘한 밤
그는
헤어짐에 울고
나는
군중 속에 고독으로 운다

—「고독」 전문

그와 나는 이별하였다. 마침 추운 겨울, "이파리/겨울 삭풍에 찢기고/대지마저 싸늘한 밤"이다. 어느 누구는 혼자서 길을 떠나는 자는 바로 지금 출발할 수 있지만 남과 함께 여행하는 자는 남이 준비하도록 기다려야 한다고 말한다.

"절대"라는 말이 있다. 어떠한 것에도 의존하지 않고 무엇에 의해서도 제약되지 않는 일체의 조건과 타자와의 관계에서 독립된 것이다. 이것을 철학의 근본문제로 삼는 입장이 절대주의이다. 절대적 의식은 체험이나 자각 존재에 대한 앎이 아니고 불가지적이고 비제약적 근원으로부터의 자기 존재를 의식하는 것을 절대적 의식이라고 하는데 후설(Husserl)의 순수의식과 같은 개념이다. 절대의식을 지닌 사람은 불화, 양심, 사랑, 공상, 아이러니 등의 성격을 지니게 마련이다. 절대의식이란 다시 말해 생태적인 것이요, 본원적인 것이다. 누구로부터 영향을 받지 않는다.

조성아는 '절대고독'의 시인이다. 타인과 어울려도, 함께 식사하고 노래를 불러도 가슴속 깊은 곳에서 스멀거리듯 기어 올라오는 고독을 막아내지 못한다. 그래서 그는 혼자 술 마시기를 즐기고 비 오는 날에는 비를 맞으며 거리를 방황하기를 마다하지 않는다. 그의 시 작업과 그림 그리기 역시 절대고독의 심회에서 이루어진다. 그의 절대고독은 실존주의에서 온다. 실존주의는 부조리의 철학이다. 합리주의 철학을 신봉하는 낙천가들은 이 우주와 세계가 진리에 의하여 지배되고 있으며 여러 가지 모순이 있어도 그것을 합리적으로 설명하려 한다. 그러나 실제로 우주를 지배하고 있는 것은 혼란에 지나지 않으며 따라서 이 세상은 살 값어치가 없는 것이다. 그런데 인간의 내부에는 일체의 것을 설명할 수 있는 하나의 진리를 바라는 요구와 행복을 원하는 욕구가 있다. 그 요구와 욕구는 진정시킬 수 없는 것이다. 그와 같이, 한편에는 우주의 혼란이 있고, 다른 한편에는 통일을 바라는 내부의 요구가 있을 경우, 이 두 개를 승인하고 그것을 대립시켜 서로 접하게 하는 가운데 하나의 삶의 방법이 발견될 것이 아닌가, 그 삶의 방법이 부조리철학이다. 그만큼 그는 뜨거운 심장을 가진 정열의 시인이면서 그것을 안에 감춘 절대고독의 시인이다.

5

"인생이란 이상적인 것과 그렇지 못한 것과의 끝없는 싸움이다."라고 말한 앙드레 지드는 신의 은총을 부정하여 인간 정신의 자율성을 믿고 인생이란 무엇인가를 일관적으로 문제 삼은 작가이다. 그래서 그는 어떻게 살아야만 후회가 없는가라는 생의 방법을 탐구한다. 조성아 역시 이런 삶을 추구한다. 그는 타고난 예술인이다. 예술인에 있어서는 표현

 우리 시, 우리 시인

만이 적어도 인생을 인식할 수 있는 유일한 길임을 시인은 이미 알고 있었던 것이다. 예술인는 자기의 기질에 따라서 자연을 통역한다. 신의 세계에는 예술이란 없다. 예술이란 자연이 인간에게 반영된 것이다. 또 예술은 경험보다는 고상한 형태의 지식에 가깝다. 중요한 것은 예술인들이 그 거울을 얼마나 말갛게 닦느냐의 문제가 남는다. 조성아는 우리 시대에 있어 자신이 지닌 예술혼을 한층 고아하게 드러내기 위해 언어로써, 빛깔로써 거울을 닦는 예술에 관한 한 진솔한 태도를 지닌 예술인이다.

사물에서 삶을 묻다

— 이춘하의 시세계

이춘하는 이미 2008년에 네 권째 시집 『결(潔)』(글나무)을 낸 바 있는 중견시인이다. 이춘하는 작품을 통해 자연이나 사물 그 자체를 노래하기보다는 사물을 통해 그 안에 담긴 삶의 비의를 캐는 형이상학적인 작업을 계속하여 왔다. 근자엔 가까운 가족들을 시의 제재로 삼으면서 우리 삶의 의미를 천착하는 데 주안점을 두고 있다. 그러다보니 자연스레 어머니와 형제, 그리고 어린 시절이 가난과 연결되는 이미지를 우리에게 보여준다.

늦은 봄날, 하얀 이팝꽃이 一家를 이루고서 피어 있네

무더기, 무더기로 둘러앉아 얇은 그림자를 만들면서 풀린 실밥처럼 늘어져 있네

구순의 어머니, 컴컴한 부엌 한쪽에서 하얀 쌀밥을 푸고 계시네
열 몇 그릇의 하얀 밥그릇들 동그스름하게 자리를 잡네

　　(…중략…)

　　차츰차츰 초록 잎사귀들이 두꺼워져 여름길 열리면 그 그림자 붙들고
　나는 울 것이네

　　실밥처럼 풀어져서 하얗게, 하얗게 울 것이네

─「이팝꽃」 부분

　마치 하나의 정지된 풍경화를 보는 듯하다. 그 스틸사진 속에는 어린 시절이 숨어 있다. 밥그릇이 동그스럼하게 자리 잡은 밥상을 가운데 두고 식구들이 모여 밥을 먹는다. 그러나 봄이 지나고 여름이 오면 양식이 바닥을 드러낸다. 그의 고향은 창원의 궁벽한 농촌으로 이웃 누구나가 가난을 팽개치지 못해 억척스레 삶을 영위한 곳이다. 그래서 시인은 '이팝꽃' 그림자를 붙들고 "하얗게 울 것"이라고 이야기한다. 그중에도 그는 이팝꽃, 쌀밥, 실밥 등의 어휘로 그 가난의 틈새에 숨은 은밀한 아름다움을 찾아내어 언어로 정밀하게 그것을 찍어낸다. 가령, 그는 곡식 이름을 지닌 이팝나무, 조팝나무, 싸리나무 등에서 연상되는 메마른 가난의 터 위에서 피어오르는 끈질긴 생명의 활력을 꺼낸다. "열 몇 그릇의 하얀 밥그릇들"로 대변되는 많은 식구들, 여름이 닥치면 이팝꽃도 지고 말듯이 배고픔의 설움마저 참아야 하는 시기가 된다. 물론 여기에서는 가난 따위를 지껄이는 궁시렁거림이 아니라, 그 가난을 잊으며 그 의미 속으로 비집고 들어간 삶의 잔상들에 얽힌 은근한 아름다움과 그리움의 울림이 있다. 이것이 가난의 미학이다. 그는 다시 한 번 둥근 밥상에서 어울려 이밥을 먹던 유년시절의 가족과 고향 곁으로 되돌아가고 싶어 한다.

　그의 유년시절에 대한 회귀본능은 여기에 그치지 않는다. 작품 「옥수

수밭 헬기장」에서 어릴 적 옥수수밭은 지금은 미군의 헬기장으로 변하였다. 미군은 전쟁의 기억과 관련이 있다. 기억의 단편 가운데 숨어 있는 미군은 "국적 미상의 헬기들이 벌떼처럼 내려 앉"아 "나는 이미, 죽은 목숨"이라고 치부하게 만들었던 존재다. 그러나 미군은 한편으로는 "안도감과 함께 식은땀이 흐른다//아직도 나는, 그 날의 환청에 시달린다"라는 마지막 두 행으로 미루어 나를 구원해주는 존재로 인식된다. 그래서 "노르스름한 옥수수 꽃들이 웃고" 있다는 생각을 하게 만든다.

오늘 아침 내 앞에 홀연히 나타난 연꽃 한 송이, 막 피어나려는 봉오리 두 송이

약간 희미해진 몇 송이의 그림자들, 둥그런 잎사귀에 그늘져 짙고, 옅은

온통 초록인 세상을 배경으로 얼굴 조금 붉히며 다소곳이 서 있는 맵시가 영락없는 연꽃인데

이들이 700년 전 고려인이 보았다던 아라가야의 홍련, 그 꽃의 씨앗에서 얻었다는 환생의 꽃이라니……

— 「아라가야의 홍련」 부분

함안의 박물관에 가면 '아라홍련'이라는 이름을 지닌 연꽃이 연못 가득 활짝 피어 있다. 이 연꽃은 지난 2009년 함안 성산 산성을 발굴할 당시 나온 연꽃 씨를 가지고 2012년에 들어 어렵게 싹을 틔우고 꽃을 피우는 데 성공하였다는 이야기를 지니고 있다. 연꽃 씨의 연대를 조사했더니 750년 전 고려시대의 것이라고 추정된다. 그래서 아라가야를 상징한다 하여 '아라홍련'이라고 이름을 붙였다. 이 작품은 그 '아라홍련'을 제재로 하고 있다. 7백여 년 전의 씨앗이 현대에 와서 아름다운 꽃으로

피어난 사실은 환생을 떠올린다. 긴 세월 깊은 어둠 속에서도 그 안에 생명의 기운을 간직하고 있던 씨앗이 마침내 식물의 절정인 꽃을 피워내어, 적멸(寂滅)의 세계에서 다시 돌아와 환생(還生)한다. 그것이 바로 생명의 경이이다. 시인 역시 '아라홍련'처럼 언젠가 한번 화사한 개화를 꿈꾼다. 그래서 "어젯밤 내 헝클어졌던 꿈길 부끄러워 묻나니 부디, 깊이 잠드는 법 좀 가르쳐주면 안 되겠니?" 하고 자문한다.

> 지리산 오지마을, 눈 덮인 대나무 숲에서 페르세우스 별자리와 마주쳤다
> 그중에서도 유난히 반짝이는 두 별에게 나의 아바타를 날려 보낸다
> 깜빡깜빡, 무사히 도착했다는 신호가 온다
>
> 잠시 후, 아이의 손가락 끝에서 공중 폭발하는 눈사람
>
> 잽싸게 다음 게임을 준비하는 아이
>
> 화면 가득 눈이 내린다
>
> ─「아바타」부분

페르세우스는 그리스 신화에 나오는 반신반인의 영웅이다. 그리스 남부 아르고스 왕국에 사는 아크리시우스의 아름다운 딸 다나에와 제우스 사이에서 태어난 아들이다. 아크리시우스는 훗날 자신의 손자가 자신을 죽일 것이라는 신의 계시 때문에 모자를 상자에 넣어 바다에 버렸다. 무사히 세리푸스섬에 닿은 다나에와 페르세우스는 그곳에서 장성하였다. 세리푸스의 폴리데크테스 왕이 다나에에게 반해 그녀를 차지하려 하지만 페르세우스 때문에 실패한다. 이 사건으로 폴리데크테스 왕의 미움을 받게 된 페르세우스는 메두사를 없애야 하는 벌을 받게 되었다. 페르

세우스는 아테나 여신이 준 방패와 전령의 신 헤르메스가 준 날개 신발
로 무장을 하고 메두사를 무찔렀다. 메두사의 머리를 잘라 돌아가던 길
에 그는 바다 괴물의 제물이 될 뻔한 안드로메다 공주를 구하고 그녀와
결혼하였다. 훗날 페르세우스와 안드로메다가 죽게 되었을 때 아테나
여신은 이들을 두 개의 별자리로 만들어주었다. 한편 '아바타'는 제임스
케머런 감독의 영화 제목이기도 하지만, 이른바 '나의 분신'이라고 불리
는 사이버상의 캐릭터를 이르는 말이다. 우리는 자신의 별자리에 자신
의 꿈을 매단다. 지리산 자락에 사는 아이는 가을이 되면 나타나는 페르
세우스 별자리에 자신의 꿈을 매달아 자신의 아바타를 그리로 보낸다.
그리고 "아이의 손가락 끝에서 공중 폭발하는 눈사람"이 보이고, "화면
가득 눈이 내"림으로써 아이는 계속하여 꿈을 꾸게 된다. 그 꿈은 언어
를 꿰어 아름다운 시를 만드는 시인의 꿈일 수도 있다.

<blockquote>

조르바 씨.
당신을 생각하면 내 코끝에선 매캐한 갈탄 냄새가 난답니다
내 귓가에는 자갈밭을 굴러오는 남 프랑스 해변의 물소리가 들리고요
내 눈앞에는 당신이 거쳐 온 터키와 그리스의 작은 마을들이 펼쳐진답
니다.(육감적인 카페와 함께)
오늘 아침에는 문득, 당신을 초대하고 싶다는 생각이 들어서(초대는 무
슨, 개나 물어가라! 하겠지요)
코리아의 제주라는 섬에 산굼부리라는 꽤 넓은 빈 땅이 있는데요
그곳에서, 한 일 년만 농사를 지어보면 어떨까 하고(너무 소리 지르지 마
세요)

—「알렉시스 조르바 씨!」 부분

</blockquote>

『그리스인 조르바』(1942)는 크레타섬을 무대로 한 소설로 작가인 니
코스 카잔차키스(N. Kazantzakis)의 인생관이 그대로 투영된 작품이다.

우리 시, 우리 시인

실제 인물인 조르바를 주인공으로 하여 그의 호쾌하고 농탕한 성격과
행동, 영혼의 투쟁을 풍부한 상상력으로 그려내고 있다. 이 작품의 핵심
은 메토이소스이다. 그것은 보이는 것과 보이지 않는 것, 육체와 영혼,
물질과 정신의 임계 상태 너머에서 일어나는 성화(聖化)이다. 조르바는
자유의 영혼을 가진 인물이다. 시인은 자유인 조르바를 제주 산굼부리
로 초대한다. 우리의 제주와 조르바의 크레타는 서로 닮았다. 조르바를
제주로 초대하는 작중화자는 조르바처럼 자유롭게 비상하고 싶어 하는
생각을 지니고 있다. 물레를 돌리다보니 거추장스러워 도끼로 새끼손가
락을 잘라버린 조르바, 결혼은 단 한 번만 했지만 3천 명이 넘는 여인과
사랑을 나눈 조르바, 그 거침없는 행동은 자유로운 영혼 아래에서만 가
능하기 때문이다. 어찌 보면 그건 야만에 가까운 일탈이지만 탈속이요
'거룩하게 되기'이다. 한마디로 이춘하는 심안으로 사물과 인물의 내면
을 꿰뚫어보고 그것을 격조 높은 작품으로 형상화할 줄 아는 시인이다.
그리고 그것으로 자연과 인간의 합일과 더불어 우주의 존재론적 의미에
천착하고 있다.

제2부

사랑의 언어

그리움과 사랑의 서정적 자아

— 조덕혜 시집 『비밀한 고독』

1

현대 서정시인들 가운데 서정적 자아와 서정시의 구분에 대한 올바른 이해를 못하는 이들이 많은 것 같다. 좁은 의미의 서정시는 주정시로 인간의 감정이나 정서를 그 내용으로 하는 개인적 주관적 성격의 시다. 이에 비해 서정적 자아는 서정시적 현상학에 기초한다. 서정시적 현상학은 시인의 감정 표현과 외부세계를 투시하는 것 사이에 균형을 필요로 한다. 따라서 서정적 자아는 주관과 객관의 상호작용을 통해 시의 비인간화를 거부하는 시적 자아이다.

조덕혜의 『비밀한 고독』은 시인의 첫 번째 시집이다. 1996년 『문학공간』 신인상으로 문단에 데뷔한 이래 15년 만에 처음 내는 시집이니, 비교적 과작에 속하는 시인이다. 그도 그럴 만한 것은 시인이 교직생활에 30여 년을 봉사하다보니 자연 창작에 소홀할 수밖에 없었을 것이다. 그러나 여기에서 창작에 소홀했다는 말은 그의 작품 수준에 관련을 끼쳤다는 뜻은 결코 아니다. 그건 양을 말하는 것이지, 질적인 면을 말하는 것은 아니다.

우리는 그의 시편들에서 시인의 서정적 자아를 읽을 수 있다. 그리고 그것은 독자들과 영적인 교감을 통해 비교적 쉽게 읽힌다. 갈수록 시들이 어려워지는 요즘, 드문 시적 수확 가운데 하나이다.

2

조덕혜 시의 주된 제재는 그리움이다. 어느 시를 읽어도 그게 그리움의 노래라는 사실을 금방 알게 된다. 그리움은 여성 지향성이다. 그리고 그것은 아주 솔직하고 담백한 호소로 드러난다. 그리움은 소유하고자 하는 대상을 소유하고 싶을 때 솟아나는 감정이다. 그러나 그 대상은 지금 가까이에 존재하지 않는다. 보고 싶어도 볼 수 없고 가까이하고 싶어도 가까이할 수 없으며, 만지고 싶어도 만질 수 없을 때, 그리움이란 감정은 피어나게 마련이다. 우리는 그리움이란 감정을 가슴에 품을 때 한없이 순수해지고 낮아진다. 그만큼 그리움은 진실하기 때문이다. 그것은 곧 사랑과 고독으로 우리 안에 자리 잡는다. 여기에서 그리움의 대상이 꼭 이성일 필요는 없다. 그것은 이성일 수도 있지만 신앙의 대상일 수도 있으며, 친구거나 이웃이라도 상관없다. 사랑은 소외와는 반대되는 개념이다. 사랑은 나와 당신, 나와 사회, 나와 자연이 서로 소통하는 행위이다.

독일 사람들은 그리움(Sehnsucht)이란 단어를 세상에서 가장 아름다운 말로 꼽는다. 그리움이 가장 순수한 인간의 감정이기 때문이다. 그리움은 그림, 혹은 글과 그 어원이 같다. 종이에 그림을 그리거나, 글을 쓰듯, 마음에 무언가를 그린다는 뜻이다. 괴테의 시에 차이코프스키가 곡

  우리 시, 우리 시인

을 붙인 〈그리움을 아는 자만이〉라는 노래를 듣고 있노라면 가슴 한구
석이 아주 깊이 가라앉는 느낌이 든다고 독일 사람들은 말한다.

　제목으로 '그리움'이란 단어가 들어간 시인의 작품은 모두 6편이다.
그만큼 시인은 그리움이란 원망(願望)을 가슴 가득 간직하고 있다.

　　어느 찰나
　　사랑이 머문
　　연분홍빛 세월이
　　수직으로 쪼개져 고립된,
　　산머루 빛
　　절반의 혼이
　　이미 거기 가 있는 거기

　　여명의 날개를 딛고
　　길 없는 정적을,
　　길 없는 소요를 헤쳐
　　기어이 수직선 꼭대기로
　　겁 없이 비행하는 넌
　　다름 아닌
　　사랑 찾는 그리움이라지.

─「사랑 찾는 그리움」 전문

　그리움은 사랑의 결핍에서 야기되는 본능적 감정이다. 그래서 "사랑
이 머문/연분홍빛 세월"이 사라진 그곳을 향해 시인은 "길 없는 정적"과
"길 없는 소요"를 헤쳐 "여명의 날개를 딛고" "겁 없이 비행"한다. 그건
모두 "사랑 찾는 그리움"의 행위이다. 그리움은 사랑하는 이를 향한 시
인의 가슴에 담긴 혼자만의 아름다운 영상이다. 그리움의 대상은 "가만
히/가만히 다가와/눈을 감고 보았네./갈라진 햇살을 모아 담아/물 위로

피어오른 연꽃 된 저 얼굴"(「얼굴」)로 형상화되고, "천 년 한 그루 나목"(「더 그리운 건」)으로 동거하기도 한다. 그리움이 자라 가지가 뻗고 잎이 무성하게 돋아나게 되면 사랑이란 커다란 나무로 자란다. 즉 그리움은 사랑의 시작이자 고통이기도 하다.

서귀포에 있는 이중섭 미술관에 전시된 작품은 대부분 진품이 아닌 사진판이다. 그 가운데 이중섭의 편지가 전시된 코너가 있다. 일본의 아내에게 보내는 편지다. 피난지 서귀포에서의 2년이 채 못 되는 시간이 이중섭에겐 죽을 때까지 잊지 못할 꿈 같은 나날이 된다. 어쩌지 못하는 가난 때문에 아내는 아이들을 데리고 일본으로 돌아갔다. 서귀포의 미술관에 전시되어 있는 이중섭의 편지는 그의 일본인 아내에게 보낸 것이다. 넉 장을 빽빽하게 쓴 편지에는 입국 허가와 관련된 단 한 문장을 빼고는 처음부터 끝까지 가족에 대한 그리움뿐이다. 편지지 넉 장을 가득 채우고도 못내 아쉬운 이중섭의 그리움은 편지지의 귀퉁이마다 작은 삽화로 다시 그려진다. 떨어져 있는 세 식구를 향해 팔을 벌린 자신의 모습, 네 식구가 서로 껴안고 있는 모습, 아내의 얼굴 등을 구석구석에 채워넣는다. 특히 발가락을 따뜻하게 안 하면 화낸다는 문장 뒤에는 화를 내는 듯한 자신의 모습을 귀엽게 그려넣는다.

이중섭은 가족과의 행복을 느껴보지도 못하고 평생 그렇게 그리워하다 쓸쓸하게 혼자 죽어갔다. 벌거벗은 아들이 물고기, 게들과 노는 장면을 수없이 그린 이중섭의 그림들은 그래서 한결 서럽다.

이별은 떠나보내는 것이지만 그리움은 남겨지는 것이다. 그리움은 슬프고 아름다운 것이지만 시리고 아픈 빈자리를 대신 채워넣는 것이기에 고통을 동반한다. 그리움은 가슴에 묻어두기엔 가슴이 너무 벅차고, 말로 표현하기에는 언어가 너무 부족하다.

우리 시, 우리 시인

그리운 건
동서남북 모두가 그리움이어요.

어두움이 내리면
들리는 건 흐느끼는 소리
흥건히 젖은 베개머리는
새삼스러운 게 아니어요.

갈수록 그리운 건
말로 다 못해요.

—「말로 다 못해요」 일부분

　그리움은 '흐느낌'과 '눈물'로 드러나지 "말"로 표현되는 것은 아니다. 더 나아가 "호수는 자꾸만 커져"(「내 안의 호수」)가고, "강가의 물안개"(「강가의 물안개」)로 피어오르기도 한다. 더욱이 그것은 "애절한 마음 닿지 못하고/손으로도 만질 수 없는"(「그리움에게 물어보니」) 존재인 것이다. 그렇지만 그리움에 목마르면 그것은 살을 저미는 듯한 고독이 된다.

　다음은 표제작 「비밀한 고독」이다.

함박꽃이 그럴까
장미꽃이 그럴까
찬란하게 번득이는 형상
그 속엔
좀처럼 알아차릴 수 없이
침윤된 독소처럼 철저히 숨어
몸부림치는 아우성이 살고 있더이다.

가끔은 부서진
서릿발로 만상에서 새우잠 자고
시린 기류 끝에서 달랑달랑 흔들리다가
스스로 제 알몸 찾아가고 마는
가엾은 나그네,
천지에 구르는 웃음 저 밑바닥에
진공 포장되어 사는 넌
그 몹쓸 고독이란 정체이더이다.

— 「비밀한 고독」 전문

우리는 살아가면서 고독하다고 느끼는 순간이 많다. 고독감은 우리 존재의 깊숙한 곳에 자리 잡고 있으며 우리 각자의 이야기 속에 숨어 있다. 또한 대부분의 경우 고독은 부정적인 방식으로 인식되고 표현된다. 모든 단어에 고유의 역사가 있듯이 고독도 마찬가지이다. 각자의 개인적 경험과 기억, 우리가 몸담고 살아온 문화와 사회적 압력에 영향을 받는다. 따라서 혼자 있다는 것, 사회와 고립된다는 것은 형벌로 인식되고, 사람들은 고독을 고통의 근원으로 생각하여 그것을 피하려고만 한다. 그러나 이러한 고독은 명상이나 자기성찰과 반성의 한 방법으로서 인식되고, 자아를 실현하는 데 필요한 힘의 원천이기도 하다. 고독은 타인과의 관계에서 오는 고독이 있는가 하면 자기 자신의 내면적 고독도 있다.

시인의 고독은 내면적인 것이다. 그것은 '함박꽃'이나 '장미꽃'에 숨어 있는 아우성을 이해하지 못하는 데서 온다. 그래도 시인은 "가끔은 부서진/서릿발로 만상에서 새우잠 자고/시린 기류 끝에서 달랑달랑 흔들리다가"도 "스스로 제 알몸 찾아" 철저하게 "진공 포장되어" 살게 된다. 철저하게 내면으로 찾아드는 시심이다. 고독은 일정한 심리적 과정

우리 시, 우리 시인

이 특정 상황에서 불러일으키는 감정이고, 감정은 한 사건에 대한 우리 인체의 비자발적이고 무의식적인 반응이다. 그러나 시인에겐 "비밀한 고독"이 있음으로써 시라는 또 다른 꽃을 피워낼 수 있다.

그렇지만 고독은 여전히 서러운 감정이다.

> 내일은,
> 눈 먼 듯 뿌옇게 떠돌다가
> 어디쯤일지 발붙이고 말을,
> 민들레의 하얀 깃털의 슬픔이
> 오늘 벌써 달려와 몸을 눕히고 떠돈다.
>
> 어젠,
> 오도 가도 못하고
> 시커먼 가슴팍을 풀지 못해
> 단단히 기가 막힌 먹구름의 슬픔이
> 고독의 문을 굼실굼실 드나들고 있었다.

—「이런 슬픔」 부분

그리움의 끝인 사랑의 상대인 그대는 "마르지 않는 깊은 우물"이요, 나는 "통나무 두레박"(「그대는 마르지 않는 우물」)이다. 사랑이 아무리 마르지 않는 우물이라 할지라도 내가 그것을 길어 올리기 전까지는 그리움의 갈증은 없어지지 않는다. 그리움의 주체는 바로 내 자신이다. 나를 통해 그리움이 존재하고 사랑이 존재한다. 사랑은 "하늘이 준 나의 반쪽"(「때로는」)이며 "내 마음 송두리째 날개 돋힌 듯"(「내가 보이네」)한 것이다. 시인에게 사랑은 그리움의 실체이다. 그래서 시인은 "사랑이 날 부른다/사랑하기에/사랑이 날 데리고 간다"고 사랑을 갈구하고, "고요의 가슴이길 서원하는 밤이 맑다"(「내가 너로 산다면」)라고 노래하기도 한다.

　　3

　　그리움은 나로부터 피어나는 존재론적 감정이다. 결국 자신이란 존재
의 발견은 인간의 실존과 관련을 맺는다. 실존주의 철학자 야스퍼스는
"인간은 존재하고 있을 뿐만 아니라 자기가 존재하고 있다는 것을 알고
있다. 인간은 자기를 의식하고서 자기의 세계를 탐구하고 계획을 세워
그것을 바꾸려고 한다"고 말했다. 그리고 인간은 정신이며 본래의 인간
의 상황은 그 정신적 상황이라고 보았다. 인생에 있어 가장 큰일은 자기
를 발견하는 것이다. 그러나 노자는 "자기를 아는 것은 남을 아는 것보
다 어렵다"고 하였다. 즉 지(知)보다는 명(明)이 어렵다는 뜻이다. 시인에
게 있어서도 시적 자아를 찾기는 쉽지 않다. 시적 자아란 인간의 자아가
시를 통해 형상화된 것이다. 조덕혜 시인의 작품 속에는 이런 시적 자아
를 찾기 위한 노력이 보인다.

　　　사랑의 열정으로
　　　활짝 핀 꽃입니다.

　　　누가 뭐래도
　　　꽃잎은 떨어지고 싶지 않거늘
　　　비바람에 망가진 채
　　　차라리 함묵합니다.

　　　그런 줄 알면서
　　　또 다시 태어난 꽃잎은
　　　네가 있었기에 내가 있음을 알고

비도 바람도 함께 할 운명이라 여깁니다.

오늘도
휘몰아치는 폭풍우에
어쩔 수 없이
떨어지고 마는 꽃잎이련만

그래도, 한 시절
하늘 향해 눈부셨던 그 모습처럼
나, 초로에도 환한 자태이고 싶습니다.

—「환한 자태로」 전문

시인은 자신이 젊은 시절에는 "사랑의 열정으로/활짝 핀 꽃"이었다고 말한다. 그렇지만 그 꽃도 "휘몰아치는 폭풍우"처럼 다가온 온갖 것들에 의해 어쩔 수 없이 떨어진다. 그처럼 보낸 지난의 세월을 거쳐 어느덧 초로의 나이에 접어들었지만 젊은 시절처럼 환한 자태를 지니고 싶어 한다. 그리하여 "이젠, 예쁜 꽃잎 다 버리고서야/태어난 알알이 노란 배/그 뱃속처럼 물 많고 하얘서/뉘 하나라도 살가운 인연이면 좋겠습니다./거기엔 하얀 자유가 살 수 있기 때문입니다"(「하얀 자유」)라고 노래하기도 한다.

시인은 "하얀 자유"를 위해 한껏 자신을 낮추고자 한다. 그것만이 그리움의 속내를 툭툭 털어버릴 수 있는 길이다. 그래서 시인은 이름 없는 풀꽃처럼 살고 싶어 한다.

저 길모퉁이
홀로 핀 풀꽃 하나

누가 없어도 외롭지 않고
누가 해칠까 두렵지 않고
일생 알몸으로 서 있어도 부족치 않은
아, 생사에 초연한 그 얼굴
무엇을 더 말하리까?

어제도 오늘도
못 살 것 같은 외로움은
아침 이슬로 툭툭 털어내는 건가
날마다 시린 아픔은
꽃잎 흔드는 바람에 실려 보내는 건가

오늘을 지나 먼 먼 내일도
하얀 웃음 핀 풀잎 하나
그런 꽃처럼 살길 염원하련만.

—「풀꽃 하나」 전문

풀꽃의 이미지는 작고 연약하며 여성적이다. 누구나 크고자 하고, 강하고자 하는 이 세상에서 작고 여린 풀꽃 하나가 내 마음을 흔들어준다. 풀꽃은 그리움 끝에 얻어진 외로움의 실체이다. 하나의 "풀꽃"처럼 살기를 바라는 마음은 "생의 안팎에 초연"(「이 모습 이대로」)하기를 바라고, "가을빛에 서린 상념"을 "서둘러 버리러 가자"(「버리러 가자」) 고 말하는가 하면 "바위 되길/하늘이여 도와주소서!"(「바위 되길」) 하며 기원하기도 한다. 이런 기원의 마음은 모든 구속을 털고 어디론가 떠나고 싶은 마음이 들게 하기도 한다.

떠나고 싶어라.
훌훌 털고

우리 시, 우리 시인

머물고 싶던 이곳도
지금은
어디론가 떠나고 싶어라.

에여 오는 아픔을 삭이며
떠오르는 생각도 지워내고
신선이 된 듯
해맑은 웃음 풀며 살고 싶어라.

─「거울 앞에」 부분

　　거울은 형상을 비추는 게 아니라 마음을 투영하는 물체이다. 아무리 "해맑은 웃음 풀며 살고 싶어"도 거울에 비친 자신의 모습은 "에여 오는 아픔"으로 가득하다. 거울 속의 나는 그림자에 불과하다. 진정한 자아가 아닌 허상에 지나지 않는다. 그래서 시인은 진실이 무엇인지 알고 싶어 한다.

천지의 진실에서
생애의 진실까지 머무는 공간, 공간,
모두 하나가 되어
환희의 호흡이길 갈망했듯이

나동그라진 돌멩이에도
낙수에도 시선이 머무는 곳마다
거기엔
사색과 기도의 긴 길이 있기에

시간의 존재에서
그대로를 주고받으면
훗날

조용한 미소로 푸른 창을 바라보겠지.

―「진실」 부분

　세상이 진실이라고 말하는 것과 자신의 생을 통틀어 진실이라고 믿어 온 것이 과연 어떠한 것인지는 모르지만, 그것이 시공을 초월해서도 진실이기를 시인은 기도한다. 그렇게 된다면 그것은 "환희의 호흡"이라고 말할 수 있으리라. 그리고 그것은 "함께 유영하는 깊은 바다에서/진정한 자유와 사랑의 평안"(「지금은 또렷이 보고 있습니다」)이라 부를 수도 있을 것이다. 그러기 위해 시인은 "모두 소중한 사람들이여!/아낌없이 참되게 사랑합시다"(「가을 기도」)라고 소망한다. 이제 시인에게 그리움과 사랑의 대상은 특정한 존재가 아니라 "소중한 모든 사람들"이며 그게 "얼마나 크나큰 축복"(「잠시라도 잊으려면」)인가를 아는 이다.

　여기에서 우리는 시인의 개인을 향한 그리움과 사랑이 모든 이를 향한 것으로 승화되었음을 알게 된다. 그것이야말로 사랑이 지닌 절대적 가치이다.

4

　누군가를 위한 사랑은 이제 자연사랑으로 전이된다. 우리가 자연을 사랑할 때 자연도 우리를 사랑한다. 자연에 대한 우리의 사랑은 일방적인 사랑이 아니다. 우리가 우리 곁을 내어주며 자연을 불러 앉히면 자연은 우리 곁으로 다가와 감추어진 비밀을 하나씩 털어놓는다. 자연을 사랑하는 방식은 자연의 소리를 듣고 자연과 대화하는 것으로 표현된다.

우리 시, 우리 시인

너무 화사해서
수줍은 봄이
꽃 잔치 한판 벌리며
천지가 흔들리게 시집가련지

눈이 너무 부셔서
오늘만큼은
눈을 꼭 감고
조용히 귀를 기울여보리

고운 꽃술의 사랑을 듣고

남몰래 꽃망울 터뜨리는
깜찍한 비밀을 듣고

미소 만발한 꽃잎의 환희를 듣고

인고의 침묵을
두 귀로 한사코 들으리라.

—「눈부신 봄날에」 전문

피상적 인식으로서는 도저히 들을 수 없는 말들이 있다. 그것은 자연의 언어이다. 자연의 언어는 고도의 상징성을 띠고 있으며 그들만이 사용하는 방언(方言)이다. 그건 지식으로 들을 수 있는 것이 아니라 마음으로 들을 수 있는 언어이다. 지독히도 자연을 사랑하는 이만이 자연이 내는 소리를 듣는다. 그래야지만 "꽃망울 터뜨리는/깜찍한 비밀"을 들을 수 있고, "인고의 침묵"도 듣게 된다.

자연에서 질서를 배우고 순리를 배우고, 그 배운 것을 기저로 해서 자연을 바라볼 수 있는 눈을 우리는 관조(觀照)라고 한다. 그래서 시인은 봄을 시새움하는 봄바람을 가리켜 "그렇지, 사나운 바람 없는 봄은/봄의 본성이 아니라니/우리, 그 바람도 함께 보듬으며/봄나들이 하는 거라네"(「봄바람」) 라고 노래하면서 "천 년 바위로/야위어 버린/고독한 망부석아/눈부신 봄빛 머금고 녹아 흘러"(「봄에는」) 가기를 당부한다. 이제 자연은 천 년 동안이나 그리움을 안고 견딘 망부석과 녹아 흘러 일체(一體)가 된다. 그러면 언젠가는 나도 그 석류처럼 "천연스레 웃을 수"(「웃고 있는 석류」) 있을 것이다. 석류의 웃음이 나에게 투영되어 나도 석류처럼 비로소 천연스런 웃음을 짓게 됨으로써 나와 석류는 역시 하나가 된다.

이처럼 시인의 작품에서는 자연에 대한 관조의 시선이 느껴진다. 그건 다음 작품에서 한층 확연하게 드러난다.

투명한 햇살이 살포시
떨어져 가슴에 안기는 날엔
나는 향수 같은 한 송이
꽃처럼
예쁘게 서고 싶다.

바람이 갈래갈래 찢어져
가슴 시리도록 파고드는 날엔
나는 한 잎 두 잎 다 떨어지고 마는
꽃처럼
서글픈 이별을 예감한다.

파드닥 파드닥 날갯짓 하며
뜰 안을 오가던 철새들이 없는 날엔

나는 소리 없이 온몸 삭이며 씨앗 떨구는
꽃처럼
그냥 그렇게 초연히 가야겠다.

—「꽃처럼」 전문

자연사랑에는 따로 지식이 필요하지 않다. 불필요한 지식은 자연이 전해주는 정서와 감동을 저해하는 요인이기 때문이다. 우리와 자연의 통로는 예민하고 풍부한 감성에 있다. 자연의 소리와 빛깔, 생명의 움직임이 빚어내는 감각의 세계는 시인의 언어가 던져주는 감동 가운데 온전히 들어 있다. 시인이 자연의 신비세계를 들여다보고, 거기에 동화되고, 거기에서 터득한 벅찬 순수성은 시인의 작품이 영원성을 지니게 하는 힘이 된다.

시인은 꽃의 미소, 봄비의 속삭임, 식물의 씨앗, 투명한 햇살이 함축하고 있는 세계를 향해 마음을 활짝 열어놓고 있다. 그로부터 자연의 섭리와 조화를 깨닫게 된다. 이처럼 자연의 나지막한 소리는 조덕혜 시인의 시적 가치 가운데 하나로 자리매김한다.

조덕혜 시인은 그리움과 사랑, 외로움, 자연과의 대화를 노래하고 그리고 부단히 시적 자아를 발견하려고 시도하는 작가이다. 그의 그리움은 정갈하고 예민한 감수성을 바탕으로 포장되어 있으며, 사랑은 어느새 특정한 대상에서 벗어나 시공을 초월하여 우주에 존재하는 모든 것을 대상한다. 이런 그리움과 사랑은 외로움을 거쳐 시인으로서의 자아를 찾기 위한 작업을 함으로써 그는 자신의 존재를 인식한다. 그리고 그것은 자연과의 합일을 통해 완성된다.

조덕혜 시인의 시집 『비밀한 고독』에는 한 마디로 정제된 언어와 날

카로운 감성을 앞세워 시인의 서정적 자아를 찾기 위한 작업들로 가득
하다. 그럼으로써 시인은 자신이 가진 순수성과 감수성을 고스란히 전
달해주고자 하였다. 그리고 평이한 시적 언어와 서정적인 표현이 우리
에게 감동을 전해주는 동시에 시적 성과로 평가받는다.

여정과 고독과 삶

― 조두환 시집 『나그네의 발걸음으로』

1

시집 『나그네의 발걸음으로』는 조두환의 세 번째 시집이다. 1975년에 첫 시집 『중랑천 근방』을 상재했고, 1998년 두 번째 시집 『마포일기』를 펴낸 데 이어 이번에 『나그네의 발걸음으로』을 출판하게 되니 그 시간의 간격이 매우 뜸하다고 할 수밖에 없다. 그는 이미 두 권의 시집을 펴낸 어엿한 시인임에도 불구하고 새삼 2010년에 『문학예술』 가을호를 통해 등단이라는 과정을 거쳤다. 더욱이 고희를 바라보는 나이에 등단과정을 거친 것이라든지, 또 12년 만에 세 번째 시집을 상재하는 조 시인의 경우 무엇이 그를 문학의 길로 이끌었으며, 등단절차라는 공인된 과정이 과연 필요했는가 하는 점에 대해서도 의문을 갖지 않을 수 없다.

『나그네의 발걸음으로』는 시인의 유럽 여정을 담은 시집이다. 그는 유럽 각지를 여행하면서, 현지의 서정을 노래하고, 그들의 문명의 정수를 찾아낸다. 시인은 이런 여정에서 옛 시인의 발자취를 찾아 그들의 시 세계를 탐구하기도 한다. 시인에게 여행은 곧 삶 그 자체다. 시인은 시집 후기에서 "시는 세상을 살아가는 나의 발걸음이다. 그래서 나는 여행 자체가 시일 것이라는 확신을 다시금 새겨본다."라고 전제한 뒤 "오늘날 끊임없는 문명시대의 '방랑'은 시의 토양에 씨앗을 남기고, 한동안 모르고 지나다가 싹이 트이고 열매를 맺으리라. 그런 인식으로 삶 앞에 서본다."라고 말했다.

여정에는 고독과 향수가 뒤따르게 마련이다. 시인은 시집에서 여정의 고독과 향수, 그리고 시인의 삶이란 무엇인가 하는 실존적 물음을 우리에게 던진다.

2

다음은 그의 등단작품이면서, 이번 시집에 실려 있는 것으로 라론의 교회묘지에 안장되어 있는 릴케의 묘비 앞에서 그를 기린 것이다.

> 어디로 갈까 망설일 필요가 없다
> 언덕 바위 위
> 교회당
> 저녁햇살이 이내 기울지 않는
> 산비탈을 향해 가면 된다
>
> 마음이 머물다가 바람으로 부는 곳
> 더 이상 선택이 없는 그 자리에
> 영원의 이름으로 누우신 당신이여
> 수염처럼 자란 풀밭 위
> 비석 모퉁이에 걸린 얼굴을 바라보면
> 막혔던 응어리가 풀리고
> 금방 시가 쏟아질 것만 같아라

묶이고 매이는 것이 싫어서일까
세상에 머물게 해준 고마움 때문일까
핏빛보다 짙게 남긴 삶의 발자국
그 이름에 비하면
잠자리가 초라하기 이를 데 없으니
영원히 손님으로 살다 간
세상의 나그네여
당신은 왜 그처럼 수줍게 사셨습니까?

여린 손가락 가시에 찔려
죽음에 바친 죽음으로
삶을 사랑하던 당신이여
비석 옆 십자가 밑에
"순수한 모순으로"
잠들며 피어난 장미 한 송이
참을 수 있는 아픔 이상
아프게 서린 입김으로
"누구의 잠도 아닌 즐거움"을
지금도 노래 부를 수 있을까.

—「릴케의 묘지에서」 전문

다소 긴 듯한 작품 전문을 인용한 이유는, 이 작품 안에 조 시인의 시적 세계가 고스란히 들어 있기 때문이다. 조 시인은 대학교수이면서 라이너 마리아 릴케(Rainer Maria Rilke)를 전공한 독문학자로서 이미 학계에서 확고한 위상을 지닌 분이다. 그 때문인지 그의 시집을 읽으면 릴케의 분위기를 곳곳에서 맡을 수 있다.

우리에게 아련한 향수를 불러일으키는 시인 릴케는 1875년 당시 오스트리아 제국의 지배 아래 있던 체코의 프라하에서 태어났다. 장교로 입신하는 게 꿈이었던 아버지와 소녀 취향을 갖고 있던 어머니 사이에서 일곱 살 때까지 여자아이로 길러졌다. 부모의 이혼 이후 아버지에 의해 육군학교에 입학하게 된다. 참담한 시련의 시기로 묘사되고 있는 이 시절에 릴케는 처음으로 시를 쓰기 시작한다. 그러나 이 시기의 시들은 주로 감상적이고 미숙한 연애시들이 주를 이루었다.

릴케를 위대한 시인으로 키운 것은 루 안드레아스 살로메와의 만남이었다. 1897년 뮌헨의 어느 다과 모임에서였다. 젊은 시인 릴케는 루를 만나자마자 사랑의 거센 폭풍에 휘말렸다. 루는 릴케보다 열네 살이나 연상이었지만, 그렇기 때문에 그녀는 릴케가 일찍이 경험하지 못한 포근하면서도 따뜻한 모성의 여인이었다. 시원하면서도 강렬하고 자유분방한 루의 정신세계는 릴케의 젊은 열정과 만나 불꽃을 튀기기에 부족함이 없었다. 루를 만나자마자 릴케의 가슴은 그녀에 대한 그리움으로 가득 찼다.

기도서를 문학적으로 수용한 『기도시집』(1905)은 자신의 시 창작이 근본적으로 종교적인 치열함을 담고 있으면서 멀리 있는 존재인 신을 향한 끝없는 날갯짓임을 보여주었다. 이 시집을 펴냄으로써 릴케의 문학은 평자와 독자들에게 강렬한 인상을 심어주기 시작했다. 『형상시집』(1902)과 『신시집』(1907)은 릴케 문학의 커다란 성과이다. 이때부터 릴케는 사물과 새로운 관계를 만들고 이를 미학적인 관점에서 성찰하게 된 것이다. 『형상시집』은 브릅스베데의 화가촌에서 하인리히 포겔러와의 만남, 1902년 파리 방문을 통한 로댕과의 만남이 그 집필 동기가 되었다. 또한 『신시집』은 사물시의 결정으로서 로댕과의 만남에서 얻은 조형예술세계 체험의 소산이라 할 수 있다.

『말테의 수기』(1910)도 릴케 문학의 중요한 작품이다. 이 소설은 덴마

   우리 시, 우리 시인

크 출신의 젊은 시인 말테가 파리라는 공간에서 내적·외적 세계와의
갈등으로 비참하게 몰락해가는 과정을 그린 수기 형식의 이야기이다.
독일제국 수립 당시, 시민들이 현실에서 겪는 통찰할 길 없는 불안과 낯
설음을 새로운 소설 형식으로 탁월하게 형상화해 주제나 형식 면에서
현대문학의 위대한 작품 가운데 하나라는 평가를 받고 있다. 릴케 문학
의 정점으로 시집『두이노의 비가』(1923)와『오르페우스에게 바치는 소
네트』(1923)를 손꼽는 이들도 있다.

『두이노의 비가』에 실린 10편의 비가는 언젠가는 죽어야 하는 시인이
나 그 시인이 시 속에 쓰는 현세적 대상들의 속절없음을 다루고 있다.
일치와 대립의 결합이라는 평가를 받고 있으며, 훗날 젊은 서정시인들
에게 커다란 영향을 미쳤다.『오르페우스에게 바치는 소네트』는 릴케
만년의 시집으로 전설상의 인물 오르페우스에 대한 시적 접근을 시도하
고 있는데, 삶과 죽음의 영역을 넘어서 신성에 접근한 세계는 릴케 자신
이 꿈꿔오던 삶과 문학의 영원한 길임을 보여준다.

1923년 릴케는 백혈병에 걸린다. 흔히 릴케가 장미 가시에 찔려 패혈
증으로 죽었다고 말하는데 사실은 그렇지 않다. 장미 가시에 찔린 적은
있다. 1926년 9월 릴케의 여행을 도와줄 한 이집트 여인이 찾아왔을 때
그녀를 위해 몇 송이 장미를 따주다가 그만 장미 가시에 손가락을 다치
게 된다. 백혈병 때문에 상처는 쉬 아물지 않았다.

1926년 12월 29일 새벽, 릴케는 51세의 나이로 세상을 떠났다. 사인은
백혈병이었다. 릴케의 묘비에는 다음 시구가 새겨져 있다.

　　오 장미, 순수한 모순이여,
　　누구의 잠도 아닌
　　즐거움이여,

　장미처럼 아름다웠지만, 가시를 가지고 있는 삶, 그늘을 드리울 수밖에 없는 예술가의 꿈은 매우 절절하였다. 그도 그럴 것이 그는 온몸으로 시를 쓴 시인이었기 때문이었다. 그의 모든 작품들은 인간성을 상실한 이 시대의 가장 순수한 영혼의 부르짖음으로써 높이 평가되고 있다. 그래서인지 릴케의 시에는 언제나 고독이 가득하다.

　조두환 시인의 작품 역시 고독하고 서정적인 면이 시집 곳곳에서 드러나 있다. 그는 유럽 여행을 자주 다녔다. 이번 시집 역시 대부분 여행지에서의 감상과 새로운 문화와의 만남을 말하고 있다. 그리고 여행지의 나그네는 고독한 법이다. 고향을 그리워하고 향수에 젖기도 한다. 위에 인용한 릴케의 시에 담긴 정서가 바로 조두환 시인의 시적 캐릭터이다. 시인은 릴케의 삶을 "십자가 밑에/저 너른 평야/훤히 트이고/첩첩이 쌓인 삶의 고뇌/허공에 던져 버린 채/잠든/삶"(「릴케에게」)이라고 표현한다. 그리고 "괴로울 때 시를 쓴다지만/어둠이 지나고 기쁨이 햇살처럼 비칠 때/당신은 한 줄 시 조각 때문에 피를 흘려 장미로 피어났습니다"(「릴케가 사는 곳」)라면서 자신도 "기쁨이 햇살처럼 비칠" '한 줄 시 조각'을 쓰고자 마음을 다진다.

3

　인생을 살아가다보면 어느 순간 미래가 보이지 않고 막막하기만 한, 감당하기 힘든 그런 순간이 찾아올 때가 있다. 신에게 기도를 드리고 돌파구를 모색해보지만 인생은 변화하지 않고 그 상태일 뿐이다. 그래서 우리는 여행을 계획한다. 독일에서 먹고, 스위스에서 기도하고, 마지막 여행지는 이탈리아로 하는 여행 말이다. 여정은 자아 찾기의 과정이다.

　　　　　　　　　　　　　　　　　　　　　우리 시, 우리 시인

괴테는 "나는 고작 이 세상에서 하나의 나그네, 한 가닥 편로에 지나지 못한다."고 말한 바 있다.

여정은 연정과 같다. 그날그날의 생활을 인생의 과제라고 한다면 여행은 인생의 아름다운 예술 가운데 하나이다. 일상의 생활에 도취하는 삶이 산문이라면 여행은 분명 인생의 시이기도 하다. 여행에는 생활의 무게를 내려놓는 자유가 있다. 여행은 일단 저질러놓고 보아야 떠날 수 있다. 그러나 나그네는 외로운 존재일 수밖에 없다.

다음은 시집의 표제작 「나그네의 발걸음으로」의 전문이다.

이파리를 다 잃고
울고 서 있는 가로수
멍든 하늘의 구름 탓일까
겨울바람 불면
오랜 기다림마저 흩날리리

휑한 거리를 맴도는
헐벗은 마음
다시 옷을 걸치고
나무가 되는 소원쯤
가지 사이 초승달처럼
다시 피어날까

짓무른 이야기들
다 지워 없애려면
추억으로도 되갚지 못할
지난 시간들을 다듬어야 할까
아니다 아니로다
혼자 걸어도 외롭지 않을
나그네의 익숙한 발걸음부터

내딛을 수 있어야 하리.

이국의 헐벗은 가로수를 보면서 나그네의 비애를 노래한 것이다. 그러나 시인은 비애에만 젖어 있지 않는다. "혼자 걸어도 외롭지 않을/나그네의 익숙한 발걸음"처럼 자신이 왜 이 자리에 서 있는가 하는 삶의 근원적인 물음을 던지고 있다.

그건 시인의 정체성을 찾기 위한 아픔이자 몸부림이기도 하다. 인간은 누구나 스스로 자기 중심을 잡아 변하지 아니하는 존재의 본질을 깨닫는 정체성을 지니고자 한다. 어떤 사람이나 사물이 어느 날 갑자기 너무나 낯설게 보이는 수가 있다. 대상이 낯설어지면 시인은 혼자라는 느낌을 받을 수밖에 없다. 그래서 시인은 느낀 것을 시로 쓰지 않을 수가 없으며, 비로소 시인은 타인과 사물에 대한 새로운 관계를 가지게 된다. 자신의 사소한 행동 하나에도 온 우주가 긴밀히 관여하고 있음을 깨닫게 된다. 세상과 내가 긴밀한 관계를 믿으면서 세상과 친하기, 이것도 정체성 바로 찾기의 한 방편이다.

정체성은 개성이며, 개성은 고유성과 창의성의 합이라고 본다면, 고유성과 창의성의 판단을 위한 기준을 마련하는 것은 곧 정체성을 정립하는 것과 같다고 할 수 있다. 시인은 외국에서의 정체성 탐구를 위해서 우선 외국에서 일어나는 현상에서 출발하고 현재의 현상을 중시해야 한다고 생각한다. 즉 정체성 판단의 기준의 하나는 현재성이다.

그렇지만 낯선 문화의 장벽은 만만하지 않았다. 아니 오히려 완강하기까지 하다. 그래서 시인에게 문화의 장벽은 '생존'의 문제로 다가온다.

차창에 서리는 입김으로
'생존'이라고 쓴다.

　　　　　　　　　　　　　　　　　　　우리 시, 우리 시인

독일어로……

마음이 닿지 않아
우리말로 바꾸어 보지만
왜 이리 슬퍼지는 걸까

갈수록 늘어가는
낯선 것들 속에서
승리, 또 승리
정해진 순서대로 외쳐보지만
가쁜 숨소리 뒤로
흔들리는 나

아쉬움이나
기쁨이나
한결같이
눈물로 끝나는 게
이상하다
이곳에선……

—「생존」 전문

시인은 이 작품에서 문화적 소외감에서 오는 심정을 담고 있다. 소외감은 존재적 고통을 동반한다. 그뿐 아니라 눈에 보이고 느끼는 사물과 현상에 대한 관계의 상실감을 불러일으킨다. 이런 상실감은 문화적인 이질감에서 오는 것이다. 모국어가 아닌 외국어로 사고를 해야 하고, 외국어로 상대방과 대화를 해야 한다. 그래서 시인은 "책이나, 연필이나, 종이나……/두들기던 계산기마저도/모두가 날 버리고 간 외딴 섬에서/자갈밭 수레처럼 덜걱이는"(「외국어」) 커뮤니케이션을 취할 수밖에 없

다. 소외된 내면성은 시인이 발견한 객관적 상징물이나 상징적 암시를
통해 시인 자신의 심적 상태를 표현하기 마련이다. 그것은 '아쉬움'과
'기쁨'이 함께 '눈물'로 귀결되는 시인의 언어로 표현된다. 이런 문화적
이질감에서 오는 고통은 시인으로 하여금 오지 않는 잠을 억지로 청해
보기도 한다.

> 내일을 위해선
> 오늘 꼭 자 두어야 한다는
> 명제가 생긴 뒤부터
> 잠을 이루지 못한다
>
> 까맣게 잊었던 사건들이
> 대양의 원양어선처럼
> 순서 없이 밀려 와
> 그물을 치면서
> 나를 고문한다
>
> 희망 없는 꿈은 낚이지 않는다는
> 확신으로 반복하던 확신들이
> 그물 틈새로 빠져나가
> 어제의 일들까지 불러 모아
> 내일로 흐른다
>
> 언제부터인지
> 마음대로 할 수 없게 된
> 나의 '나'
> 그럴 바엔
> 고국의 그리운 얼굴들이나
> 보자는 체념으로
> 겨우 얻은 새우잠

         우리 시, 우리 시인

꿈처럼 새벽이 밝아온다

—「잠 못 이루는 밤」 전문

이런 문화적 거리에서 오는 고통과 불면은 시인에게 고향과 모국이 생각나게 한다. 자연은 어디에 있어도 자연의 모습 그대로이다. 산에 오르자 고향에서 본 듯한 "하늘의 구름도/산비탈 푸른 잎들도/우리를 알아보고/손을 흔든다"(「알프스에 올라」). 그러나 시인은 "침묵으로 전해지는 말"을 찾고자 노력한다. 시인의 고향에 대한 그리움은 "접어둔 책갈피 마냥/언제든지 펼치면 읽을 수 있도록/잠시 돌아누운 옛날들이/어김없이/그대로 일어나/ '댕댕댕' 종을 울린다"(「바젤의 전차」)처럼 전차의 울리는 종소리를 타고 고향의 어린 시절로 되돌아가기도 한다.

외국에서 외국으로 떠나는 여행 길벗들이 모이다 보니 다섯 충분히 우리가 된 외톨이들 밤길을 가다가 마인츠의 라인강 철교 위에서 남자를 시위한다 전깃줄 위의 참새떼들처럼 한 줄로 서서 난사하다 야단맞은 어린아이가 분풀이하듯 헤센과 비스바덴 주의 경계지 그 다리 아래로 우리를 쏜다 그리고 나서 방안에 쪼그리고 앉아 술잔을 들이키다가 아내가 더 보고 싶은가 애들이 더 보고 싶은가 서로 우기다 원수처럼 싸운다 싸우는 것이 아니라 외로움의 크기를 대보는 것이었으리 수탉처럼 싸우던 두 사람은 내가 떠나온 뒤로도 많은 날 동안 벼슬을 내리지 않았는데 같은 말로 같은 사랑을 확인하다가 생긴 일은 외투 깃을 아무리 추켜세워도 가릴 수 없는 목덜미의 싸늘한 외로움만 할까 그에 비하면 고국에 그런 대로 잘 있다는 아내의 편지가 따스하기만 하구나

—「마인츠」 전문

외국을 오랫동안 여행하다 보면 지독한 외로움에 몸을 떨 때가 많다. 그런 사람들이 한데 모여 외로움을 표출한다. 그건 때로 수탉의 성난 벼

슬처럼 세워져 상대방을 공격하기도 한다. 지독한 외로움은 공격성을 띠고 있다. 그러나 싸늘한 목덜미를 어루만져주는 존재는 고국에서 날아온 아내의 편지 한 통이다.

4

시인의 진실은 인간적 체취에서 근원한다. 따라서 인간의 진실과 시의 진실은 언어를 통하여 동일화되어야 하는 이유가 여기에 있다. 결국 시인이 진술하고자 하는 시의 진실은 자아나 사회현실이나 자연을 존재하게 하는 근원적인 것과 연결되어 있으며 모든 존재의 바탕에는 진실이 있다.

그러나 시인의 외로움은 단순히 문화적 소외감과 모국과의 거리감에서 오는 것만은 아니다. 그건 문화적 박탈감에 따른 시적 에스프리의 빈곤에서 오는 외로움이다. 그것은 시인의 시인으로서의 자아를 찾기 위한 숨고르기이다. 자아는 일상적, 자연적 상태에 놓여 있는 단순한 심신 합일체로서의 자기를 반성함으로써 자기의 자유와 책임을 스스로 질 수 있게 된 진정한 자기를 의미한다. 시인으로서의 자아는 자기실현을 위한 시로 표현함에 있다.

이국의 정서는 시인을 더욱 고독하게 만들고 시를 쓰기 어렵게 만든다. 그래서 시인은 "수많은 말들이 조각나/저마다 하나씩/검푸른 물결에 잠긴다"고 고백하면서 "바다는 그래도 고독을/외롭게 하지 않으려"(「시 쓰기 어려운 날」) 노력한다. 그런 의미에서 시인은 "나를 낯설게 하는 수많은 낱말들로/외로움의 성"을 쌓을지라도 "저녁노을이/맑은 물 위로 내려와" 춤출 때, "그 물결이 되살아나/깨는 적막/그 끄트머리로

　우리 시, 우리 시인

들려오는/마음의 소리/내일을 준비하자"(「물위로 흐르는 노을」)고 다짐
하기도 한다.

　　　좁다란 골목
　　　응달쪽으로
　　　먼 전설처럼
　　　뒤돌아 앉은 세상
　　　부르면 금방 뛰쳐나올까
　　　낯선 말투이라도
　　　알아듣고 뛰쳐나올까

　　　구겨진 종이에 적힌
　　　옛 이야기처럼
　　　뒤엉킨 상념
　　　가슴속에 남아 있다가
　　　아픈 마음
　　　다른 가슴으로 번질 때
　　　개울물소리처럼
　　　새로운 울림으로 거듭날까

　　　모두가 함께 굴러 가
　　　묵은 세월만큼
　　　쉽게 만날 수 없는
　　　길을 달릴 때
　　　그 간격만큼
　　　비로소 시를 쓰면서
　　　영원히 만날 수 있는
　　　길을 찾을 수 있을까.

—「새로운 울림」 전문

시인은 내면의 "새로운 울림"으로 진정한 삶을 노래하고 싶어 한다. 그것은 차라리 외롭고 고통스런 가슴의 떨림에서 비롯된다. 이런 떨림은 영혼의 자유를 준비하는 빛깔이 된다. 자유는 곧 사랑의 마음이다. 사랑은 사람을 아름답게 여기고 귀하게 여기는 마음이다. 그래서 시인은 예술인들이 모여들었던 한 도시에서 삶을 사랑하는 마음을 얻는다.

외로운 가슴의 불을 끄고
참 자유의 촛불을 밝힌다
롱에, 밀레, 세간티니의 가슴처럼
하늘의 별들을 모아
땅에서 가장 가까이 볼 수 있도록
가장 자유로이 사랑을 할 수 있도록
가장 깊은 데서 피어나게 한다
꽃의 빛깔로

사랑하는 마음을 가장 외롭게 하고픈 사람들이
고통의 가슴으로 떨 수 있는 사람들이
앞 다투어 모여든
시인의 고향
예술의 마을

사람들을 그리며
사랑을 고백하는 곳
떠나온 사람만이
잊을 수 없던 것을 잊게 하여
많은 것을 알게 된 후
진정 삶을 살 수 있는 곳.

— 「보릅스베데 2」 전문

우리 시, 우리 시인

시와 예술은 진리를 캐내고자 하는 하나의 도구이다. 화가 롱에와 화가 밀레가 그랬고, 화가 세간티니가 그림으로 진리를 말하려 했던 것처럼, 시인은 시의 언어로써 진리를 찾고자 한다. 그것이 "진정 삶"을 살게 하는 힘이 되기 때문이다. 시인은 옆으로 기울어진 피사의 탑을 보면서 "변치 않을 세상진리/끝까지 지켜내리라"(「피사의 사탑」)고 마음먹는다.

5

시인에게 여행은 구도의 과정이다. 이질적인 문화를 접하고, 새로운 땅에서 생활하면서 지독히도 고독한 처지를 말하면서도 거기에서 저들의 정서와 인간 삶의 올곧은 자세를 배우고자 한다. 그것은 시인에게 시인으로서의 정체성을 찾는 길이기 때문이다. 시인에게 올바른 정체성을 찾는 행위는 곧 올바른 시를 창작하는 것과 마찬가지다. 참다운 시를 쓰는 일이야말로 시인이 항상 꿈꾸는 여행의 목적에 부합되는 것이기도 하다.

지중해의 햇살에
부끄러움 모두 태워버릴 듯
마음을 달군 채
머리채를 잡아 흔들며
목마름을 토하면서
몸부림치는 영혼

묵은 것 새로 바꿔주려는 듯
흩어진 마음들을 모아

가슴을 적실 수 있으면
잊어버린 추억들을 찾아
가슴에 모으면
언제나 태어나는 고향
파초의 꿈.

— 「로카르노의 태양」 부분

파초는 남국의 식물이다. 지중해변 로카르노에 태양이 떠오르면 시인은 바람에 흩날리는 파초를 "부끄러움 모두 태워버릴 듯/마음을 달군 채/머리채를 잡아 흔들며/목마름을 토하면서/몸부림치는 영혼"의 모습으로 그린다. 여행 중에 만난 눈부신 태양, 푸른 물, 파초 등 이국의 정서가 건네주는 감흥을 스케치하듯 그려낸 솜씨가 그들처럼 눈부시다.

이국의 정서가 주는 느낌은 여기에서 그치지 않는다.

저녁이면 노을이 붉게 번지고
조개구름 펼쳐질 때
호반의 레스토랑 테이블마다
마음과 마음들이
나라와 나라들이
정직하게 만나서
함께 흘러가는 이곳에서
호수가 남성이고 바다가 여성이라는
가늠 자체가
아무것도 아니라는
깨우침이 비로소 떠오르네.

— 「레만호에서」 부분

우리 시, 우리 시인

사실 시인은 고독과 향수를 이야기하면서도 이국의 정서에서 찾을 수 있는 미와 삶의 의미를 캐내는 여행을 계속하기를 속으로 기대한다. 이제 이국에서의 생활도 더 이상 낯설기나 지독한 외로움만 존재하는 것은 아니다. 성탄절이면 온 세상을 뒤덮는 흰 눈이 쌓이고 그것은 나그네에게도 신의 축복이기 때문이다.

> 그림자 없는 눈길 위로
> 한두 걸음 옮기면
> 외로움만큼
> 굵은 눈발들이
> 순하게 쌓인다
>
> 산동네 지붕 위로
> 온 세상이 하나
> 성탄의 종소리도
> 소리 없이
> 내려앉았다.

— 「눈 내리는 취리히」 부분

나그네의 여정은 고독을 동반한다. 시인은 고독하다고 외치면서도 끊임없이 이국으로의 여행을 멈추지 않는다. 그 이유는 고독한 나그네의 길이 곧 시인의 정체성을 회복하는 존재이기 때문이다. 시인은 거기에서 이국의 정서를 만나고, 이국의 문화를 만난다. 그리고 그것은 나그네의 고독을 넘어서는 것이다. 이름도 낯선, 말도 낯선 곳에서 만나는 사람과 거리, 건물 등은 시인의 삶에 커다란 활력소가 된다. 시인은 여행함으로써 시인으로서 존재한다. 시인은 거기에서 자신을 만나고 릴케를 만난다. "사람이란 나중에 보면 끝없는 여행길 속에서 우연히 되찾은 어떤 형상일 따름"(「후기」)이라는 시인의 말에서 우리는 이 시집의 성격을 한 번에 파악해낼 수 있다. 조두환 시인의 시집 『나그네의 발걸음으로』 는 인간의 참의미를 찾기 위한 기록이다.

우리 시, 우리 시인

신과 인간의 만남

— 하덕조 시집 『갠지스강』

1

    시집 『갠지스강』은 하덕조 시인의 세 번째 시집이다. 1991년에 첫 시집 『만남』을 상재했고, 2007년에 두 번째 시집 『바람이 말하는 소리』를 펴냈다. 고희를 맞는 금년에 『갠지스강』을 출판하였으니 그 간격이 뜸하다. 양적인 면에서 본다면 어지간히 과작인 셈이다. 1941년 4월 11일 경남 합천에서 출생한 시인은 1969년 스물아홉의 뒤늦은 나이에 동국대학교 국어국문학과를 졸업했고, 1973년 『한국일보』 신춘문예에 시 「회생」이 당선된 것은 시인의 나이 서른셋이었다. 늦깎이 등단이긴 하지만 시력 38년에 세 권의 시집을 낸 것으로 미루어, 어찌 보면 그의 성정이 게으른 게 아닐까 오해하기 쉽다.

    그러나 작품이 수적으로 적다고 해서 시인은 시작을 게을리하거나 등한시한 것은 결코 아니다. 그것은 시인이 세 권의 시집을 통하여 끊임없이 자기변모와 시적 변용을 꾀하고 있다는 사실을 우리에게 보여주고 있기 때문이다. 그것은 문학의 진정성 추구와 함께 시의 생명성을 모색하기 위한 시인의 노력에서 비롯된 것임을 알 수 있다. 그의 작품을 관통하는 것은 자연과 친화하기 위한 시도이다. 자연은 곧 생명이다. 그의 등단작품을 살펴보자.

우주가 내 안에 있고
내가 하나의 모래알 속에
있다.
동그라미 모래알 속에서 새로이 눈을 뜬다.

유년의 겨울 눈 밭에
아이들은 바람같이 나부끼고
햇발이 미끄럼을 타고 있었다.
햇발처럼
산등성이에 새끼노루 한 마리
아이들은 불꽃이 되어
하나의 표적으로 쏠리고
화살처럼 날으는 환호성에
노루는 연못에 빠져
연못이 되고 있었다.
가라앉고 있었다.
동심을 송두리째 안고
바람에 꽃잎 지듯이
가라앉고 있었다.
차라리 그 때 나는 한 마리 노루이고 싶었던가.
이십 년의 문을 열고
도시인이 되어
꿈속에서도 깨어나
한 그루 미루나무가 되어 난
종로 네거리에 서있었다.
그때 입술을 적실 이슬은 내리지 않고

갖가지 문명의 톱날바람이
가지를 잘라 갔다.
뿌리채 뽑아 달아났다.
그때 나는 청보리나 보듬고 사는 흙이고 싶었던 것을

—「회생」 부분

내 안에는 우주가 들어 있는가 하면 모래알도 들어 있다. 시인의 가슴에는 거대한 존재와 더불어 미세한 존재가 한꺼번에 담겨 있는 것이다. 유년의 동심이나 청노루 새끼는 자라나서 또 다른 생명을 잉태하는 존재이다. 그런데 동심을 안고 있는 청노루 새끼는 화살의 희생물이 되어 연못 속으로 가라앉고 만다. 그런가 하면 시인은 자신을 "한 그루 미루나무가 되어 난/종로 네거리에 서 있었다"고 고백하며 "갖가지 문명의 톱날바람이/가지를 잘라갔다"라고 인간과 도시문명에 의한 자연과 인간세계의 파괴를 읊고 있다. 시인의 눈을 통해 문명세계의 파괴성을 더 치밀하게 형상화시킨 작품이 아닐 수 없다. 이에 시인은 "청보리나 보듬고 사는 흙"이 되고 싶다고 토로한다. 그 안에는 우주와 모래알이 모두 들어 있는 생명을 키워내는 흙이 되고 싶은 것이야 말로 바로 시인의 책무이기 때문이다. 하덕조의 자연은 더 이상 음풍농월(吟風弄月)의 자연이 아니다. 시인과 자연과의 일체이다. 그가 자연 속으로 걸어 들어가고, 그만큼 자연이 그에게 다가온다.

다음은 그의 첫 번째 시집 『만남』에 게재된 작품이다.

교정의 라일락꽃은 아이들처럼
멀리 떠나는 꿈을 꾸며 산다
스승은 꽃나무 뿌리.

이십 년만에 제자가 스승을 찾아와
꽃나무 가지 휘듯이 절을 한다.
눈빛만 보아도 속마음 아는 사이
스승의 흰 머리카락 보고 이슬 맺힌다
제자의 이슬 속에 걸어온 길 보인다.

옛날 스승이 건네준 꿈의 이파리
살아오면서 비바람에 색깔이 시들 때
선생님이 심어준 정신의 향기가
늘 소생케 했다.
라일락꽃 질 때 떨어져 나온 꽃향기가
꽃나무 곁에서 떠나지 않다가
비 오는 날 빗물과 함께
뿌리로 들어간다.

— 「뿌리 찾기」 전문

시인은 오랫동안 고교와 대학에서 교편을 잡았다. 졸업 후에 가끔 찾아오는 제자를 대하면서 느낀 감회를 읊었으리라. 제자는 '꽃나무'이고 스승은 '꽃나무 뿌리'이다. 스승은 '꿈의 이파리'를 제자에게 건네주었고, 살아오면서 '꿈'이 시들 때 '정신적 향기'가 늘 제자를 소생케 했다. 시인에게 사제지간은 늘 자연의 질서처럼 느껴졌던 것이다. '뿌리'가 있으면 언제나 꽃나무는 피어나고, 꽃의 향기는 다시 '뿌리'를 찾게 마련이다.

2

다음은 그의 첫 번째 시집 『만남』과 두 번째 시집 『바람이 말하는 소리』에 공통으로 수록된 작품이다.

> 그대는 꽃이 되기 위하여
> 나는 물이 되기 위하여
>
> 그대는 물을 만나기 위하여
> 나는 꽃을 만나기 위하여
>
> 그대는 전생에 풀이었다가
> 나는 전생에 구름이었다가
>
> 그대는 이승에 꿈으로 내려와
> 나는 이승에 은하(銀河)로 내려와.
>
> 긴 겨울을 참고
> 긴 여름을 참고
>
> 그대는 나의 꽃이 되었다
> 나는 그대의 물이 되었다
>
> 꽃이 되어 물속에 천 년
> 물이 되어 꽃 속에 또 천 년

—「만남」 전문

물과 꽃의 만남을 이야기하고 있다. 전생에 "풀"이었던 그대를 "꽃"으로 피우기 위해 전생에 "구름"이었던 나는 "물"이 된다. 이렇게 두 존재가 만나 "꽃이 되어 물 속에 천 년/물이 되어 꽃 속에 또 천 년"이 지나도록 어우러지게 된다. 물과 꽃의 교감이 비로소 영원성을 지니게 된다. 존재한다는 것은 혼자의 의미가 아니다. 무언가와 관계를 맺을 때 그 가치를 지니게 된다. 그것이 너와 나, 또는 인간과 자연 그 어느 경우라도 가능하다. 그리고 나서야 관계는 시적 이미지로 합당한 변용을 이루게 마련이다.

시인은 3년여의 시간을 청량산이라는 공간에서 살았다. 청량산은 어디인가. 우리나라의 오지 가운데 하나이다. 몇 년 전 관광지로 각광받기 전까지만 해도 전기도 들어오지 않던 곳이었다. 앞을 보아도 산이요, 뒤와 옆을 보아도 산이고, 계곡 사이로는 맑은 시냇물이 흘렀다. 자동차 길이 아직도 없던 그곳은 말 그대로 둘러보면 자연만이 존재하는 곳이었다. 그곳에서 시인은 자연과 대화했다. 대화 상대가 자연밖에는 없었기 때문이다. 자연이 나였고 내가 자연이었다. 그래서 시인은 "나무의 영혼과 합방하여//가지마다 흔들리고 있다"(「청량산 가을바람」)라고 자연과 하나 된 자신을 노래했다. 시집 『바람이 말하는 소리』의 제1부 '한라산 바람이 말하는 소리'에 수록된 61편의 작품은 모두 2행 2연시이다. 그 가운데 몇 편을 제외하고는 자연과의 진정한 화해를 위한 몸짓언어들이다. 그러나 자연과의 합일, 화해의 몸짓은 자아를 찾기 위한 작업으로 이어진다.

인생, 나를 찾는 일
바람처럼
나는 어디에도 보이지 않는다

걸어온 발자국의 죄업으로
고개 들지 못하는
나는 한 마리 축생

어디에 헤매는가

우리 시, 우리 시인

산등성이로 골짜기로

인연의 끈으로 끌어
마음 비우고 길들이기
나를 사랑하는 일

나와 내가 하나 되어
피리소리 산울음으로

내가 나를 찾아
내 안에 들어갔을 때
나는 어디에도 없었다

—「신륵사 심우도」 전문

시인이 자연으로 들어가고, 자연을 불러 시를 육화시키는 작업은 마침내 자연이 무엇이고 인간이 무엇인가를 문답하는 단계로 이어진다.

3

이번에 하덕조 시인은 인도와 네팔, 터키, 중국 등지를 여행하고 돌아왔다. 그 가운데 인도를 소재로 한 작품이 20편으로 가장 많다. 그래서 시집 제목을 『갠지스강』이라고 했고, 그곳에서 만난 많은 사람과 자연을 노래하면서 부제를 '신과 인간'이라고 붙였다. 인도는 수많은 인간과 신들이 존재하는 땅이다. 그래서 시인은 시집 권두 '시인의 말'에서 "바라나시는 과거의 도시이다/미래의 도시이다/신의 도시이다/갠지스강은 삶의 어머니이다/죽음의 어머니이다"라고 말하였다. 이는 인도 도처에서 만난 인간과 신의 모습, 삶과 죽음의 형태, 그리고 그 영속성에 대한 탐구를 의미한다.

> 아득한 옛날에 내가 와 있다
> 동물과 사람과 신이 함께 살고 있다
> 꼬부랑 마을길 소똥내가 친근하다
> 살아 있는 모든 것
> 길가다 마주쳐도 네 눈속에 나
> 나 눈속에 너 친근하다
> 어린 소녀 까만 손 내밀고 원 달러
> 나는 소녀의 까만 손에 신을 구걸한다
>
> 동물이 사람이 되고
> 사람이 신이 되고
> 신이 동물이 되고
> 미래의 도시이다

— 「바라나시」 전문

신은 종교적 개념이다. 비록 철학이나 윤리학에서 신을 다룬다 하여도 그 내용은 종교적인 것을 전제로 한다. 원시불교에서는 불(佛)을 논하고 있어 신을 대상이나 목적으로 삼지 않는다. 신의 개념은 아무리 종교적인 차이가 있다 하더라도 신은 초감각적 존재로서 인간 이상의 힘을 가진다. 감각적인 현실성을 초월해 있다는 것은 영적인 실재라는 뜻을 강조하며, 섭리와 구원의 뜻까지 포함한 전능자(全能者)라는 내용을 의미한다.

원시사회의 신은 대개 신화적 성격과 다신교(多神敎)의 형태를 지니게 마련이다. 타일러(E. B. Tylor)의 애니미즘(animism)에 의하면 인간은 꿈이나 죽음, 환각(幻覺) 같은 현상을 통하여 생명의 원리나 제2의 자아에

우리 시, 우리 시인

이르게 되고, 육체에 대한 영혼 등을 그려보게 된다. 이러한 영혼은 인간에게만 있는 것이 아니라 만물은 제각기의 정령(精靈)을 가지고 있으며, 저마다의 신격을 소유하고 있다. 이집트의 태양신, 바빌론의 천(天), 지(地), 수(水)의 3신 등이 그 좋은 예이며, 고대인들은 해, 달, 별, 바람, 비, 산, 바다, 식물, 동물들마저 신격을 가지고 있다고 보아 신앙의 대상으로 삼았다. 이러한 다신교는 훗날 일신교(一神敎)로 변화를 가져오게 된다. 그런 이유에서 시인은 "동물이 사람이 되고/사람이 신이 되고" 하는 사실을 깨닫게 된다. 동물이 곧 신이다. 이어서 시인은 바라나시 한 길에서 어슬렁거리는 소를 향해 "이승에서의 선업으로/내세에는/무엇 위에 무엇으로 태어날 것인가"(「소」) 하고 되묻지 않을 수 없다.

시인은 인도 도처에서 죽음을 만난다.

> 갠지스 강물에 살아온 만큼 죄씻고
> 나룻배 타고 흔들흔들 길 떠나듯
> 영혼은 장작 연기와 함께 떠난다
>
> 자기 몸무게만큼 쌓은 장작
> 쌓은 만큼의 축복 속에
> 전신이 불타서
>
> 육신이 재가 되어 강물이 되고
> 영혼은 하늘에 오른다.
>
> — 「가트 화장장」 전문

그가 만난 죽음은 축복이었다. 죽음은 죄를 씻는 길이요, 영혼은 하늘로 오르기 때문이다. 그것은 화장장의 불꽃이 "이승의 모든 슬픔이 불꽃으로/이승의 모든 슬픔이 불꽃으로"(「빛의 축제」) 인식되기 때문이다.

노인들은 죽은 다음 "육신을 불태워/윤회의 사슬 끊고/신이 되어/불타
는 장작 앞에서/기도하는 후손 보기를"(「노인 소망」) 기도한다. 인간은
신의 대립 개념이다. 당초 시인은 인간을 우주의 중심으로 보았다. 인간
은 항상 자신을 탐구하는 존재였다. 그러나 종교적인 차원에서의 인간
은 신앙에 의하지 않고서는 그 존재적 가치를 지닐 수 없다고 본다. 인
간이 선업을 쌓고 간절하게 소망할 때 법륜의 바퀴가 굴러 비로소 신이
될 수 있는 것이다.

4

　네팔에서 시인이 만난 것은 설산(雪山)과 꽃과 신이었다. 산이 꽃이었
고, 산이 눈이었고, 산이 신이었다.

> 찬바람 동이 트고 붉은 해가
> 히말라야 가슴속으로 들어갔다
> 붉은 꽃봉오리 된 히말라야가
> 내 가슴속에 들어왔다
>
> 　　　　　　　　　　　— 「히말라야 해돋이」 전문

　시인은 히말라야가 내 가슴속에 들어온 게 아니라 내가 히말라야의
가슴속에 들어갔다고 표현한다. 시인이 히말라야에 간 것은 몸만 간 것
이 아니라 자연과 완벽한 일체감을 이루기 위해 자신의 의식을 정화시
키고 모든 문명의 찌꺼기를 떨치려는 노력의 일환이다. 자신의 육신과
정신세계에 새로이 자연이란 존재를 받아들이기 위한 것이다. 그 자연
은 바람과 물과 꽃과 눈을 감싼 채 우뚝 시인의 앞에 다가오고 선다. 그

　　　　　　　　　　　　　　　　　　　　　　우리 시, 우리 시인

래서 시인은 "히말라야 정상에 오르는 꿈"을 간직하고 "낮은 데로 낮은 데로"(「히말라야 들꽃의 꿈」) 물이 되어 흐르기를 기원한다. 상선약수(上善若水)의 경지이다.

그곳에는 설산을 닮은 아이들이 산다.

> 아침 저녁 히말라야 보며 산다
> 아침이면 히말라야가 맨 먼저 일어나
> 바람소리 물소리 새들을 깨워
> 아이들을 깨운다
>
> 히말라야의 기에
> 아이들은 심지 곧고 선하다
>
> 저녁 산자락에 그림자 들면
> 히말라야 품에 잠이 든다.
>
> —「네팔 아이들」 전문

자연의 소리인 "바람소리 물소리 새"들이 깨우는 건 네팔 아이들만 아니다. 네팔 여자들도 자연을 닮았다. "히말라야 다랭이 마을/유채꽃 같은 여인"(「네팔 여자」)이 네팔 여자들이다. 그런 네팔 아이들과 네팔 여자들이 '마니차'를 돌리며 간절히 기도한다. 다만 어머니는 맷돌을 돌려 콩물을 만들 수 있지만 나는 아직 그렇지 못하다.

> 일명 원숭이 사원에서
> 길게 늘어선 청동으로 만든 마니차
> 손바닥으로 하나씩 차례로 돌린다
>
> 어린날 어머니 손때 묻은 손잡이

맷돌을 돌리면 노란 콩이 노란 콩물로
하얀 콩물이 두부로 요술 부리시던 어머니

어머니 요술로 우리는 장성했느니
나는 마니차를 백날 돌려도
요술부리지 못합니다

―「마니차」전문

　네팔은 아직도 원시와 순수함이 남아 있는 곳이다. 원시 상태야말로 가장 아름답고 정갈하다. 그곳에선 "아름다운 여인 페와 호수"는 "마차 푸라레 봉우리"(「페와 호수에 비친 히말라야」)를 품에 안고 사랑을 한다. 사랑은 나라는 주체를 통해 이루어진다. 호수가 내 가슴속에 들어오고, 봉우리가 내 가슴속에 들어올 때 비로소 자연끼리의 교환(交驩)이 가능하기 때문이다.

　시인이 네팔에서 만난 것은 단순히 거대한 산만이 아니다. 산의 크기와 이국적인 여인이 문제가 아니다. 새삼스레 찾은 그곳에서도 시인은 자연 속에서 정화된 정서를 찾고 자신과 일체된 자연을 만날 수 있었다.

　신은 네팔뿐만 아니라 터키에도 있었다. 신은 카파도피아 마을에 "친근한 황토색으로 내려 앉아" 있었고, 성 소피아 성당이나 셀수스 도서관, 이스탄불 지하 저수지에도 있었다.

우뚝하게 아름다움
기둥 위에 기둥
대리석 위에 대리석

이천 년이 지난 세 여인상
변하지 않는 색깔

우리 시, 우리 시인

변하지 않는 예술
변하지 않는 진리

—「셀수스 도서관」 부분

　신은 "변하지 않는 색깔/변하지 않는 예술/변하지 않는 진리"를 지닌 존재이다. 신을 찾는 이는 "누구나 나오면서 가슴속에/촛불 켠다"(「성 소피아 성당」). 시인은 인도와 네팔, 터키 등을 여행하면서 자연과 그 너머에 존재하는 신을 만나고 돌아왔다. 신을 만나고 돌아서는 이별은 눈물겹다. 그래서 "이별 뒤에 눈물/눈물 뒤에 소금/이승의 이별은 여기다 모여/눈 감지 못하고 반짝이고 있네"(「소금 호수」)라고 속내를 토로한다.

5

　하덕조의 작품은 풍광을 제재로 한다. 그렇다고 단순한 기행시는 아니다. 순례자의 자세로 자연을 대하고 있다. 그건 자연이 곧 신이기 때문이다. 자연의 아름다움을 노래하는 데 그치는 것이 아니라 오체투지(五體投地)하듯 모든 것을 던져 자연의 품속에 뛰어든다.

소망 하나에 바위 하나 올리고
소망 둘에 바위 둘

사랑 하나에 천 년 흐르고
사랑 둘에 또 이천 년

—「남해 보리암」 전문

보리암은 신라 때 보조국사가 세운 암자로 남해의 금산 정상에 위치하고 있다. 정상 근처에 대장봉이 있고, 오른쪽에 화엄봉과 일월봉, 왼쪽에 삼불암이 늘어서 있으며 건너에 거대한 상사바위가 보인다. 임진왜란 당시 큰 공을 세웠으나 간신의 모함을 받아 29세의 젊은 나이에 숨을 거둔 김덕령(金德齡) 장군의 부인이 왜적에 쫓겨 암자 아래 절벽으로 뛰어내렸다는 눈물겨운 얘기가 전한다.

시인은 여기에서 천 년을 지나고, 이천 년을 지나도 변치 않을 사랑을 보았다. 현재를 사는 시인도 사랑을 소망하듯 이곳에 서서 마음의 돌을 쌓는다. 천 년을 지나도, 이천 년을 지나도 변하지 않는 소망의 바위를 이루기 위해서이다. 그 소망은 마치 "영혼은 연기처럼 하늘로" 올라가 버린 "완전한 자유"(「참나무」)와 동의어고 그 사랑은 "박꽃은 박이 되어/호박꽃은 호박이 되어/마주 보고 웃고"(「짝사랑」) 있는 것처럼 느껴진다. 그러나 "꽃 지면/잎 지고/사랑도 가고"(「민들레」) 만다.

시인은 이번 시집에 「거울」이란 제목의 작품을 10편이나 싣고 있다. 거울에 비친 물체는 좌우가 서로 바뀌어 있다. 거울은 우리의 감정이입의 대상물이 될 수도 있다. 내가 웃으면 거울 속의 나도 웃고, 내가 울면 거울 속의 나도 같이 울어준다. 감정이입이란 대상에 화자의 감정이 투사되어 화자의 정서를 대변하는 표현이 나타나는 것이다. 그런가 하면 거울은 단절의 이미지를 갖기도 한다.

다음 작품은 이 두 가지의 이미지를 형상화했다. 거울의 뚜껑을 닫으면 거울은 거울로서의 기능을 잃는다.

거울 뚜껑 닫고
거울 속 자신의 얼굴
남에게 보여주지 않는다

누구보다 나를 사랑하는 나

이제 뚜껑 열고 나와서
남을 사랑하는 기쁨을

—「거울 1」 부분

　시인은 대체로「거울」연작을 통해 자아와 피자아의 감정 소통을 말하고 있다. 거울은 "양심을 많이 닦아야 보이는" 것이고(「거울 2」), "조상님이 아들이 손주가/별의 신이 된"(「거울 6」) 존재이기도 하다. 시인이「거울」연작을 통해 우리에게 들려주고 싶은 메시지는 자연의 아름다움과 거울의 소통이라고 말한다. 거울은 "백두산 천지"(「거울 3」)이면서 "감나무와 마주한"(「거울 5」) 것이며, "담양의 하늘을 찌르는 대나무신"(「거울 7」)이거나 "연못"(「거울 10」)이기 때문이다.

산울음으로 태어나
답답한 마음 큰 소리 한번
절벽으로 떨어진다

먼 삶의 길
골짜기 역경을 이야기하고
강물 슬픔을 울어보지만
세월은 흐를 뿐이다

긴 여행 끝에 침잠
바다도 산도 침묵인 것을

—「폭포」 전문

　시인의 구도와 순례는 이제 끝났다. 삶은 '답답'하였고, '역경'과 '슬픔’의 세월이었다. 그 가운데 시인은 침잠할 수밖에 없다. 왜냐하면 바다와 산이 그러했으니까. 여기서 시인은 철저하게 자연을 닮은 삶을 살고자 하는 태도가 엿보인다. 술잔을 들어 산 한 잔, 바다 한 잔, 그리고 나도 한 잔―석 잔의 술을 마시는 이는 시인 혼자였다. 시인이 곧 산이요 바다이기 때문이다. 그건 “소나무 바람으로 노래하면/바위는 물소리로 화음을 낸다”(「지음」)처럼 자연과의 완전한 합일에서 나온 삶의 태도이다.

> 서원 앞 병산은
> 천 년 좌선
>
> 아침이면
> 낙동강 물소리로 독경
>
> 만대루는
> 가슴팍 통과한 바람으로 화답
>
> 둘 사이 나는
> 모래밭 위의 허공이다
>
> ―「병산서원 만대루」 전문

시인은 마침내 낙동강 물소리에 만대루에 부는 바람소리로 화답하는 것처럼 자연과 합일된 몸과 마음으로 살고자 한다. 그 가운데 나의 존재는 “모래밭 위의 허공”이다. 허공은 글자 그대로 ‘텅 빈’ 것이지만 그 안에는 무엇이든 담을 수 있다. 시인은 그렇게 살고 싶어 한다. 자연에 대한 관조의 태도이다.

　　　　　　　　　　　　　　　　　　　우리 시, 우리 시인

하덕조 시인의 작품은 당초부터 수다스럽지 않다. 그런데 세월이 흐를수록 시인은 언어를 아낀다. 시적 표현은 오히려 구구절절할 필요가 없다. 자연과 교감하는 관조의 세계 역시 수다스러울 이유가 없다. 다만 침잠에 잠기면 된다. 언어의 절제는 철저하게 축약된 표현으로 나타난다. 두 번째 시집에 실린 작품들이 거의 2행시였던 것처럼 이번 세 번째 시집에 실린 많은 작품들도 길이가 매우 짧다. 이처럼 시인의 시가 자꾸 짧아지는 이유는 무엇일까. 그건 그만큼 언어의 정제미를 드러내기 위한 장치이고 자신의 내부를 응시하고자 하는 시인의 시적 자아에서 비롯된다. 이번 시집에는 그런 시인의 시적 자아와 자연 친화적 태도가 한층 도드라져 보인다.

순백의 언어 다듬기
— 조명천 시집 『그리움 짙어질 때』

1

시인 조명천은 지금은 경기도 성남시 수정구에 속해 있는 옛 광주군 중부면 숯골 출신의 토박이 농사꾼이다. 그러면서 70여 년 동안 고향을 떠나지 않고 농사에 종사하였다. 그러면서도 고향의 문학과 예술의 지킴이로, 문화일꾼을 자임했다. 성남문화원을 설립하여 초대 및 2대 회장을 지냈으며, 성남을 위해 교육, 문화, 체육, 새마을운동, 지자체 자문 등에 큰 공로를 끼친 사람이다. 한 마디로 오늘의 성남문화가 있기까지 그의 손길이 미치지 않은 분야가 없다고 해도 과언이 아니다. 그런 그가 새삼 시작 활동을 게을리하지 않아 이미 첫 번째 시집 『동산지기』(1989)에 이어 두 번째 시집 『그리움 짙어질 때』(1994)를 상재한 바 있다. 그리고 두 권의 시집을 상재한 다음 뒤늦게야 『문학예술』을 통해 정식으로 등단이라는 과정을 거쳤다. 어찌 보면 일의 선후가 바뀐 듯하지만, 그만큼 시인의 문학적 욕구가 강렬했음을 보여주는 증거이기도 하다.

 우리 시, 우리 시인

시인 진을주는 『동산지기』의 해설에서 조명천을 가리켜 "담담하게 물 흐르듯이 자연과 적응하여 자기를 적절히 소화하여 성공하고 있는" 시인이라고 평했다. 또 시인 신세훈은 같은 책 서문에서 조명천의 시를 "기교가 없는 가운데 담담히 도자기를 굽듯 빚어낸 가작"이라고 소개했다. 이는 조 시인의 작품의 원류가 농촌과 고향에 있음을 말해주고 있다.

『동산지기』라는 제목 그대로 농촌에 뿌리박은 시세계를 보여주는 조명천 시인이 이번에 『그리움 짙어질 때』의 재판을 발간한다. 시집은 모두 4장으로 나뉘어져 있다. 제1장은 '모정의 장'으로 「어머니 떠나시고」 등 13편의 작품이 게재되어 있고, 제2장은 '계절의 장'인데, 「봄이 오는 소리」 등 16편의 작품이, 제3부는 '여행의 장'으로 「알프스 정상에서」 등 6편의 작품이 들어 있고, 제4부는 '생활의 장'으로서 「아내에게 보내는 편지」 등 16편의 작품을 수록하였다. 모두 4개 부로 분류된 작품들은 각각 유사한 소재의 묶음으로 엮여 있다. 조 시인은 이번 시집의 머리말 격인 「서시」에서 "시를 쓰는 일은/거울닦기 같아서/닦으면 닦을수록 맑아지고/거울닦기 같아서 어렵고//시를 쓰는 일은/바느질 같아서/시침질, 홀치기, 박음질/고르게 꿰매기 같아서 어렵고"라고 시 쓰기의 어려움을 토로하고 있다. 그러면서도 "어린 날/이미 잃어버렸던 순수하단 언어/모두 찾아내놓고/읽는다"에서처럼 시 쓰기는 '순수한 언어'를 찾는 행위임을 잘 알고 있다.

2

이번 시집에서 필자는 그가 평범한 시인이라는 사실을 발견하였다.

여기에서 평범이라는 단어는 그의 작품 수준을 의미하는 것이 아니라
시적 소재의 평범성을 뜻한다. 그는 세상의 시류나 정치적인 것에 전혀
관심이 없는 듯 보인다. 모정에 목말라하고, 가족을 소중하게 여기면서
농촌 가운데 몸을 던져 계절의 변화를 느끼고, 어쩌다 떠난 외국여행에
서의 여수를 노래하는 그런 소재의 평범성이 이번 시집의 특성이라면
특성이랄 수 있겠다. 그리고 그의 시적 언어 역시 우리의 평범한 일상언
어를 그대로 사용하고 있다. 언어의 상징적인 의미를 나열하여 작품을
창작하는 것이 아니라 지시적인 의미를 동원하여 작품을 구축하는 그런
시인이다. 이는 일견 "문학수업을 하지 않은" 시인의 한계로 지적될 수
있지만, 일상인으로서, 농촌인으로서 소박한 시인의 심성을 그대로 드
러내는 데에는 오히려 강점으로 작용할 수 있다.

　다음 작품에서는 그런 소박한 시인의 심성이 고스란히 드러나 보인다.

　　　이른 아침
　　　어머니 따라
　　　보리밭
　　　거닐던
　　　생각나구요.

　　　거름 주시는 어머니 옆에서
　　　철없이 칭얼대던
　　　유년이 생각나네요.

　　　어머니가
　　　작은 능 논에서
　　　피사리 하실 땐
　　　따라 한답시고

　　　　　　　　　　　　　　　　　　　　　　　　우리 시, 우리 시인

애꿎은 벼만 뽑던 생각나구요.

동산배미
새 쫓으러 갔다가
허수아비 무서워
어머니 치마폭에
숨던 생각나네요.

—「어머니 제청 앞에서 Ⅱ」 전문

어느 누군들 세상을 떠나신 어머니를 그리워하지 않으랴. 모정(母情)은 우리의 영원한 고향이다. 수필가 김진섭은 그의 수필 「모송론(母頌論)」에서 "이 세상에서 우리가 고향이라 부를 만한 것이 있다면 새로 생긴 자에 대해 그에게 영양을 제공하고 그에게 생명을 부여하는 어머니야말로 참된 향토가 아닐까요. 어린아이뿐만 아니라 성장하여 가는 아동에 있어서도 어머니는 영원히 그들이 괴로워할 때의 좋은 피난소이며 그들이 즐거워할 때의 좋은 동감자입니다."라며 어머니를 고향과 동일하게 보고 있다. 또 아프리카에는 "가정에서는 어머니의 사랑, 들에서는 태양의 빛"이라는 속담이 있다. 역시 어머니와 대지를 동일한 이미지로 인식하고 있는 것이다. 시인이 태어난 이래 줄곧 숯골을 떠나지 않고 70여 년을 살아온 것은 어머니를 등지고 떠나지 않으려는 마음 때문이리라. 시인의 어머니는 5남매의 자식을 두셨다. 먼저 세상을 뜨신 아버지를 대신하여 농사를 짓고 자식을 장성시켰다. 그런 어머니를 그리는 자식의 마음은 "말없이 가신/님/기다리면/혹여/솔바람이라도/타고 오시겠지"(「기다림」) 하고 부질없는 기다림에 젖어본다.

어머니에 대한 간절한 그리움은 유년시절 어머니의 말을 듣지 않고 제멋대로 행동한 시인의 후회로 남아 있다. 조밭에 날아오는 새를 쫓으

라고 개떡까지 싸주신 어머니의 말을 귓등으로 듣고 혼자 놀기만 하고
돌아왔던 철없던 시절의 행동이 후회스러운 일로 남아 있다.

> 어머니
> 잘못했어요.
> 저 어릴 때
> 조밭 새 보라고 하셨을 때
>
> 저는
> 싸주신 개떡만 다 먹고
> 새는 조만
> 다 쪼아 먹고.
>
> 새는 새들끼리 놀고
> 저는 저대로 놀고
>
> —「고해」 부분

　시인인 아들에게 어머니란 먼저 떠나버린 아버지를 그리며, 자식들
뒷바라지로 고생만 하던 어머니의 인생이 어느새 슬며시 흘러가 버리고
이제 늙고 병들어 홀로 방 안에 갇혀버린 여인으로 각인되어 있다. 아버
지가 돌아가시고 황망해하던 가운데 문득 정신을 차려보니 어느새 늙고
병들어 황량한 벌판의 나목마냥 앙상하고 쇠잔해지신 어머니에 대한 추
억은 자식들의 마음을 아프게 한다. 이제 자식도 어느새 그 나이가 되고
보니 어머니의 정이 더욱 마음에 사무친다. 시조시인 정완영은 작품 「사
모곡 1」에서 "동산 위에 뜨는 달만 한가위 달이더냐/고향 산 산자락에
내려 앉아 둥근 저 달/어머님 잠드신 봉분도 내 가슴엔 달이더라."라며
노래했다. 달이 떠서 천지를 비추는 밤, 산에 외롭게 사는 산새처럼 어

우리 시, 우리 시인

느 산자락에 이제는 혼자 쓸쓸히 누워 있는 어머니의 유혼을 담고 있는 봉분이 내겐 문득 달이 되어 가슴을 채운다. 어머니는 영원한 우리의 고향이다. 그리고 그것은 문학의 영원한 테마이다.

3

제2부는 '계절의 장'의 장으로 '시간이 바람을 타고'라는 부제가 달려 있는데, 자연이 만드는 계절의 변화를 노래한 작품들이다.

겨울
앙상한 가지
쇠소리 바람
지나고
설화
엉키더니,

진달래
철쭉
붉은 꽃잎 떨어져
봄
가는가 했더니,

어느새
진록의 바다,

아, 시간이 바람을 타고
내 곁을 떠나는구나.

—「시간이 바람을 타고」 전문

이는 단순히 계절의 변화만을 노래한 것은 아니다. 시인은 계절의 변화에서 시간의 흐름을 읽는다. 시간이 흘러가면서 나이를 먹고 늙어가는 자연의 순리를 말하고 있음을 알 수 있다. 우리에게 과거라는 시간은 영원히 정지하여 있고, 현재의 시간은 화살처럼 날아가고, 미래의 시간은 주저하면서 다가온다. 시간이란 존재는 이 순간에도 주어진 시간을 갉아먹고 있는 것이다. 시간은 물과 같은 존재로서 끊임없이 흘러간다. 그래서 시인은 "가슴/깊이/강물 스며들어/강물 스며들어"(「갈대 숲 구름 묻히어」) 시간과 함께 흘러가는 인간의 존재를 깨우치고 있다.

다음 제3부는 시인이 유럽을 여행하면서 만난 이국의 정서와 문명을 읊은 작품들로 그 수가 비교적 적다.

흐르는
강물 속에
불빛이 잠겨 있다.

나는 동양에서 온
이방인
파리의 전설이
낯선데

문득
강 언덕으로 떨어지는
별똥별
하나.

마로니에
나무 사이로
흐르는 우수가

　　　　　　　　　　　　　　　　　　　　우리 시, 우리 시인

무거워

피워 문

담배 불빛 속에

파리잔느의

웃음이 보이고

세느강의 밤은

낮게만 흐른다.

─「세느강의 밤」 전문

차분한 수채화를 보는 듯하다. 그러나 "마로니에/나무 사이로/흐르는 우수가/무거워/피워 문/담배 불빛 속에/파리잔느의/웃음이 보이고"에서는 낯선 이국 땅 파리에서 느끼는 시인의 고적한 여수(旅愁)가 진하게 묻어난다. 여행은 자신을 확인하는 하나의 사건이다. 우리는 타국을 여행하면서 모국을 인식하고, 고향을 떠올리며, 자아를 되찾게 된다. "프랑스/영국/독일/어디를 가도/좋은 것은 많지만/오늘/물가 바람머리/작은 방의 휴식이/제일 좋구나"라는 귀소본능이 표현되는 것은 그런 이유에서다.

4

제4부 '생활의 장'에는 시인의 진솔한 삶의 방식과 더불어 아내에 대한 사랑의 사연들이 가득하다. 자신을 "강물에/던져진/하나의 돌이었나"(「세월」)라고 되묻는 시인은 다 타버린 정념을 아쉬워한다. 젊은 시절 누구나 가슴속에 뜨거운 정열을 지니고 있었다. 그러나 "시간의/강물이/범람"하면서 우리는 그 정열을 잃어버렸다. 정열은 인생의 조타수

역할을 맡는다. 자칫 정열이 사라지면 우리는 꿈을 잃게 되는 것이다. 그래서 시인은 "작은 가슴에/별들이/쏟아져 내린다"라는 꿈을 잃지 않으려 노력한다.

삶의 부스러기들이
범람하는
강을 이룬다.

삶을
이루며
흐르는 것인가
흐르며
이루어지는 것인가.

지나는
세월의 마디
때로는
아픔이어도

그냥 스치고 지나면
돌이켜 보고 싶음
간직하고 싶음

걷다
돌아보며
섰다
다시 걸으며

—「행로」전문

아마 시인 자신의 삶에서 터득한 인생의 의미로 보인다. 시인의 작품

　　　　　　　　　　　　　　　　　우리 시, 우리 시인

에는 '강물'이란 단어가 상당히 많이 등장한다. 이는 시인의 무의식 속
에 강물의 이미지가 은연중에 각인되어 있음을 뜻한다. 강물은 생명의
근원이다. 모든 동물이나 식물들은 강물에게서 생명의 에너지를 얻는
다. 강물은 품에 안고 사는 것들이 많다. 흐르는 세월이 추억을 간직하
고 살듯 흘러가는 강물은 그리움을 안고 산다. 또 강물은 누구보다 넓은
가슴과 포근한 마음을 가지고 그 어떤 것도 두려워하지 않지만 그 누구
보다도 한없이 겸손하다. 그런 면에서 강물은 어머니의 이미지를 닮았
다. 시인이 아마 강물이란 언어를 즐겨 작품에 사용하는 것은 어머니에
대한 그리움 때문이라고 여겨진다.

늘 생각다
그날이 오면
망각

아이들이 준비한
케익상자 보고
겸연쩍다.

그래도
아내여
나는 언제나
당신 옆에
있지 않소.

— 「아내의 생일」 전문

아내의 생일을 잊어버린 후 아이들이 사온 축하 케이크를 보고서야
그걸 기억해낸 시인의 미안한 마음이 솔직하게 그려져 있다. 그렇지만

아내를 가장 사랑하는 이는 자신이라는 사실을 시인은 아내에게 "나는 언제나/당신 옆에/있지 않소" 하고 일깨워주고 있다. 그런 시인의 마음이 "내/여인이여/사·랑·합·니·다//봄/여름/가을/겨울/사·랑·합·니·다"(「아내에게 보내는 편지」)라고 표현하는 우리의 남편상을 대변한다.

조명천 시인의 작품들은 한마디로 담백하다. 그는 시를 수사학적으로 꾸밀 줄도 모르고 은유와 상징마저도 철저하게 배제한다. 곡진한 표현 대신에 직핍적으로 자신의 감정을 드러낸다. 그렇다고 해서 그가 언어를 갈고 다듬는 데 소홀하다는 말은 아니다. 오히려 그 반대이다. 그는 우리말을 "아끼고/위하며/베푸는 것"(「님의 국어사전 사랑의 어휘」)으로 인식하여 국어를 사랑하려고 노력하지만, 그게 마음먹은 대로 잘 되지 않음에 "그래서/나/운다"라고 고해한다. 그래서 조 시인의 작품은 솔직한 고백과도 같다. 그만큼 진솔하다는 뜻이다. 그는 시의 운율을 철저하게 살리려고 애쓰는 시인이다. 그것이 시적 효과를 제대로 발휘할 때 어쩌면 어눌할 수도 있는 그의 시어들이 맑은 얼굴로 우리들에게 다가오는지 모른다. 시집의 후기에서 "나는 솔직히 시가 무엇인지 잘 모른다"는 고백을 털어놓으면서도 "그리움이 짙어져 가슴 저미는 아픔이 올 때마다 아픔의 치유 수단으로 시를 쓴다"라는 태도야말로 조명천 시인을 더욱 시인답게 만드는 자양분이 되기에 충분하다.

우리 시, 우리 시인

빼어난 예술혼
― 정세나 시집 『이별연습』

1

『이별연습』은 『점새』 발간 이후 남정 정세나의 두 번째 시집이다. 정세나 시인은 시인으로서 뿐만 아니라 화가로서의 활동도 활발하게 하고 있는 예술 다방면에서 빼어난 예술혼을 지닌 예술가라고 볼 수 있겠다. 그는 시 창작이나 그림 창작을 똑같이 소중하게 생각하고, 좋은 작품을 위해 내면세계를 갈고 다듬으며 노력하는 분이다. 그의 그림을 본 적은 없지만 그러한 예술가로서의 면모는 첫 번째 시집 『점새』의 표제작 「점새」에 고스란히 드러난다.

집 밖으로 나아가
그림을 그릴 수 없는 날에는
네모난 방에서 꿈을 그린다

창밖의 푸른 풍경 끌어들이고
밝고 투명한 햇살도 가져와
방 안의 캔버스에 풀어놓고

점 하나 찍으면,
점은 곧 새가 되어 날아오른다.

새는 허공에서 퍼덕이다가
주저앉는다.
끝없는 작업의 외로운 몸짓으로

창밖을 그리워하는 꿈을 접고
나는 점 하나에 내 일생을 바쳐
내 사랑을 생생하게 불어넣기에 하루는 너무 짧다.

캄캄한 네모난 방 안에서 점 하나가
그리움이 일렁일 때마다
눈을 뜨고 날아오르는
나의 점새.

—「점새」 전문

　　우리가 마음에 점을 찍는 것을 점심(點心)이라고 부른다. 그렇다면 점새[點鳥]라는 말은 시인의 마음에 새 한 마리를 품고 사는 것을 말하는 것이리라. 결국 새는 시인의 화신이다. 그래서 "창밖의 푸른 풍경 끌어들이고/밝고 투명한 햇살도 가져와/방 안의 캔버스에 풀어놓고/점 하나 찍으면" 점은 곧 새가 되어 날아오르게 된다. 이것이 시인에게는 예술세계로의 비상(飛翔)을 꿈꾸는 일이다. 폐쇄된 '네모난 방'에서의 탈출을 꿈꾸는 작중화자는 "점 하나에 일생을 바쳐" 그림을 그리고 시를 쓰는 사랑의 예술을 완성하고자 노력한다. 그것이 소외되고 유리된 세상으로부터 자아를 찾는 작업이다.

우리 시, 우리 시인

2

정세나의 이번 시집을 관류하는 문학정신 가운데 첫 번째는 기독교 정신이 뒷받침된 기도의 마음이다. 기도는 신 또는 거룩히 여기는 대상에게 의사소통을 시도하는 인간의 행위양식이다. 일반적으로 스스로가 가야 할 길을 구하거나, 도움을 구하거나, 죄를 고백하거나, 사람의 감정을 표현하는 목적을 위해 신성하게, 영이 가득한 말을 연속적으로 하는 형태를 띠나, 신에 대하여 자신의 생각과 의지를 표현하는 행동을 통틀어서 우리는 기도라고 부른다. 톨스토이는 "기도는 무한한 존재 곧 신에 대한 자신의 마음자세를 점검하는 것이다."라고 말하였다.

외형적으로 볼 때, 기도하는 사람은 독백을 하거나, 말없이 수행하는 묵도의 형태를 띤다. 또한 말뿐만 아니라, 눈을 감거나, 합장, 엎드리기, 또는 일정 구획을 걷는 등의 신체적인 행위 또는 자세가 동반되는 경우도 있다. 기도는 개인이 직접 할 수도 있고 여럿이서 함께 행하는 경우도 있다. 기도에 쓰이는 말은 찬송이나 주문, 또는 기타 자발적인 발언의 형태를 취한다.

이름 없는 풀꽃들도 피어나는
눈부신 오월에
성모님께 기도하게 하소서

사랑하는 사람에게는
깊은 뉘우침을 주시고
그리운 사람에게는
깊이 사랑하게 하시고
아름다운 사람에게는

안식과 영원한 불면의 사랑을 축복해 주소서

모든 추악한 것은 아름답게
모든 부정한 것은 정의롭게
비천한 것은 고귀함으로
우리들 가슴을 채우게 하소서

—「나의 기도문」 부분

이 시는 우선 제목에서 보듯이 종교적인 사색의 내용을 바탕으로 하고 있다. 어조에 있어서도 작중화자의 목소리가 기원의 대상을 향해 자기 마음을 토로함으로써 시 전편이 하나의 기도문처럼 표현된 것이다. 여기에서 기도의 대상은 '성모님'이며, 기도의 내용은 '뉘우침'과 '사랑'과 '안식'과 '아름다움' 그리고 '정의로움'이다. 시인은 그런 것들로 "우리들 가슴을 채우게 하소서"라고 기도한다. 기도하는 존재는 철저하게 현실과 차단된다. 다만 기원의 대상만을 향해 열려 있을 뿐이다. 그럼으로써 종교시들은 어떤 의미에서 독자들에게 시인 자신의 독특한 개성을 드러내지 못하는 경우가 많다. 이는 시인의 내적 자아가 평소 종교적 기도를 통해 형성되었음을 뜻하는 것이기도 한다.

보잘 것 없는 나는
그대 앞에 서면 별의미가 없습니다.

밝게 빛나는 그대 발 아래선
나는 버려진 검은 비닐봉지처럼
다만 그대 십자가의 고통이
나의 가슴을 적신 눈물로
발등을 씻어드리렵니다.

　　　　　　　　　　　　　　　　　　　　우리 시, 우리 시인

더 이상 바라지 않습니다
이 세상의 존재에 대해서도
이미 그는 잘 알고 있습니다.

십자가 지신 그대여!
우리를 어여삐 여기소서
십자가의 고통으로 어둠의 세상에
하얀 소금꽃으로
다시 피어나게 하소서

―「그대의 십자가」 전문

이 작품 역시 앞에 예시된 것과 마찬가지로 기도의 내용이다. 그러나 이번에는 기도를 통해 자신의 존재를 새삼 인식하고자 한다. 한결 적극적인 자세다. 그것은 "나의 가슴을 적신 눈물로/발등을 씻어드리는" 행동과 "하얀 소금꽃으로 다시 피어나게" 되기를 바라는 마음에서 드러난다. 이 작품은 지상의 우리들이 지켜야 할 가장 소중한 것으로 사랑과 생명이 충만한 세계에 대한 희구를 보여준다. 눈물과 향유(香油)와 머리카락으로 예수의 발을 씻겨드렸던 막달라 마리아처럼 화자는 한없이 자신을 낮춤으로써 신에 대한 사랑과 인간에 대한 사랑이 가득 찬 세상을 간절하게 노래한다. 이는 종교적 사랑을 향해 헌신하고자 하는 시인의 내면의식이 잘 드러난 표현이다.

3

모든 생물은 자기보존의 노력을 하게 마련이다. 인간은 심신보다 위대한 완전성에 옮기려는 일, 즉 기쁨을 갈망하며 슬픔을 피하고자 한다.

이에 대한 인식은 신과 자연과 실체를 동일시함으로써 획득되며, 기쁨이란 신에 대한 사랑이고 기도는 신에 대한 사랑의 표현이다. 물론 사랑은 기독교의 전유물은 아니다. 불교의 신애(信愛)나 유교의 인 사상도 사랑의 실천을 말하고 있다. 기도의 의식은 이념이나 종교에 따라 여러 가지 형태로 정의되고 있으며, 종교생활의 가장 기본적인 행동 가운데 하나이다.

정세나는 사랑의 시인이다. 그는 예술을 사랑하고, 계절을 사랑하고, 이성을 사랑한다. 그는 이번 시집에서 '시'라는 용어가 나타난 작품을 적지 않게 발표한다. 「낙엽의 시」, 「빗물의 시」, 「파도가 쓰는 시」, 「그림의 시」, 「나의 시 쓰기」 등이다. 그 가운데 한 편을 골라보자.

고장난 시계처럼
먼지 쌓인 내 시의 여정(旅程)

어둔 어휘들이 주저앉은
문맥의 숲과 숲 사이로
큐피트여! 사랑의 활을 당겨라
잠자는 나의 시혼에

거친 강풍에도
홀로 피어나려는
한 송이 꽃 같은 시편들
꿈이 빚어내는 핏빛 언어로
가슴 저미는 아픔 끝에
써보는 한 올의 서정(抒情)

눈 뜬 채 흘러간 세월 속에서
잃어버린 나의 분신들이

한 편의 시가 되어
오늘도 나의 전신(全身)에
천형(天刑)의 매질을 한다.

— 「나의 시 쓰기」 전문

　시인에게 시를 쓰는 행위는 "전신에/천형의 매질"처럼 어렵고 힘든
고난의 작업이다. 그래도 시인은 '잠자는 나의 시혼'에 큐피트가 '사랑
의 활'을 당겨주기를 바라고 있다. 그 이유는 시가 "거친 강풍에도 홀로
피어나려는 한 송이 꽃"이기 때문이다. 뿐만 아니라 한 편의 시는 '나의
분신'이다. 그래서 "가슴 저미는 아픔 끝에 써보는 한 올의 서정"은 목
숨보다 소중한 것이다. 시인에게 시는 곧 사랑의 행위이다. 사랑은 "말
이 필요 없는 그대의 따사로운 눈길과 숨결"(「사랑의 불씨」) 가운데 피
는 꽃이다. 그런 이유로 "정결한 생애로 삶 그리고 아름다운 시로 사랑
을 써 내려 가련다"라고 다짐한다.

　시인은 또 자연을 사랑한다. "소슬한 바람결에 모든 것을 떠나보내야
하는 이 저문 가을날"(「낙엽의 시」)을 사랑하고, "한 밤을 웅얼거리는 소
리로 나의 가슴을 파고드는 거센 파도소리"(「파도가 쓰는 시」)를 사랑한
다. 왜냐하면 자연의 소리 모두가 화자에게는 시처럼 들리기 때문이다.
한마디로 정세나 시인은 사랑을 실천하고자 하는 종교인이자 사랑의 시
를 쓰고 사랑의 그림을 그리고 싶은 예술인이다. 여기에서 우리는 시인
의 사랑이 욕망을 넘어서서 자신의 내면을 응시하려는 자세에서 비롯됨
을 알아야 한다. 시인의 시에 대한 사랑, 그림에 대한 사랑, 자연에 대한
사랑은 그만큼 순수하다.

4

정세나는 꽃의 시인이다. 이번 시집에서 꽃을 노래한 작품의 수는 열 개가 훨씬 넘는다. 그걸 나열해보면 눈물꽃, 앉은뱅이꽃, 구절초, 억새풀, 바람꽃, 무명꽃, 아카시아꽃, 제비꽃, 넝쿨장미, 달맞이꽃, 동백꽃, 할미꽃, 봉숭아 등이다. 꽃을 제재로 한 작품을 쓴 시인은 많다. 박두진은 「꽃」이란 시에서 꽃을 "이는 해와 달의 속삭임. 비밀한 울음"이라고 노래했고, 최재형은 작품 「들꽃」에서 "제 스스로의 아름다움을 피워 한 톨 씨앗에 영원한 진실을 담아 저마다 지닌 신의 기약을 어기지 않는 보람"이라고 정의했다. 대부분의 작품들이 꽃이라는 대상물을 유미적, 심미적 입장에서 접근하였다면, 김춘수의 경우는 인식론과 존재론에 입각한 작품 「꽃」을 남겼다.

> 호젓한 못둑에 앉아
> 산 그림자 품은 연둣빛 물속 바라보면
> 그대 얼굴이 구절초로 피어나네
>
> 늘 오고 싶은 만큼
> 내 마음을 비집던 시절
>
> 잊혀지지 않는 모습이
> 잔잔하게 맴도는
> 옛 사랑의 그림자여
>
> 스산한 못둑의 흰 꽃잎 속에
> 타는 노을빛
> 그대 모습도 보랏빛으로 물드네

—「구절초」 전문

우리 시, 우리 시인

구절초는 가을에 피는 국화과의 꽃이다. 이 작품에는 호젓한 가을날 못 둑에 앉아 물속에 비친 구절초를 바라보면서 '옛 사랑의 그림자'를 떠올리는 그림이 아련하게 보이는 듯하다. '옛 사랑'은 가고 없지만, 구절초가 물속에 투영됨으로써 '옛 사랑'의 모습이 되살아난다. 화자와 '옛 사랑' 사이에 구절초가 있다. 즉 '옛 사랑'은 땅에서 구절초의 모습으로 피고 물속에서는 '옛 사랑'의 모습으로 나타난다. 구절초는 나와 '옛 사랑'의 매개자이다. 그렇다고 계절이면 지천으로 피어 있는 구절초가 모두 사랑의 매개자가 아니라 '늘 오고 싶었던 못둑'에 핀 구절초가 못물 속에 투영되었을 때 화자와 '옛 사랑' 사이에 사랑의 매개 역할을 하는 것이다. 물속의 구절초는 시공을 초월하여 화자에게 연인으로 인식된다. 무영탑의 물그림자가 아사달과 아사녀의 사랑을 상징하듯 물속에 비친 구절초는 화자와 '옛 사랑'을 이어주는 사랑의 가교이다.

시인이 노래한 꽃들은 대부분 야생화이거나 넝쿨장미와 동백꽃을 제외하면 그 화려함이 우리 눈에 띄지 않는 그런 꽃이다. 어찌 보면 잡초에 속하는 존재들이다. 시인은 그런 꽃을 좋아한다.

달이 뜨면 이 밤녘에나
그대 오시는가

남몰래 강둑에 서서 기다리면
나도 달맞이꽃이 될까

가슴 조이던 한낮을
애타게 보내고

달밤이 좋아 달빛을 안고
애련한 얼굴로 방긋방긋 피었세라

기다림에 지쳐
달빛을 안고
이 밤녘에 나도 어느새
또 한 송이의 달맞이꽃이 된다.

— 「달맞이꽃」 전문

여기에서 달맞이꽃은 시인 자신이다. 시인은 즐겨 자연에 존재하는
꽃을 자신의 분신이나 화신으로 인식한다. "아무도 쳐다보지 않는 나를
바람인 당신이 입맞춤"(「앉은뱅이 꽃」)이라는 대목이나 "양지 쪽 돌담
밑의 그대 바람꽃이 되고 싶은 나의 마음"(「바람꽃」)이라는 진술에서 그
사실을 알 수 있다.

꽃은 피어서 지고
져서 다시 피는가

안타까운 사랑도 꽃처럼
한순간에 피어서 떨어지는 것인가

아니, 활짝 피어나기 위해
고통도 이겨내는 개화(開花)의 사랑 눈
개화는 모두의 사랑이라고
나를 불러 바라보게 한다.

— 「꽃처럼 피는 내 사랑」 부분

모든 생명적인 요소를 한데 모아 고통스럽게 피는 꽃은 시인의 시 작
품이거나 그림이다. 화려하지 않은, 우리 주변에서 흔히 볼 수 있는 귀
하지 않은 꽃이기를 바라는 시인의 소박함은 어떤 대작이나 걸작의 생

  우리 시, 우리 시인

산을 바라는 것이 아님을 알게 한다. 이런 시인의 태도가 여러 작품에
드러나 있다. 그리고 그 안에는 단호한 삶의 태도가 엿보임도 간과할 수
없음 또한 사실이다.

5

오르테가 이 가세트는 현대는 예술의 비인간화 시대라고 규정했다.
그는 과거 예술에 대한 부정과 공격을 보여주는 신예술이 나오게 되었
다고 전제하고 신예술의 근저에는 예술 자체에 대한 증오, 국가에 대한
증오, 문화 전반에 대한 증오가 깔려 있다고 분석한다. 그래서 신예술은
인간적 현실에 몰입하지 않고 거기로부터 끊임없이 도주한다.

비인간화를 적극적으로 추구하는 신예술의 기본적인 수법은 은유이
다. 은유의 형식은 현실을 회피하려는 욕망에서 나온다. 그래서 현대예
술은 은유와 상징의 기법이 주를 이루고 사실에서 추상으로 변해가고
있는 것이다. 현대시는 가히 은유의 고등수학이라 할 만하다.

그러나 일체의 인간적인 것을 추방하고 예술 그 자체를 지향해나가는
신예술은 스스로 우스꽝스러움에 맞닥뜨리게 된다. 극단의 부정적인 정
신은 결국 자기 부정에 이르게 되어 자조(自嘲)의 눈으로 자기의 예술을
바라보지 않을 수 없다.

그러나 가세트는 바로 이 자조 속에 새로운 영감의 희극성이 도사리
고 있다고 말한다. 예술의 비인간화가 지속이 되면 예술의 엄숙성이 점
차 사라지게 되리라고 가세트는 예측한다. 20세기 후반에 오면서 광범
하게 해체의 과정을 밟아온 포스트모더니즘의 예술을 가세트는 미리 내
다보고 있는 것이다. 이러한 예술의 분해과정에는 과학기술의 발전이

근본적 계기로 작용하고 있다. 그렇지만 신예술은 예술의 가치나 중요
도를 보다 가볍게 다루고 있지만, 그것이 교만함에서 온 것이 아니라 반
대로 겸손한 태도에서 온 것이라고 보아야 한다.

　이런 비인간화 시대를 종식시키거나 속도를 지연시키기 위해서는 언
어에 대한 새로운 인식이 필요하다. 문학은 언어예술이다. 그 가운데 시
는 특히 언어가 지닌 예술성과 상징성을 가장 많이 포함한 예술양식이
다. 시인 정세나에게는 시 창작과 그림 창작이 함께 지향하는 목표이자
삶의 자세이다.

　　　머리와 두 팔이 떨어져나간 니케는
　　　재촉하는 시간을 멈추게 한 여인이다

　　　루브르 박물관 중심에서
　　　지중해의 햇살에 젖은
　　　흰 대리석 드레스를 입고
　　　두 날개는 하늘로 향해
　　　승리를 외치고 있다.

　　　나는 어떤 꿈으로
　　　니케 앞에 서 있는가

　　　인내와 끈기로 견디어 냈던
　　　가슴을 쫙 펴고 승리의 여신처럼
　　　두 팔을 들어 올리고 소리쳤다

　　　나의 소중한 작은 꿈이
　　　다시 살아 꽃 피어낼 것이라고

　　　　　　　　　　　　　　　　　　　　　—「승리의 여신」 전문

　　　　　　　　　　　　　　　　　　　우리 시, 우리 시인

니케는 그리스 신화에 나오는 정복과 승리의 여신이다. 로마 신화의 빅토리아에 해당하며, 영어로는 나이키라고 읽힌다. 티탄 신족의 하나인 팔라스와 저승에 흐르는 강의 여신 스틱스 사이에서 태어났다. 질투 또는 경쟁심을 뜻하는 젤로스와 힘을 뜻하는 크라토스, 폭력을 뜻하는 비아와 남매 사이다. 전쟁의 여신이기도 한 아테나와 관계가 깊고 모습도 비슷하지만, 단독으로 그려질 때는 날개가 달려 있고 종려나무 잎을 손에 들고 있는 것이 특징이다.

시인이자 화가인 정세나는 〈사모트라케의 니케〉 상을 바라보면서, 예술의 비인간화 시대에서 참된 자신의 예술세계를 구축해나가기를 기도하면서 승리의 기쁨을 획득하고자 '작은 꿈'을 '꽃'으로 피워낼 준비를 하고 있다.

외로움의 미학
— 안성식 시집 『수족관 속 풍경』

1

　시인 안성식 님이 그의 두 번째 시집 『수족관 속 풍경』을 상재하면서 필자에게 해설을 부탁하였다. 고백하건데, 처음으로 그의 작품 작품을 대할 기회를 가졌다. 그는 주로 부산 지역을 중심으로 시작활동을 하면서 공대를 나와 고리 원자력발전소에 근무하는 어찌 보면 이색적인 경력을 가진 시인이다. 그러나 그의 작품은 전혀 이색적이거나 낯설지 않았다. 오히려 내용 면에서 풍부한 감성을 지닌 작품들이 보여주는 그의 시세계는 연인에 대한 그리움과 어머니에 대한 그리움을 표현한 작품을 다수 선보임으로써 '그리움의 시인'이라고 불러도 좋지 않을까 하는 생각이 들었다. 그리움은 이미 내 곁을 떠나 다시 만나기 힘들거나 아예 만나볼 수 없는 존재, 혹은 빼앗긴 것을 대상으로 일어나는 감정이다. 그리움은 사랑의 감정이며 그 대상은 부모, 애인, 고향 등이다. 만나보고 싶은데 만날 수 없고, 보고 싶음에도 볼 수 없으며, 가고 싶은 곳을 갈 수 없는 마음이 그리움을 불러일으킨다. 그러므로 그리움은 자연스럽게 외로움과 서러움을 동반한다.

　안 시인의 첫 번째 그리움은 떠나간 연인에 대한 것이다. 연인을 향한 그리움은 고통과 회한을 불러일으킨다. 백낙천의 「장한가」는 죽은 양귀비가 살아 있는 현종을 사모하는 내용으로 된 840자나 되는 장시이다. 여기에서 양귀비가 흘린 눈물을 "玉容寂寞淚闌于 梨花一枝春帶雨"라고 묘사하여 노래하였다. 그만큼 보지 못하는 연인에 대한 그리움은 크고 아픈 것이다. 눈물은 빗물처럼 흘러내린다. 그래서 시인에게 그리움의 강물로 인식된다.

잊어야 하는 순간의 고통과
함께 가야 할
영원의 고통 사이에서 방황하는
이 명백한 어리석음 앞에서
당신을 잊지 못해 아파하는 것은
당신과 함께 내가 살아온
강물 같은 그리움 때문입니다
당신을 잊고 내가 살아갈
빗물 같은 외로움 때문입니다
하루에도 몇 번씩 그리움은 기별도 없이 찾아와
뜨거운 눈물로 가슴을 적시건만
우리의 인연은
스쳐 가는 바람 같은 우연이었고
잊어야 하는 아픔은
전생의 약속인 것을 어찌합니까
아물 수 없는 상처
가슴 깊이 숨긴 채 흘러내리는
강물 같은 그리움은 또 어찌합니까

— 「강물 같은 그리움」 전문

그리움은 그 흐름을 도저히 막을 수 없는 강물처럼 밀려온다. 그리움의 대상과 함께 하지 못했을 때 우리는 잡지 못한 자신의 어리석음에 아파하고 외로워하며 상처를 받게 된다. 강물의 흐름을 막을 수 없고 되돌릴 수도 없다. 그리움이란 감정 역시 강물에 띄워 보낸다면 그것을 다시 건져 올리거나 다시 물길을 되돌려 내게 닿게 하지 못한다. 여기에서 아픔이 생기고 외로움이 생긴다. 우리들은 언제나 외로울 수밖에 없는 존재다. 그래서 시인은 "산다는 것은 그리움 뒤적이며/외로움을 견디는 일"(「가고 없는 것만이 그리움이 아니다」)이라는 사실을 잘 알고 있다.

프랑스의 낭만주의 여류소설가 조르주 상드(G. Sand)는 "사랑이란 우리들의 혼의 가장 순수한 부분이 미지의 것을 향해 갖는 성스러운 그리움이다."라고 말한 바 있다.

> 알면서도 모르는 척
> 이별이라며 돌아서 가지만
> 이별할 때 뒤돌아보면 이별이 아니지
>
> 뒤돌아보는 이별은
> 또 다른 시작을 꿈꾼다지만
> 인생은 돌아올 수 없는 강물인 것을
> 겨울 강가에 서서
>
> 기다림마저 얼어붙은
> 겨울 강가에 서면
> 시린 얼음장 밑을 흐르는 강물이 되어
> 두둥실 구름 따라 졸졸졸 흐르다가
> 머― 언 봄 겨울 강에도

우리 시, 우리 시인

그리운 훈풍이 불어
푸르름 앞세우고 강을 건널 때
그대는 무심히 지나가는 바람이어도
나는 그대의 단단한 징검다리가 되리

—「이별연습」 부분

여기에서도 사랑은 강물이 된다. 강물처럼 한 번 흘러가면 그만인 것이 인생인 것처럼 사랑도 역시 강물처럼 흘러가고 나면 되돌릴 수 없다. 그래도 나는 그대가 "푸르름 앞세우고 강을 건널 때, 그대의 단단한 징검다리"가 되기를 간절히 바라고 있다. 그러나 강물은 모든 것을 안고 흘러가는 존재만은 아니다. 강은 물줄기를 경계로 하여 이쪽과 저쪽을 서로 갈라놓는다.

너를 찾아 헤매다 주저앉은
송정에 가면

들물이 그어놓은 경계 너머
모래톱에 새겨진
발자국을 볼 수 있다

발자국을 보면 알지
다정한 연인들이
외로운 사람이
아픈 사람이 남긴

기어이
어둠은 오지 않아도
날물이 지우고 갈
발자국 남기는 날은

그리움마저 너무 아프다

—「그곳에 가면」 전문

‘들물’에는 보이지 않는 경계가 있다. 사랑하는 이는 강의 저쪽에 있고 지금의 나는 이쪽에 있다. 한때는 다정하게 ‘모래톱’을 거닐며 ‘발자국’을 남겼지만 ‘들물’은 발자국을 물속으로 숨겨버렸고, ‘날물’은 그 ‘발자국’마저도 휩쓸고 지나갈 것이다. 이제는 사랑의 흔적이었던 ‘발자국’도 사라지고 나면 지나친 사랑에 대한 아쉬움은 한층 커질 것이다.

시인에게 그리움이란 ‘사랑’과 ‘외로움’ 등의 관념이기도 하지만 그 실체는 ‘강물’ 이외에도 ‘양지’(「우산 속에서」), ‘꽃잎’(「봄날은 간다」), ‘벽’(「봄날은 간다」), ‘바람’(「이별연습」)과 같은 외형물의 대상으로 구체화된다.

2

어머니라는 존재는 사랑의 표징이요, 우리를 생육시키는 근원이다. 어머니의 사랑은 잔잔한 물결과 같다. 격하지 않다. 어머니를 통해 우리는 고향을 느낀다. 모든 이의 정신의 고향이 어머니라는 존재다. 따라서 고향을 떠올리듯이 우리는 어머니를 떠올린다. 어머니라는 관념은 우리에게 있어 사랑이라거나 따뜻함을 뜻하기 이전에 더욱 절대적인 의미를 갖고 있다. 시인은 이번 시집에서 여덟 편의 「사모곡」을 게재하고 있다.

고랑 깊은 떼기밭에
서리 아직 무성한데

　　　　　　　　　　　　우리 시, 우리 시인

풀뿌리 같은 손에 쥔
흙 묻은 호미자루

한평생 주고서도
무엇이 저리도 남아

흰 허리 능선 위에
저물던 해가 걸렸나

—「사모곡 3」 전문

어머니를 생각하면 한과 눈물이 생의 전부였다는 생각뿐이다. 우리의 어머니는 가난의 대명사이다. 일찍 돌아가신 아버지를 대신하여 경제까지 책임져야 했다면 어머니의 인생은 질곡과 인고의 세월일 수밖에 없었다. 어머니에게는 자식만이 전부였다. 자식을 보듬어 안고 먹이고 가르치며 자식들이 잘되기를 빌 뿐이다. 자식이 세상의 전부였기 때문이다. 그 자식을 위해서라면 날이 저물도록 "고랑 깊은 뙈기밭"에 앉아 호미자루를 잡아야만 했다. 어머니답다는 것은 모성을 말하는 것이다. 모든 사랑은 그곳에서부터 시작하며 그곳에서 끝난다. 어머니를 사랑하는 사람치고 마음씨 고약한 이는 없다. 그것은 모성이 바로 사랑의 고향이기 때문이다.

선반 위에
얼어붙은

온기 잃은
털신 한 켤레

다섯 해를
누워계신
당신 모습 닮아서

가슴에 신고
왔던 길 돌아
당신 따라 걸어봅니다

—「사모곡 7」 전문

이제 어머니도 다섯 해라는 세월을 병석에 누워 점점 온기를 잃어가고 있다. 어머니를 위해 사드린 털신이 선반 위에 놓여 있다. 털신은 어머니의 이미지를 닮았다. 아무리 추운 겨울이라도 털신은 발을 따뜻하게 해준다. 그 털신을 신고 어머니의 따뜻함을 느끼며 어머니의 삶을 생각해본다. 어머니는 "한평생 열어놓은/사립문 바라보다/곱다시 저문 인생"(「사모곡 8」)을 살았다. 일찍 떠나간 남편을 기다리고 객지로 떠나간 자식을 기다리며 추운 인생을 지냈다. 이제 그런 어머니를 위해 따뜻한 털신 한 켤레를 사다 드렸지만 몸은 병이 들고 털신은 선반 위에 놓인 채 기능을 잃어버렸다. 희생과 외로움으로 점철된 어머니의 인생을 생각하는 시인의 통곡이 나즈막하게 들려온다.

3

그렇다고 시인은 연인에 대한 그리움과 어머니에 대한 그리움만을 안고 지내지 않는다. 시인사회에 대한 날카로운 비판의 시선을 버리고 있었다. 가난한 이웃에 대한 따뜻한 마음이 그의 작품 곳곳에서 드러난다.

우리 시, 우리 시인

까만 밤을 하얗게 태워
꺼져가는 이웃에게
불씨가 되어보면 알리라
윗목이 높기는 하나
아랫목엔
쩔쩔한 따뜻함이 있어
가난도 불씨처럼
재가 될 수 없는
마지막 희망이었다는 것을

—「구공탄과 수레바퀴」 부분

문학이란 단지 이야기가 아니라 때때로 사회 현상을 고발하여 독자들에게 강력한 메시지를 준다. 소설의 예이기는 하지만 조세희의 『난장이가 쏘아올린 작은 공』, 신경숙의 『외딴 방』 등의 작품에서 우리는 주인공의 기구한 인생뿐만 아니라 그들이 처한 사회의 부조리를 볼 수 있다. 개발 독재 상황에서 진행된 천민자본주의의 추악한 뒷모습, 사회적 약자의 열악한 처우, 가난의 고통 등이 그것이다.

『난장이가 쏘아올린 작은 공』은 철거 위기에 처한 난쟁이 가족의 모습을 통해 산업화의 이면과 강자와 약자의 갈등 관계를 보여준다. 『외딴 방』에는 직업훈련원과 공장 및 야간고등학교로 이어지는 노동현장이 있고, 노조 결성을 둘러싼 사용자와 노동자 간의 대결이 있고 당시 군사정권의 폭압적인 행태가 노출되기도 한다. 한국 사회의 특징인 자본주의 발달과 그로 인한 각종 부작용을 진지한 시선으로 바라보았다.

실제로 이런 소설들이 발표되었을 때 작품에 드러난 사회문제가 독자들의 주목을 받았다. 소시민의 삶과 정서를 그린 문학이 사회 전반에 퍼져 사람들의 관심을 불러일으키고 문제의식을 갖게 한 것이다. 문학을 통한 사회 현상 비판은 신문 사설이나 뉴스와는 달리 메시지가 비교적 간접적으로 전해진다. 그러나 문학도 충분히 사회 변혁의 동기로 작용할 수도 있다는 점에서 그 역할의 영향력이 크다 하겠다.

가난은 우리가 해결해야 하는 가장 큰 사회문제이다. 상위 1%가 소득의 16%를 차지하는 현실에서 대다수의 사회 구성원들은 가난과 씨름하며 지낼 수밖에 없다. 당장 그들에게 필요한 것은 몇 되의 쌀과 구공탄 몇 장뿐이다. 구공탄은 가장 값이 싼 서민의 연료이다. 그렇지만 아랫목을 따뜻하게 만들어주어 추위를 피하게 해준다. 시인은 그런 구공탄과 같은 존재가 되기를 원한다.

> 오래전 행불된 육신
> 칼칼한 햇살에 비틀거리며
> 무료급식소 긴 목로 끝에
> 질긴 옹이로 박힌다
>
> 오늘도 여지없이
> 일말의 기대마저 무너진
> 창백한 인력시장
> 그저 밀려왔다 밀려가는 세월은
> 제 몸집만 불리는데
>
> 지하방 창 없는 창 너머
> 해 묵은 삼류기사가
> 모난 하늘을 가리고
> 호외로 흩날리고 있었다
>
> ─「지하철 노숙자」 부분

우리는 한때 국제통화기금의 도움을 받았다. 환율이 뛰고 무역적자가

  우리 시, 우리 시인

늘었지만, 우리를 가장 힘들게 한 건 뜻하지 않은 가장의 실직과 이로 인한 가정의 해체였다. 아직 한창 일할 나이임에도 불구하고 구조조정이란 이름 아래 안정된 직장에서 쫓겨난 가장들이 거리를 떠돌았다. 해방 직후에 태어나 어린 시절 뼈저린 가난을 경험했고, 월남전에 참전하였는가 하면 중동에 파견되어 모래바람 속에서 자신과 가족과 국가를 위해 헌신하여 국가경제 발전에 기여했던 그들을 국가와 사회가 매정하게 뿌리쳤다. 그들은 가정에서 밀려나와 도시의 지하도에 잠자리를 틀었다. 달랑 한 장의 신문지가 이불을 대신했다. 노동시장에서 일을 하려고 해도 자리를 구할 수 없었다. 그들은 '호외'에 불과했다. '호외'는 충격적인 사건을 알리기 위해 발간되는 신문이지만 그것은 정식 신문 대접을 받지 못하고 곧 폐기되었다. 가정에서 밀려나온 "지하철 노숙자"의 처지가 바로 '호외'였던 것이다. 자본주의가 낳은 이토록 커다란 사회문제에 대해 시인이 던져놓은 이 물음에는 아무도 대답할 수 없지만, 시인에게서 그들을 향한 따뜻한 마음과 시선이 느껴진다.

> 삐딱하게 보아야
> 바로 보이는 것인가
> 바로 보아도
> 삐딱하게 보이는 것일까
> 삐딱한 세상 등에 지고
> 바닥에 납작 엎드려
> 출렁이는 세상을 본다
> 수직으로 구겨진
> 굴절된 벽 너머 일그러진 반영
> 눈 하나 귀 하나
> 입이 두 개다
> 들숨 날숨 길게 짧게

삐딱한 세상 내려놓고
추락하는 비상을 접어
부상을 꿈꾼다
진화를 끝낸 수족관 속 UFO

—「수족관 속 풍경」 부분

　시인은 이 세상이 바르지 않다고 인식한다. 세상은 삐딱하다. 그래서 세상을 바로 보기 위해서는 삐딱한 시선이 필요하다. 삐딱함을 통해 세상을 알고, 삐딱한 세상을 등에서 내려놓았을 때 시인은 비로소 부상(浮上)을 꿈꾼다. 세상의 이치를 비틀어 보인 작품이다. 삐딱한 세상을 바로 볼 수는 없다. 삐딱하게 보아야 세상의 실체가 보인다. 수족관 속에서 바른 것이 구부러지게 보이고 작은 것이 큰 것처럼 보이는 현상, 이것이 바로 삐딱한 세상이 보여주는 현상이다. 그래서 수족관 속에는 "굴절된 벽 너머 일그러진 반영"만이 나타날 뿐이다. 세상은 원래 일그러진 반영만이 존재하는지도 모른다. 모든 것이 굴절된 세상에서 그래도 시인은 바른 시인의 길을 모색한다.

아무도 말할 수 없네
오직 그대만이
침묵으로 말할 수 있는 역사

일탈을 꿈꾸며 달군
붉게 타오르는 열정만으론
또 다른 일상으로 기록될 뿐
혁명의 깃발은 언제나
지구의 꼭짓점에서 펄럭이며 있었고

우리 시, 우리 시인

다가갈수록 희석되는 욕망은
내일을 다시 세울 불씨로 남아
천국을 넘보던 수리 갈매기
해원을 잠식한 사금파리 속에서 명멸한다

침묵으로 또 침묵으로
멍든 일상을 어루만지며
내일은 오직 그대만의 역사를 위하여
일탈의 공허마저도
기꺼이 사랑할 수 있게 되기를

—「일출」 전문

시인은 이 사회에 대해 큰 목소리로 비판의 강도를 높이지 않는다. 다만 "침묵으로 침묵으로" 멍든 일상을 어루만지려 한다. 그것이 민초들이 세상을 살아가는 지혜의 자세이며, 시인이 작품으로 말하고자 하는 자신의 다짐이다.

5

아리스토텔레스 이래 많은 문학 연구자들은 문학작품의 성격은 문학작품 속에서 찾아야 한다고 보았다. 이것은 고대 이래의 인식론적 고착에 기인하고 있다. 즉 사물을 인식하는 데 있어서 주체와 객체를 엄격하게 분리함으로써 진리 자체가 객체 내에 객관적으로 존재한다는 전제를 깔고 있기 때문이다. 이러한 전제는 아직도 자연과학적 방법에서는 유효하다. 그러나 오늘날 자연과학의 연구에서조차 일부 분야에서는 연구자의 해석에 따라 진리가 변할 수 있다는 가정이 조심스럽게 받아들여

지고 있다. 여기서 우리가 대안으로 내세울 수 있는 것은 오늘날 정신과
학을 비롯한 인문학에서 폭넓게 받아들이고 있는 현상학적 이론의 기초
이다. 즉 모든 진리 추구의 출발은 주체와 객체의 만남인 현상이라는 것
이다. 현상에서 주체와 객체는 분리된 채로 서로 대립하는 것이 아니라
하나로 융합된 상태에 있다.

문학작품에 대한 인식도 여기에서 출발한다. 즉 어떤 글이 문학작품
으로 인식되려면 반드시 독자가 있어야 한다는 것이다. 다시 말해서 독
자라는 존재 없이 문학작품은 존재하지 않는다. 진정한 문학작품이 되
는 것은 그것이 작품으로 읽혀질 때이다. 만약 그것이 읽혀지지 않을 때
그것은 그냥 종이 위의 검은 흔적에 지나지 않는 것이며, 이때 이것은
그냥 죽어 있는 상태이거나 망각된 존재로 있다. 이것에 생명을 불어넣
고 하나의 확실한 존재로 확립시키는 것은 바로 독서 행위이다. 그리고
이 독서 행위는 바로 문학적 경험의 시작이며 끝이다. 일단 독자가 작품
을 읽게 되면, 작품은 자신의 비밀스런 곳을 드러내 보여주며 동시에 독
자로 하여금 창조하도록 요구한다. 적어도 독자가 성실하게 독서에 임
하는 순간 작품은 독자에게 더 가까이 오도록 권유하며, 독자의 감각과
추억에 기대게 된다. 이리하여 독자의 의식은 작품 자체에는 없는 다른
무언가와 대면한다. 여기서 독자의 창조와 진정한 독서가 비로소 시작
되는 것이다. 작품과 독자 간에 일어나는 소통과 교류가 바로 독서인 것
이다.

평소 문학에 대해 지대한 관심을 보여준 철학자 박이문(朴異汶)도 이
문제와 관련하여 "철학의 시각으로 볼 때 문학이론 텍스트들은 개념 사
용의 투명성이나 담론의 논리적 짜임새에 있어서 직업적 철학자들의 텍
스트들에 비해 일관된 설득력이 부족하다. 한마디로 철학적 입장으로

볼 때 문학이론이 펴는 담론은 불필요하게 잡다하고 어수선해 보인다."
라고 말하였다. 문학이론가의 입장으로 볼 때, 한 철학자의 이와 같은
논평이 약간은 과장된 것이라 해도 이것에 대해서 그리 반박할 말이 없
다. 특히 문학이론가에 있어서 가장 기본적이고 선결되어야 할 문학작
품의 개념 정립의 문제에 관해서는 더욱 그렇다.

지금껏 많은 문학 연구자들이 문학성을 문학작품 내부에서만 찾았던
것은 모든 예술에 있어서 감상자의 중요성을 그들은 간과한 결과이다.
다시 말해서 문학에 있어서 독자가 문학작품을 결정짓는 중요한 위치에
있다는 사실을 인정하지 않았던 것이다. 문학작품이라는 말은, 다른 모
든 예술작품과 마찬가지로 존재론적인 용어가 아니라 기능적인 용어이
다. 우리가 문학작품을 연인이나 친구에 비유한 것은 한마디로 문학은
사랑의 산물이기 때문이다. 사랑 없이 문학작품은 탄생될 수도 없고 또
한 그것을 향유할 수도 없다. 작품을 탄생시키는 작가는 그 작품의 출발
점이 되는 대상에, 그것이 상상적이든 현실적이든, 그 대상에 자신의 의
식을 한없이 가까이 한다. 그래서 그 대상의 내밀한 부분을 함께 하면서
자신의 영혼을 진실되게 그린다. 그리고 그 작품의 독자는 작가가 그 작
품을 탄생시킬 때와 같이 작품에게로 한없이 가까이 갈 때야 비로소 그
작품의 진면목을 볼 수 있다.

마지막으로 안성식 시인의 삶의 태도를 보여주는 작품을 인용한다.

꽃이 아름다운 것은
때가 되면 물러날 때와
돌아올 때를 알기 때문입니다

꽃이 아름다운 것은

저마다 분수에 맞는
색깔과 향기를 가진 때문입니다

꽃이 아름다운 것은
슬플 때나 기쁠 때나
한결같은 동반자이기 때문입니다

—「꽃이 아름다운 것은」 전문

자신의 의식을 어떤 대상에 한없이 가까이 해서 그 대상과 하나가 되고픈 이 마음, 이것이 사랑이다. 어떤 대상을 진정으로 이해하기 위해서는 반드시 사랑이 전제되어야 한다. 다시 말해서 그 정도로 그 대상에 가까이 가지 않으면 안 된다는 것이다. 그래서 우리는 감히 진정한 앎도 사랑이 없이는 불가능하다고 말한다. 이 사랑 속에는 자유와 참여 이 모든 것이 포함되어 있다. 우리가 꽃을 아름답다고 말하고 또 사랑하는 이유는 그것이 "저마다 분수에 맞는 색깔과 향기 지닌 때문"이라고 시인은 이야기한다. 안성식 시인은 자신만의 색깔과 향기를 지닌 시인이다.

지금껏 안성식 시인의 작품을 읽으면서, 안 시인의 그리움이 독자들의 가슴속에 또 다른 그리움으로 자리 잡기를 바라는 마음 간절하다. 그만큼 안 시인의 그리움에서 오는 아픔과 외로움이 절절하게 독자의 한 사람인 필자에게도 생생하게 느껴졌기 때문이다. 그것은 생을 사랑하는 시인의 또 다른 삶의 방식이다.

참선과 관조의 시혼
— 김주곤 시선집 『강산의 빛과 소리』

1

국문학자 강호 김주곤 교수가 시선집 『강산의 빛과 소리』를 펴낸다. 이미 『시들지 않는 또 하나의 시간』(2000)을 비롯한 여섯 권의 시집과 『시공(時空)의 노래』(2003) 등 세 권의 시조집 등 모두 아홉 권의 운문집을 낸 바 있는 김 교수의 시선집이라 우선 그 양이 방대하여 작품을 읽어내는 데만 상당한 시간이 소요되었다. 문학청년 시절부터 희수를 넘긴 나이에 이르기까지 왕성한 창작활동을 지속해온 한 노시인의 시선집에 대한 해설을 맡는다는 것은 시인의 작가론을 쓰는 일처럼 어려운 작업이 아닐 수 없다. 또한 그 많은 작품 가운데 다양한 주제와 표현 형식이 드러나 있어, 매우 긴장한 가운데 작품 하나하나를 읽어야만 했다. 그는 대학에서 고전시가를 강의하는 국문학자이다. 그리하여 『한국불교 가사 연구』(1994), 『불교와 학문의 만남』(2000), 『한국시가와 충효사상』(2002)을 비롯하여 많은 전공 저작을 가지고 있다. 이만 보더라도 시인이 불교와 충효사상에 대해 얼마나 많은 관심과 함께 학문의 깊이를 가지고 있는가를 알 수 있다. 그 결과 시인의 작품 속에 담겨 있는 주제는 유교와 불교, 도교 등 다양한 동양 철학정신이 근간을 이루고 있다. 그 밖에 고향을 그리워하는 향수와 더불어 부모님께 대한 효친사상, 자연에 대한 관조의 자세가 하나 가득 담겨져 있음을 발견할 수 있었다.

2

그동안 고향에 대한 그리움을 노래한 시인의 숫자는 실로 많다. 음악가 베토벤은 "고향이여, 아름다운 땅이여, 내가 이 세상의 빛을 처음 본 그 나라는 나의 눈앞에 떠올라 항상 아름답고 선명히 보여온다. 내가 그곳을 떠나온 그날의 모습 그대로!"라고 고향을 예찬했다. 또 김성탄(金聖嘆)은 『서상기(西廂記)』에서 "길을 떠났던 나그네가 먼 여행을 마치고 돌아온다. 그리운 성문이 보이고, 강 양쪽 기슭에서는 아낙네들과 아이들이 고향의 사투리로 이야기를 주고받고 있다. 아아, 이 또한 흐뭇한 일이 아닌가."라고 고향에 대한 그리움을 토로하였다. 김주곤 시인의 작품에도 고향을 소재로 한 작품이 상당하다. 더불어 부모에 대한 효친사상을 담은 시편들을 많이 발표한 바 있다. 고향에 대한 추억과 돌아가신 부모에 대한 회억은 불가분의 관계가 있게 마련이다. 그것은 어머니라는 존재야말로 우리 모두의 고향이기 때문이다. 다음 시는 고향 자계마을에 대한 시인의 지극한 사랑을 노래한 것이다.

> 삼현(三賢) 선생을 모신 운계(雲溪)마을
> 탁영 선생 나실 적엔 무지개 서기 뻗치더니
> 님께서 가신 날 혈우 삼일 흐른 한내
> 하늘 땅 무심치 않아 자계라 했네

뒷산은 신선이 춤추는 선무산(仙舞山)
앞산은 학이 나래 펴는 화학산
앞에는 고기들 춤추는 한내강

선무산엔 알밤이 익어가고
화학산 진달래꽃 손수건 흔들면
한내강 백사장엔 황소들 싸움한다.

정월대보름 둥근달 중천에 진을 치면
달집에 불 지르고 처녀총각 콩을 굽고
동민들 사물놀이에 달 함께 춤춘다.

— 「자계(紫溪)마을」 전문

　　자계마을은 경북 청도군 이서면 서원동에 위치한다. 바로 시인의 고향이다. 시인이 추억하는 자계마을은 '선무산'이 있고 '화학산'이 있으며, '한내강'이 있는 곳이다. 그러면서 정월대보름이면 "달집에 불 지르고 처녀총각 콩을 줍고/동민들 사물놀이에 달 함께 춤"추는 고장이다. 옛날 어린 시절 어디에서나 볼 수 있었던 시골의 풍경이다. 고향은 그리움의 대상이면서 우리 삶의 원천이다. 그래서 시인은 "고향!/듣기만 하여도 가슴이 설레는 말"(「고향」)이라든가 "남산 머리 구름 흐르고/호수 하나와 기와집들/추억이 살고 있다.//거기 바로/내 고향"(「향수」)이라고 행복했던 유년시절을 그리워한다. 그리움은 곧 "숫처녀 같은 질구 나무 치마폭에 안겨/청신한 찔레와 추억의 꽃 피우며 고향에 살고 싶다."(「찔레꽃」)는 기원으로 대치된다.

태산보다 무거운 침묵을 지고
아지랑이 같은 그리움의 강을 건넌다.

사랑의 숨결이 안개처럼 자욱한
내 고향 청도 땅 자계마을
그리워, 너무 그리워라.

오늘은 초복.
어머니 만들어 주시던 냉국수 생각하니
수박 맛은 그렇게 뜨겁다.
아이스크림은 어머니 생각에 녹으니
그 뉘가 뜨거운 마음 식혀 주리.

긴 세월
어머니 음성, 그렇게도 듣고파서
먼 하늘 바라보면서
노을의 수레 타고 귀를 연다.

―「모정(母情)」 전문

시인은 돌아가신 어머니와 대화한다. 고향과 교감하고 어머니와 대화
하는 매개는 그리움이다. 그리움이 하나의 메신저 역할을 한다. 그래서
"긴 세월/어머니 음성, 그렇게 듣고파서/먼 하늘 바라보면서/노을의 수
레 타고 길을 연다."라는 시적 표현이 가능해진다. 먼 하늘 서녘에 노을
이 질 무렵 "오, 내 새끼!" 하면서 다가오는 어머니를 그리워하는 시인
의 마음이 눈물겹다. 효는 모든 행동의 근본이요, 효자는 나쁜 사람이
없다고 한다. 공자는 "효는 모든 덕행의 근본이며 또한 교화의 근원이
다."라고 말했다. 또 『예기』에 보면, 효의 세 가지 조건은 첫째, 부모를
존경하는 것, 둘째, 부모와 가족을 욕되게 하지 않는 것, 셋째, 부모에게
좋은 음식·의복 및 따뜻한 밥을 해드려 편안히 모시는 것이라고 했다.
『효경』에 보면 "효도란 하늘의 떳떳한 것이며, 땅의 옳은 것이며 백성의

   우리 시, 우리 시인

행실이다. 이는 하늘과 땅의 떳떳한 것을 백성들이 본받은 것이니, 하늘의 밝은 것을 본받고 땅의 옳은 것을 좇아서 이것으로 천하를 순하게 하는 것이다. 이런 것 때문에 그 가르침은 엄숙하지 않고서도 이루어지며, 그 정사는 엄하지 않고서도 다스려지는 것이다."라는 구절이 있다.

오늘은 불러봅니다
목청이 매도록 부르고 싶습니다

6·25의 총성이 울릴 때
님은 떠났습니다
내 나이 열일곱

오늘도 뒷동산에 알밤 주워
드리고 싶은데
대문에 들어서며
불러도 대답 없는 아버지
평생 당신 찾으시던 어머니
이제 같이 상봉하셨지요.

아버님
도솔천에서 명복을 누리소서
아련한 사연들이
단잠을 깨워 놓고
해맑은 얼굴들이
두둥실 찾아오면
고향 밤 다듬이 소리

—「아버지」 전문

이는 효도하고자 할 때에 이미 부모는 돌아가셔서, 효행을 다하지 못

하는 슬픔, 즉 풍수지탄(風樹之嘆)을 노래한 것이다. 1950년의 한국전쟁
당시 시인의 아버지는 돌아가셨다. 시인의 나이 열일곱이 되던 해였다.
60년이 지난 지금껏 "목청이 매도록 부르고" 싶어도 그럴 수 없는 현실
이 안타까움을 노래하게 했다. 이제 어머니마저 돌아가시고, 두 분이 도
솔천에서 명복을 누리고 계시기를 비는 내용이다. 시인의 부모에 대한
효심은 대단하다. 일찍 남편과 사별한 어머니는 "벼 껍데기 벗어질 때
엄마 얼굴 터지네"(「고향집 디딜방아」)로 묘사될 만큼 고생하시면서도
"보리 찧는 마음/보리 되어 수도하네"처럼 초연한 삶의 의지를 시인에
게 보여주었다. 그것은 한 여인으로서의 한과 어머니로서의 소망이 한
데 뒤섞인 모습이었다.

아련한 사연들이
단잠을 깨워 놓고
해맑은 얼굴들이
두둥실 찾아오면
고향 밤 다듬이 소리
향수 되어 들린다.

잊으려도 잊을 수 없고
버리려도 버릴 수 없는
내 고향 그리워라
오늘도 가고 싶다
나는야
오색구름 타고
손 흔들며 가련다.

—「가고픈 내 고향」 전문

시인은 그 누구보다도 더 돌아가신 부모님과 함께 고향 자계마을에서

우리 시, 우리 시인

의 유년시절의 평안과 따스함을 오래오래 간직하고 싶어 한다. 이것이 고향과 부모님을 그리워하는 시인의 마음이 그의 작품 곳곳에 자리하는 이유다. 마침내 시적 화자는 "오색구름 타고/손 흔들며" 고향에 가고 싶어 한다. 고향을 찾는 시인의 마음이 지극하도록 잘 드러난 작품이다.

3

우리 인간에게는 오감(五感)이 있고 오감을 통해 사상(事象)을 인식한다. 그러나 인간의 인식에는 한계가 있다. 우리는 대상의 일부분만 겨우 볼 수 있고 또 그것을 가지고 판단을 내린다. 하지만 장자는 도를 깨닫고 무위의 경지에 오르면 진인이 될 수 있다고 하였다. 진인은 자신을 내세우지 않고 공을 다투지 않으며, 주관에서 벗어나 자연과 더불어 조화를 이루며 산다. 따라서 나는 장자가 모든 덕목을 갖춘 삶을 추구했다고 생각한다.

장자는 공자와는 달리 인위적인 것을 거부하고 자연을 추구하였다. 즉, 무위자연사상으로 무엇에도 얽매이지 않은 채 모든 일에 자유롭게 대응하는 것이 도를 따라 살아가는 진인의 참모습이라고 했다. 또 장자는 우리에게 삶의 절대자유란 자연과 하나가 될 때 가능하다는 소중한 교훈과 크게 쓸 줄 알아야 한다는 것으로 우리에게 커다란 교훈을 준다. 우리 인간은 우주, 지구, 자연 속의 일부로 자연과 더불어 살아야 할 것이다. 장자에 의하면 인생의 모든 것이 도로 통한다는 것을 인식해야만 깨달음을 얻을 수 있다고 한다. 관조는 불교에서 "참된 지혜로 개개의 사물이나 이치를 비추어 봄"을 뜻하기도 한다.

김주곤 교수는 자연과 대화를 나눌 줄 아는 시인이다.

꽃이 웃는지 내가 웃는지
소리도 없이,
내가 사랑하고 있는지 꽃이 유혹하는지,
누구에게 물어도
대답이 없다.

오래된 그날은, 만나면
말없이 속삭이던 아우성 소리,
우리는 늘상
고개 숙여 목례하며
눈으로 웃었다.

—「꽃 이야기」 부분

봄이 되면서 여기저기에 많은 꽃들이 피어난다. 시인과 꽃은 "고개 숙여 목례하며 눈으로 웃었"지만 그건 "말없이 속삭이던 아우성 소리"이다. 둘 사이에 사랑의 교감이 있기 때문이다. 시인은 자연에서 신의 비밀을 읽는다. 그리고 그것을 읽어낸 순간 꽃도 웃고 나도 웃을 수 있다. 그건 자연이 인간에게 주는 희열이다. 희열은 삶의 원천이며, 우리가 세상을 살아가는 이유가 된다. 시인은 자연과의 대화를 "새소리 들려오는/즐거운 청산에 앉아/산새들과 정다웁게/오순도순 이야기꽃을 피운다/끝없는 대화들/아―아 정말 좋아라"(「청산에 앉아」)라고 표현한다. 대단한 시적 감흥이 "아―아 정말 좋아라"로 활짝 피어난다.

자연의 이치를 깨닫고 자연을 사랑하는 시인은 이제 자연과 벗 삼으며 그 가운데 자리 잡는다. 관조의 경지이다. 관조는 고요한 마음으로 사물이나 현상을 관찰하거나 비추어보는 인생 태도로서 결코 적극적인 삶의 방법은 아니다. 그러나 관조는 적극적인 삶을 이미 거쳐온 사람만이 취할 수 있는 삶의 자세이다.

우리 시, 우리 시인

오늘은 샘물을 길어
달을 지고 돌아오리라.

둥근달이 살며시 창문을 두드리더니
다정하게 찻잔 속에 웃고 있다.

별빛이 주룩주룩
뒷동산에 떨어지는 밤
달빛에 취해
시 한 구절 별에게 빼앗기고
마지막 한 문장

몰래 숨겨온 가슴속
달님께 빼앗기고
빈손으로 돌아왔다.

―「달밤」 부분

시인은 샘물을 길어 어깨에 지고 돌아온다. 달은 밤하늘에 떠 있다. 그런데 내가 지고 있는 물 항아리에 달이 비친다. 결국 시인은 달을 지고 밤길을 돌아온다. 하늘이라는 공간의 달이 물 항아리에 와있고, 어느새 마시는 찻잔 속에서도 웃고 있다. 글자 그대로 월인천강(月印千江)의 경지이다. 그런 "달빛에 취해/시 한 구절을 별에게 빼앗기고" 시인은 빈손으로 돌아온다. 시인은 공간 이동을 통해 내 곁에 다가온 별과 달이라는 자연물과 시적 교감을 주고받는다. 마침내 자연과 시인이 하나가 된 것이다.

마음이 가난할 때
구름 불러 악수한다.

텅 빈 포켓 속엔
옛이야기 숨어 있고

황혼길 인생들판에
백로들만 활개 친다.

세월의 굴레 속에
돌고 도는 인생항로

험한 세상 외길로만
걸어온 꼬부랑길

젊은 날 뜨겁던 가슴
창공에 식혀본다.

— 「사람살이」 전문

인생에 대한 찬미다. 비록 사람살이가 드난하고 버거워서 "마음이 가난할 때/구름 불러 악수"할 줄 아는 것이 우리 인생이다. 악수는 교환(交驩)의 행위다. 구름 불러 악수함으로써 "황혼길 인생들판에 백로들이 활개"치는 인생이 결코 우울하거나 불행할 수는 없다. 시인은 여기에서 자신의 달관된 인생관을 피력한다. 그 인생관은 여유롭고 넉넉하다. 여유롭고 넉넉한 인생관을 지닌 화자는 흡사 고아한 선비의 풍모를 닮았다.

4

요즘 우리 주변에서는 불교의 수행방법에 관한 논의가 새삼 활발해지고 있다. 그 이유는 아마도 물질계가 풍족해진 데 대한 하나의 반작용이

 우리 시, 우리 시인

리라 생각한다. 불교가 여타 종교와 가장 큰 차이점은 바로 수행론에 있
다. 다시 말해서 불교에는 수행론이 있다는 점이 가장 커다란 특색이며,
따라서 수행에 관한 연구와 논의는 불교를 진정 불교답게 만들어주는
것이라고 말할 수 있을 것이다. 종교나 철학이 아무리 고매한 이상을 제
시한다 하더라도 이상을 달성하기 위한 구체적 방법이 제시되지 못한다
면 그림의 떡에 불과하다. 그러한 점에서 최근 참선에 관한 반성적 고찰
이 이루어지고 있음은 주목할 만하다. 현재 한국불교의 대표적 수행법
은 바로 참선법이다. 시인은 다음 작품에서 불교적인 삶을 깨닫기 위한
방법으로 참선을 수행하고자 한다.

> 눈감으면 보이는 실상(實相)
> 눈 뜨면 사라지는 허상.
>
> 형상을 죽인 무형
> 하늘과 땅 낳고 기른다.
>
> 무정을 품은 칠정(七情)
> 해와 달을 운행한다.
>
> 이름 버린 무명이
> 천지만물을 기르고 기른다.
>
> —「선」 전문

　　무형과 칠정, 무명이 천지만물의 형성 원리라는 사실을 깨닫기 위해
우리는 참선의 과정을 거친다. 참선을 체계적으로 하는 일은 참으로 어
려운 것이라고 말할 수도 있다. 하지만 적어도 참선의 이유와 목적 혹은
방법 등과 같은 기본적 개념은 확실히 정립되어 있어야 할 것이다. 자신

의 온 생애를 걸고 하는 수행에서 목적지가 어딘지, 가는 길이 어떻게 되는지, 무얼 타고 가는지조차 모르고 있다면, 차라리 출발을 하지 않느니만 못한 경우도 있을 수 있다. 참선의 목적은 견성(見性)에 있다. 육조대사 혜능(惠能)은 선을 대중화시킨 인물이다. 그의 법문을 기록하고 있는 『육조단경(六祖壇經)』은 현금에 이르기까지도 여전히 그 가치를 인정받고 있는 선의 길라잡이다.

나는 되고 싶다
명경 같은 마음이
나는 갖고 싶다
보리(菩提) 나무 같은 육체를.

나는 알고 싶다
청정한 자성(自性)을
생멸이 없는 자성을
만법이 구족한 자성을
동요도 없는 자성을
만법이 생멸하는 자성을 알리라.

보리보리 무슨 보리
탐진치(貪嗔癡) 잠재우는
깨달음의 마음일세.

― 「보리(菩提)」 전문

보리는 정각(正覺)의 지혜를 일컫는다. 알 수 없는 의심이야말로 바로 보리의 현전이며, 대답할 수 없는 물음은 바로 깨어 있는 관찰자의 몫이다. 그것은 망념이 일어나면 이를 다스려 없애고자 하는 것이 아니다. 그냥 다스리고 말고 할 게 없는 상태이다. 언제나 깨어 있으면서 다만

우리 시, 우리 시인

바라볼 뿐, 판단하거나 시비분별하지 않는 상태이다. 머무르지 않는 것이며 속박되지 않는 것이다. 그래서 시인은 명경 같은 마음과 보리 같은 육신을 원한다. 그것은 언제나 깨어 있는 삶을 구현하는 길이다.

> 인간은 인연 따라 헤매는 외로운 방랑자.
> 달빛 마시고 역사의 피리 소리를 듣는다.
> 법륜의 수레를 타고
> 기타 소리에 희망 엮으며 돌아간다.
>
> 여인숙 등불이 꺼지면 홀로 조는 가로등 밑에
> 오동잎 떨어지니
> 가을바람 잎을 모아 서천으로 가려나.
> 삭풍 불기 전에 도포자락 휘날리며 무전여행 가련다.
>
> 나는 사바세계를 홀로 가야 하는 나그네.
> 고비사막 모래를 양식 삼고
> 선인장 꽃향기 마시며
> 우주를 여인숙 삼아 학 타고 수미산을 넘으리.
>
> —「나그네」 전문

길은 삶이다. 길은 그 자체가 아름다워야 한다. 사람들도 만나고 자기 발자국도 남기고 코스모스도 만난다. 길은 바로 그런 존재다. 물을 이야기할 때는 물처럼 유유하게 갈 수 있는 것, 그런 정서를 키워야 한다. 그리하여 시인은 스스로를 "사바세계를 홀로 가야 하는 나그네"라고 자인하면서 "고비사막 모래를 양식 삼고/선인장 꽃향기 마시며/우주를 여인숙 삼아" 학을 타고 수미산을 넘기 위한 수행을 마다하지 않는다. 그것은 "주야로 흐르는 푸른 청계수는 무상이념을 말하는구나."(「해인사」)라는 경지에 이르기 위한 오도송(悟道頌)이라고 할 수 있다.

저 하늘 한복판이
무너지는 소리 들린다.

아무 가진 것 없는
빈 마음이 허공을 나른다.

온 곳도 자취 없고
갈 곳도 없다

오직 가고픈 그 길
도솔천으로 날아 볼까.

—「견성」 전문

우리가 일반적으로 어떤 대상을 보는 행위를 견해라 말하고 불교에서 견해라는 것을 벗어나서 새롭게 하는 행위를 견성이라 말한다. 보통 깨달음이라는 것을 뜻할 때 견성했다고 말하며 일반적 지식을 견해라고 이름 붙인다면 지혜의 영역을 견성이라 말할 수 있다. 세상을 지식으로 보나 지혜로 보나 형상에는 변함이 없으나 다른 점이 있다면 우리의 인식, 다시 말해서 인식의 허망함을 알게 되며 인식에 무차별적으로 노출되지 않는 무상의 상태가 견성이 된다. 인식에 의해 변형시켜보는 것이 아니라 있는 그대로의 무상의 형태가 견성이다. 견해와 견성은 똑같은 것을 보더라도 완전히 다른 것을 직관하는 것이며 같은 것을 보았더라도 같은 것을 본 것이 아니다.

견성을 위하여 정작 필요한 것은, 바로 자성에 입각한 수행이다. 자성이 만법을 포함하는 것이 곧 큰 것이며 만법 모두가 다 자성인 것이다.

우리 시, 우리 시인

자성은 허공과 같이 만법을 포함한다. 그렇다고 해서 허공처럼 그저 텅 빈 것만도 아니다. 자성의 본체는 생겨남도 없고 사라짐도 없으며 감도 없고 옴도 없다. 그렇기 때문에 사실 닦아서 얻어지는 것이 아니다. 따라서 자성은 닦을 것이 아니고, 다만 보기만 하면 되는 것이다. 이러한 견성에 대한 시인의 태도는 "아무 가진 것 없는/빈 마음이 허공을 나른다.//온 곳도 자취 없고/갈 곳도 없다"는 표현을 빌려 불교적 인생관으로 나타난다.

김주곤 시인의 선지식은 참으로 놀랍다. 그의 시 가운데 상당 부분이 불교시의 형태를 띠고 있다. 그러면서도 그것이 다만 불교에 관한 지식만을 우리에게 전달하는 데 그치는 것이 아니라 시문학이라는 하나의 형식으로써 우리에게 감동을 준다. 그 감동의 근저에는 견성오도(見性悟道)의 사상으로 감싼 시인의 문학정신이 있다. 그의 삶을 지배하는 것은 한마디로 말해 불교정신이라고 할 수 있겠다. 불교정신을 지닌 시인으로서, 학자로서의 정도를 걷고자 한다.

5

도가사상에서 가장 중요한 것은 자연과 인간의 합일, 다시 말하면 우주와 인간사회의 상호작용, 시간의 주기적 성격과 우주의 리듬, 복귀의 법칙 등이다. 노자는 "말할 수 있는 도는 영원불변한 도가 아니요, 이름 붙일 수 있는 이름은 언제나 변하지 않는 이름이 아니다"라고 했다. 이는 중국 고대사상 중에서 안정된 사회를 이룩하려면 각자의 신분에 걸맞는 내용을 갖고 책임을 져야 한다는 정명론(正名論)과는 그 범주에서 다르다. 무명(無名)은 천지의 시초요, 유명(有名)은 만물의 모태이다. 즉 무명과 유명, 무와 유는 상호의존적이며 영원한 도의 양 측면이다. 무는 아무것도 없음이 아니라 감지할 수 있는 질이 없음을 의미한다. 노자에게 무는 유보다 상위 개념이다.

인간은 대우주에 대응하는 소우주이다. 인간과 우주 사이에는 그 체계에서 일치하는 점과 연관성이 존재한다. 인간과 자연 질서가 통일적으로 융합되어야 한다는 신비로운 사상은 중국사상의 고유한 특징이며 도가가 특히 이 이론을 정교하게 다듬었다.

자연 질서로서 도의 법칙이란 이 세상의 모든 것이 자신이 애초에 시작한 시점으로 계속 복귀하는 것을 의미한다. 휘어지면 온전하게 되고 굽으면 곧게 되고 움푹 패면 꽉 차게 되고 낡으면 새롭게 되는 것 등은 모두 되돌아오는 것은 도의 움직임이라는 법칙에서 나온 말이다. 삶과 죽음은 영원의 관점에서 보면 무에서 유로, 다시 무로 반복되는 영원한 변화 속에 놓여 있지만 그 기초가 되는 최초의 합일성은 상실되지 않는다.

또한 무위는 아무것도 하지 않는 것을 의미하지는 않는다. 그것은 단지 과장하지 않음을 뜻한다. 무위는 억지로 하지 않고 인공의 힘을 가하지 않은 자연스런 행위를 뜻한다. 초기의 도가사상에서는 계획적인 인간의 간섭은 자연의 변화과정의 조화를 깨뜨리게 된다고 믿었다. 원시농경사회의 자연적인 리듬과 자연의 커다란 움직임 속에서 사심 없이 공동체 생활을 영위하는 것이 도가가 이상으로 여기는 사회이다. 장자는 유가에 의해 찬양되는 문화영웅이나 문화·제도의 창시자, 사회의 의식과 규범을 만든 성현들까지도 비난했다. 심지어는 지식욕까지도 그것이 경쟁심을 자아내고 물욕을 자아내어 분쟁을 일으킨다고 하여 비판했다.

물은 생명의 소리요,
존재의 소리요,
영원히 생성(生成)하는 소리다.

인간은
기다리는 것,
인내하는 것,
귀를 기울이는 것을
강에서 배워야 한다.

물은
소리와 빛깔과 율동의 언어로
지혜를 가르쳐주는 철학자다.

흘러가는 강물, 맑은 물, 솟구치는 샘물,
바다의 푸른 물은 자연의 위대한 스승이다.
가장 뛰어난 선은 물과 같다며
노자(老子)는 감탄했다.

인간은 물을 사랑하며
물같이 살다가 가야겠다.

—「물의 마음」 전문

시인은 "물의 마음"으로 남은 인생을 살고자 결심한다. 물은 생명의 근본이다. 동물이나 식물을 막론하고 지구상에 존재하는 모든 산 것들의 원천이다. 그래서 우리는 곧잘 물을 여성과 달의 이미지에 비교한다. 노자 철학에서 가장 핵심적인 내용은 물의 철학이라고 할 수 있다. 이 세상에서 도는 보이지 않는데, 보이는 것 가운데 가장 도에 가까운 것이 바로 물이다. 물로써 도를 설명하고 있는 『도덕경』의 제8장은 매우 유명하다. 노자는 최고의 선은 물과 같다고 하였다.

물의 성질은 다음 세 가지이다. 첫째, 물은 만물을 이롭게 한다. 비와 이슬이 되어 만물을 생육하는 것이 바로 물이다. 둘째, 물은 남과 다투지 않는다. 여기서 다투지 않는다는 것은 가장 과학적이고 합리적인 방식으로 실천한다는 뜻이다. 인간은 주체적 역량이 미흡하거나 객관적 조건이 미성숙한 상태에서 과도한 목표를 추구하는 경우에는 그 진행 과정이 순조롭지 못하고 당연히 다투는 형국이 된다. 너른 평지를 만나면 거울 같은 수평을 이루어 유유히 하늘을 담고 구름을 보내기도 한다. 셋째, 물은 사람들이 싫어하는 곳에 처한다. 항상 낮은 곳에 있다는 뜻이다. 이 경우 낮다는 것은 반드시 그 위치가 낮다는 의미가 아니다. 비천한 곳, 소외된 곳, 억압받는 곳 등 여러 가지 의미로 치환되기도 한다. 그러므로 물의 마음으로 사는 시인은 더욱 행복할 수가 있다.

6

김주곤 시인의 많은 작품을 살펴본 결과 대부분 시적인 기교보다는 마음에서 우러나온 진솔하고도 직설적인 표현으로 일관하고 있음을 발견할 수 있었다. 다소 거친 듯하면서도 정감 있고 깊은 깨달음의 세계를 문학으로 형상화한 김주곤 시인의 문학세계는 한마디로 말해 시의 미학적인 접근방법과 사상적 접근방법 사이에서 고민한 흔적이 드러나 보인다. 그럼에도 불구하고 시인은 그동안 발표한 작품들을 통해 문학적 성과를 거두고 있다. 이런 면에서 우리는 문학과 사상이라는 측면에서 문학의 본질을 재평가해야 할 줄 안다. 제5시집 『소리 없는 소리』의 해설을 쓴 시인 이태수는 김주곤을 다음처럼 말하고 있다.

우리 시, 우리 시인

시대의 흐름이나 유행과는 아랑곳하지 않고 오로지 나름의 구도자적 외
길 걷기를 감내하면서 풍류정신이 떠받드는 전통적인 서정세계를 일구고
가꾸는 점이 이 시인의 고집스런 미덕이 아닐까 한다. 거의 모든 시편들은
서정적 자아가 불교적 세계관이나 동양적 지혜와 인생관과 만나고 그에 따
르면서도 그 바탕에는 어김없이 향토적 토속적 정서와 풍류정신이 자리매
김하고 있지 않은가.

이태수 시인은 김주곤 시인을 가리켜 동양적 지혜와 인생관을 지니고
향토적 토속적 풍류정신을 가진 구도자의 길을 걷는 인물이라고 했다.
그런 면모는 다음 시에서도 확연하게 드러난다.

삼계(三界)가 안락한 나의 집이요
화택(火宅)에서 낮잠 자다 깨어보니
찰나의 인생살이 뜬 구름 같구려
영생할 서방정토 찾아야 하겠구나.

고향 땅 선무산 백일홍은 붉게 피었는데
뜰 앞 매화꽃 향기는 입을 다물고
아침상에 앉은 봉숭아는 무릉도원 이야기
부평초 같은 인간세상 무애가나 불러볼까.

가슴속 뜬 달 허공을 밝게 할 때
다정한 달빛은 내 마음 밝게 하니
혼탁한 온누리 복사꽃 피우고
지구 한 모퉁이 창칼 놓고 평화 노래 불러볼까.

—「평상심(平常心)」 전문

평론가 채수영은 김주곤 시인의 특성 가운데 하나를 식물성이라고 말
한 바 있다. 역시 이 작품에도 백일홍, 매화꽃, 봉숭아, 복사꽃 등의 꽃

이 등장한다. 여기에서 꽃들은 평화의 상징인 것이다. 세상 모든 것이 허무하고 헛되지만, 꽃들과 함께 '다정한 달빛'이 있어 시인이 그토록 원하는 무애가(无涯歌)를 부를 수 있다.

> 눈보라 몰아치는 칠흑 같은 밤
> 칡넝쿨 속 같은 엄나무가시 길을 막아도
> 태양 같은 정열을 토하는 상아탑
> 대지에 구름 타고 씨 뿌리는 흙의 선비

　　마지막으로 인용한 작품은 「자화상」이다. 시인은 자신을 가리켜 '흙의 선비'라고 부르기를 마다하지 않는다. 그 이유는 시인의 간절한 소망이 바로 '흙의 선비'로 살아가는 자신의 미래 모습이기 때문이다. 그러나 시인 김주곤 교수의 현재 모습은 이미 '흙의 선비'다운 풍모를 보이고 있다. 교수로서, 선비로서, 시인으로 살면서 언제나 고향 자계마을을 마음에 품고 있는 그는 '흙의 선비'라는 이름이 가장 잘 어울리는 사람이다. 그리고 참선의 수행과 관조의 시선으로 내면의 길을 닦는 이 시대의 구도자이다.

우리 시, 우리 시인

반성적 주체의 서정성

— 성동제 시집 『들꽃은 바람을 먹고 핀다』

1

성동제 시인은 지난해 10월 첫 시집 『마중물 붓는 마음』(문학예술 출판부, 2012)을 펴냈다. 그런데 6개월의 시간이 채 가기 전에 두 번째 시집 『들꽃은 바람을 먹고 핀다』(월간문학사)를 상재한다고 한다. 2012년 『문학예술』지 시 부문 신인상 수상을 통해 등단한 것이 고희를 훌쩍 넘긴 나이였음을 감안한다면 이처럼 집중적으로 시집을 펴낸다는 사실이 믿어지지 않는다. 이로 미루어 가슴속에서 쉬임없이 끓어 넘치는 그간의 창작 욕구를 어떻게 참아왔는지 모를 일이다. "버릇거리며 걷는다/너무 쉰 탓에/턱없는 종잘걸음//먼저 걷고 간 사람/어디쯤 간 걸까//고양이/생선 물고 간 뒤/허리 굽혀/신발끈 조인다"(「늦은 출발」)라고 술회한 대로 그는 뒤늦게나마 솟아오르는 창작욕을 안으로 다스리고 있었던 모양이다.

그의 시는 다양하다. 여기에서 다양하다는 말은 소재뿐만 아니라 형식에서도 그렇다는 뜻이다. 이번 시집은 모두 4부로 나누어져 있는데

제1부에 게재된 작품들은 자연을 소재로 하고 있고, 제2부는 인생에 대한 성찰과 더불어 삶의 가치 추구를 소재로 하고 있다. 제3부는 형태상 시조에 속하는 작품들이다. 다음 제4부에 수록된 작품은 장르상 종교시에 속한다. 그의 작품은 서정시가 주를 이룬다. 서정시의 특징은 먼저 이것이 본질적으로 음악과 의미의 융합이며 짧은 것이라는 점에 있다. 또한 이것은 주관적인 개인의식의 반영인 동시에 구체적인 현실성의 구현이다. 조동일에 의하면 기존 서정시의 용법은 "작품 외적 세계의 개입 없는 자아의 세계화"이다. 주체의 모노드라마라고 볼 수 있겠다. 우리가 흔히 생각하는 서정시는 통합과 일체의 서정시이나 그것과는 다르게 분리와 소외의 서정시도 존재한다. 그러나 반드시 특별한 표상이 특정한 정서를 환기하는 것은 아니다. 다만 서정시는 정념이 발원하는 표상이나 정념의 유로를 지시하는 표상, 정념이 안착하는 표상에 의해 만들어질 뿐이다. 서정시는 주체의 정서 표출을 목적으로 하는 시다. 이는 주체와 객체 사이에서 야기되는 만족과 불만족, 행복과 불행으로 측정할 수 있는데, 이성적인 주체와 이성적인 언어로 대상에 관한 새로운 인식을 보이는 비서정시와 비교할 수 있다.

성동제의 이번 시집에는 현실의 절망 속에서도 미래에 대한 희망을 잃지 않는 낭만적 주체의 목소리 대신 변화된 세계와 삶의 국면 속에서 자신의 내면을 응시하며 엄중하게 자신을 질책하고 새롭게 나아갈 길을 모색하는 반성적 주체의 목소리가 담겨 있다.

2

우리나라를 포함한 동양에서는 특히 시의 소재를 자연에서 많이 찾고

 우리 시, 우리 시인

있는데 이는 자연을 인간 삶의 이용물로 치부하는 서양과는 달리, 자연과 함께 더불어 사는, 즉 자연과 인간을 대등한 위치에서 보려는 사고에서 온 것이다.

노자는 『도덕경』에서 "사람은 땅을 본받고, 땅은 하늘을 본받으며, 하늘은 도를 본받고, 도는 자연을 본받는다."고 했는데 여기에서의 자연은 정신적인 자연을 말한다. 그래서 동양에서의 자연은 선비의 도도한 정신이었고, 정신적 표상이 되기도 하였다. 시인 이성교는 "자연은 우리에게 물질적으로 무한한 삶의 자원을 공급해주며 또한 정신적으로 무한한 위안과 기쁨을 준다."고 말하였으며, 자연은 우리 민족의 중요한 생활의 대상이었고 또한 정신의 고향이라고 할 수 있다. 그러나 시인들은 자연을 소재로 하면서도 바라보는 눈이 다르기 때문에 그 표현에 많은 차이가 보이고 있다. 시집의 제1부에 수록된 작품은 자연을 소재로 하고는 있지만, 단순한 자연예찬은 아니다.

목마름 풀어줄 강
언제나 발아래 두고
여덟 봉 정상의 눈
아득한 들녘 지킴이

우거진 솔향에 취해
가늠없이 올랐다간
자춤거리기 일쑤

등산로 낼 수 없어
물 흘러 길이 된 계곡
급경사에 험준한 산세

칼바위 사봉(四峯) 돌아들면
자궁 닮은 해산굴(解産窟)

어뜩비뜩 살찐 몸
빠져나옴은 불가항력
먼 길 돌아오는 도리뿐

—「팔봉산」 전문

자연에 다가가기 위해 시적 화자는 팔봉산에 오른다. "우거진 솔향"
에 취하고 "목마름 풀어줄 강"을 바라보기 위함이다. '솔향'과 '해갈'을
찾음은 현실에서 지친 화자의 내면이다. 그렇지만 산은 순순히 자신을
보여주지 않는다. 산은 '등산로'도 내어주지 않고 "어뜩비뜩 살찐 몸/빠
져나옴은 불가항력/먼 길 돌아오는 도리뿐"임을 일러준다. 자연이 알려
주는 화자 자신의 모습이다. 우리는 누구나 성(聖)을 기대한다. 그러나
우리는 누구나 속(俗)에 머무를 수밖에 없다. 높은 것을 지향하지만 언제
나 낮은 곳에 처하게 마련이다. 여기에서 주체와 대상 사이의 길항이 생
기지만, 시인은 다시 자신의 삶을 되돌아보는 반성적 주체가 된다.

어벌쩡 용심부려도
분별없이 괴롭혀도
웃음 오가던 그곳

지지랑물 손끝 튕기고
종주먹 내지르며
뛰놀던 해돋이 마을

나이만큼 자란 그리움에
키보다 길어진 한숨

 　　　　　　　　　　　　　　　　　　　　　우리 시, 우리 시인

마냥 떠올리는 어린 시절
그때 그 추억들

언제까지
버티기로 견딜 건가
언제 가게 될는지
몽돌 깔린 그 해안

—「쏟아지는 그리움」 부분

여기에서 그리움이라는 감정적 매개가 화자의 어린 시절을 회상시킨다. 어린 시절은 '웃음'으로 대변되고, 어른이 된 지금은 '한숨'으로 대치된다. 그리움은 어떤 대상을 좋아하거나 곁에 두고 싶어 하지만 그럴 수 없어서 애타는 마음이거나 과거의 경험이나 추억을 그리는 애틋한 마음을 뜻한다. 그리움은 우리가 쫓겨날 염려를 하지 않아도 되는 최후의 낙원이다. 시인의 그리움의 대상은 "몽돌 깔린 그 해안"이다. 시간과 공간을 초월해서 존재하는 곳이다. 공간을 건너 그곳에 다시 갈 수는 있겠지만, 그때는 이미 사라지고 없다. 그리움의 대상이 사라지고 없을 때 우리는 아픔을 느낀다. 당나라의 백낙천(白樂天)이 지은 「장한가(長恨歌)」는 저승의 양귀비가 이승의 현종에 대한 그리움을 표현한 작품이다. 아득한 시간과 공간을 넘나드는 그리움이 우리를 아프게 한다.

마른 가지에 파란 물감 점점이 돋아
마파람 풀내 콧등에 들면
성급한 종다리 찾아오겠지

대한(大寒) 간 지 달소수되었으니
기다림 없어도 대지 갈라지어

예저기 눈트는 발싸심

전령된 훈풍 찾아오면
동구 밖 개천마다
봄기운 널따랗게 머물러
색색의 꽃 피울 그날 예약하겠다

—「봄의 예감」 부분

　　그렇지만 시인은 봄이 다시 찾아오리라는 것을 예감한다. "발싸심"하며 기다린 봄이 "마른 가지"에 "파란 물감 점점이 돋아" 나오게 하고, "색색의 꽃"을 피울 것을 알고 있다. 삶은 계절처럼 순환된다. 혹독한 겨울이 지나면 봄은 반드시 온다. 시인에게 봄은 '훈풍'과 '꽃'으로 기억된다. 시인에게 '꽃'은 생명의 표지이다.

들꽃
바람 불러내어
참따랗게 먹음질 시작하면
어느새 낌새챈 새들과 나비
축하 비행해 준다

따사로운 바람에 배 불리면
철쭉 되어 나붓거리고
해풍이 잎잎에 스며들면
노랗게 익는 해국이 된다

콧등 빨갛게 달구어지면
계절 손[客] 먹구름 초대 해
마른 가지 위에 흰꽃 피워 내고

우리 시, 우리 시인

뒤울이바람 더금더금 얻어맞아
곱다란 멍 자욱 입혀지어
넘내리며 파랗다
꽃들이
모두의 속가슴에 젖어들어
다양한 꽃잎 잉걸불로 살아있다

위는 작품 「들꽃은 바람 먹고 핀다」의 전문이다. 이를 보면 시인에게
‘꽃’은 생명의 표지로 인식되고 있다는 사실이 한결 두드러진다. ‘꽃’이
“모두의 속가슴”에 젖어들어 ‘잉걸불’로 살아있음을 시인은 알고 있다.

3

전통적인 서정은 자아와 세계의 동일화에 바탕을 둔 공감과 확산으로
시적 감동을 이해해왔다. 이 감동은 서정적 감동과 파토스적 감동으로
설명된다. 서정적 감동은 조화의 감정이며 파토스적 감동은 자아와 비
자아의 대립, 갈등을 전제로 한다. 그러나 서정적 감동과 파토스적 감동
은 서로 괴리하여 존재하지는 않는다. 조화, 그리움, 동경의 정서는 부
조화, 결핍, 아픔을 동시에 환기시킨다. 성동제의 시세계에는 서정적 감
동이 주가 되어 있지만, 파토스적 감동 역시 강화된다. 이는 단지 세계
를 미화하기 위한 것이 아니라 삶에 대한 엄중한 반성의 결과, 부정한
세계와 순정한 자아가 마주하여 비판하고, 그것이 삶의 주체라는 차원
에서 최선이라는 사실이 작품에 표현되어 있음을 의미한다. 영국의 시
인 아놀드(M. Arnold)는 “시는 인생을 비평하는 것이요, 비평은 최선을
추구하는 것”이라고 말한 바 있다. 성동제 시인의 작품에서 우리는 “시

정신은 바로 인생에서 최선을 추구하는 정신"이라는 시인의 자세를 엿
볼 수 있다.

> 그 분 앞에 서면
> 털끝으로 작아지는
> 나
>
> 비오는 날 우산 같고
> 한겨울 갖저고리 같은
> 바로 그 사람
>
> 지금 찾아가면
> 부재는 아닐는지
>
> 전화부터 해 볼까
> 받지 않음 어쩌지
>
> ―「그 사람」 전문

　　그리움의 대상은 '그 분'이다. '그 분'은 시인에게 "비오는 날 우산"과
같은 존재이고 "한겨울 갖저고리" 같은 존재이다. 나는 '그 분'을 동경
하지만 '그 분'은 내게 결핍의 존재일 수도 있다. 그래서 "전화부터 해
볼까" 하고 '그 분'의 존재를 확인하려고 하지만 "받지 않음 어쩌지"라
는 저어함이 앞선다. 결핍은 아픔을 동반한다. 서정적 자아가 조화를 전
제로 함에도 불구하고 시인은 오히려 대립과 갈등을 표현하기도 한다.
자연과의 조화를 욕망하는 시인은 어두운 현실에 대해서는 일침을 주저
하지 않는다. 여기에서 시인이 결벽성의 소유자라는 사실이 드러난다.
그래서 자주 자아와 세계와의 단절을 느낀다.

　　　　　　　　　　　　　　　　　우리 시, 우리 시인

손잡이에 화려한 욕구 걸어
어렵사리 당기면
와르르 쏟아지는 실망

삶의 무거운 짐 올려놓고
속셈 벅차도록 당겨 보지만
허무로 성숙된 불협화음뿐

돌아서려다 다시 한 번
거머채는 기대치에
흩어지는 돼지꿈 풍선

—「슬롯머신」 부분

일확천금을 꿈꾸며 슬롯머신의 손잡이를 잡아당기는 세상 사람들의 헛된 "흩어지는 돼지꿈 풍선"을 보며 시인은 '실망'과 '허무'를 떠올린다. 허무는 인생을 기만한다. 허무는 '값없는 인생'이라고 규정하기도 한다.

땅으로 내린 숨구멍
생령 비벼진 몸 되어
참따랗게 아래만 본다

작은 몸 마중 나가
실답게 잠자는 이들 깨워
용오름으로 힘차게 불러내면
하얗게 자유하는 포말

어둠에 갇힌 째마리들
조붓한 공간에서 풀려나

변화무상 조화 이루며
할 일 하게 되는 기쁨

먼 사람 가직이 다가가
언제나 곁꾼 되어 살면서
더럽고 지저분함 씻어내고
스스로 고지랑물 되었다가
한 올 따사로운 햇살 만나
승천하여 구름으로 오가더니
또 다른 구름 만나
새로운 마중물로 더 큰 탄생

상그러운 단비되어
새들 나는 공간 정화시키고
크고 작은 내 되어
나라마다 야무진 동맥 만들고
갈라진 땅 흥건히 적시어
사람 얼굴 번드럽게 가꾸는
신이 빚은 조라술

때로는 순백의 눈[雪]되어
시린 한겨울 내내
천 필 만 필 이부자리로
천하를 보듬다가
물 되어 땅 속 스며들면
고개 치올려 기다리는
마중물

—「마중물 2」 전문

시인에게 세상은 어둡고 더럽고 지저분함으로 인식된다. 그런 세상을

  우리 시, 우리 시인

불식시키는 것이 "할 일 하게 되는 기쁨"이다. '마중물'은 시인의 자호(自號)다. 마중물은 새롭고 맑은 물을 길어 올리기 위한 한 바가지의 물이다. 그래서 시인은 "물 되어 땅 속 스며들면/고개 치올려 기다리는/마중물"이 되기를 마다하지 않는다. 수동식 펌프질을 멈추면 얼마 있지 않아 펌프 속의 물은 땅속으로 스며든다. 물을 다시 끌어올리기 위해서는 꼭 마중물이 필요하다. 이 시에는 하강 이미지와 상승 이미지가 드러나 있다. 하강 이미지는 '떨어진다', '기울다', '눈물' 등 시적 화자가 부정하거나 고통스러워하는 대상, 또는 소멸의 의미를 지닌 시어에 의해 형성된다. 한편 상승 이미지는 시적 화자가 지향하고 긍정하는 느낌을 주는 시어에 의해 형성되며, '나무'나 '탑', '불', '새', '올라가다' 등이 주는 이미지가 여기에 해당된다. 이 시에서 "땅으로 내린 숨구멍/생령 비벼진 몸 되어/참따랗게 아래만 본다"는 하강 이미지에 해당된다. 그리고 "고개 치올려 기다리는/마중물"은 상승 이미지다. 시인은 언제나 사상(事象)의 '마중물'이 되기를 마다하지 않는다.

4

　시인은 자유시뿐만 아니라 우리 전통의 정형시인 시조 창작에도 열과 성을 보인다. 시조의 생명은 압축이라는 형식미에 있다. 특히 3장의 단시조는 압축된 표현을 근간으로 한다. 성 시인은 이번 시집에서 단시조보다는 연시조를 많이 발표한다. 아무래도 자유시가 가지고 있는 형식의 파괴에서 벗어나기는 어려웠던 것은 아닌가 싶다. 소재는 다양하다. 아래 시는 두고 온 고향과 옛 친구를 추억하는 내용이다.

두고 온 사람들을
어쩌다 잊었는가

흰 머리 숭숭 빠져
민둥산 되고 나니

그래도 생각나는 건
콧물 줄줄 벗이네

금족령 내릴 적에
내걷지 말을 것을

이제 와 깨달은들
깨어진 쪽박이지

덩둘한 소견머리로
아픈 가슴 곪는다

—「회상」 부분

그러나 어린 시절을 보낸 고향과 함께 어울리던 동무들에 얽힌 회상
은 아픔뿐이다. 봄이 되면 '절량농가(絕糧農家)'가 동네 이웃에 쌔고 쌨
다. 쑥 같은 나물과 송기(松肌)로 끼니를 대신했다. '배고픈 설움'에 눈물
흘리던 시절이었다. 시인은 그 시절의 아픔과 서러움을 기억한다. 그러
면서도 고향과 어린 동무들은 회상의 대상으로 아름답게 채색된다.

저마다 짜발량이
붙들고 살던 시대

온 마을 훑어 봐도

우리 시, 우리 시인

굴뚝연기 없어라

대물림
보릿고개로
눈물 먹고 살았다

서러움 서러움이
배고픔 서러움이

온가족 후벼파며
아픔 짙게 했는데

하마나
모두 잊혀진
과거사라 하느냐

보릿재
지금에도
못 넘는 이웃 있어

상생의 기치 올려
배려로 다독이면

사랑이
샐닢일망정
겨자씨로 크겠다

—「보릿고개」 부분

그 어렵고 가난했던 모진 시간을 그래도 견딜 수 있었던 것은 이웃 사
이의 관심과 배려 덕분에 현실을 견디고 상생할 수 있었던 것이다. 그것

이 한 알의 겨자씨가 되어 열매를 맺었지만, 지금껏 빈곤에 허덕이는 이
웃을 위한 사랑의 실천이 다시 필요함을 낮은 목소리로나마 외치는 이
가 바로 성동제 시인이다.

5

　인류의 영원한 교육학자 페스탈로치(J. H. Pestarozzi)는 "하느님에 대
한 신앙은 인류의 본질 속에 숨어 있다. 선과 악을 가려내는 감각과 같
이 옳음과 그릇됨을 분별하는 강한 감정과 같이, 신앙은 인간 도야의 밑
바탕이며 우리의 본성에 튼튼히 자리 잡고 있다."고 말했다. 이 말은 우
리가 태생적으로 무엇인가에 믿고 의지하면서 인격을 키워나간다는 뜻
이다. 또 시인 롱펠로우(H. W. Longfellow)는 "마음이 반짝이고 소박한
사람은 신과 자연을 믿는 법이다."라고 하였다. 성동제 시인은 마음이
매우 소박하다.

> 대지의 구석구석 빗질하고
> 겹으로 닫혀진 마음 문 열면
> 이웃 머물 텃밭 있다며
> 한 해 한 해 다짐꽃 피우지만
> 욕망 끌어안고 살아온 세월들
> 목 돌려 끝자락 내려다보면
> 물안개로 퍼지는 허무
>
> 첫날 결심을 하늘에 매달아
> 자아 성숙시킬 때
>
> 한 해만이라도

하루같이 남 위해 기도하는
고운 두 손이고저

주여
두렵지 않은 삶을 살도록
제 지혜에 성호를 그어 주소서

남겨진 날들
우수리로 살지 않고
하뭇한 믿음으로 살게 하소서

—「아침에」 부분

시인이 하느님께 기도하는 것은 "두렵지 않은 삶을 살도록/제 지혜에
성호를 그어" 주기를 바라는 내용이다. 기복(祈福)이나 영달(榮達)이나 건
강(健康)이 아니라 "남겨진 날들/우수리로 살지 않고/하뭇한 믿음으로
살게 하소서"라고 기도한다.

반벙어리 입술 손대시어
에파타라고 외치시자
질병에서 놓임 받아
굳은 입 풀리었네

멀쩡한 육신 갖고도
심약하여 닫혀진 마음
대화 없어 외톨로 지내니
가엾은 반벙어리

어뜩비뜩 얼치기 영혼
여태껏 바로 세우지 못함은

세상 첨벙 살아온 설영혼

천주의 아들 예수그리스도님
저에게 에파타라고 소리쳐
닫혀진 마음과 영혼
열리게 하옵소서

—「에파타」 부분

　"에파타(깨어라)" 하고 소리치는 대상은 시인 자신이다. 지금껏 "어뜩 비뜩 얼치기 영혼/여태껏 바로 세우지 못함은/세상 첨벙 살아온 설영혼"을 버리고 "닫혀진 마음과 영혼/열리게" 되기를 간절히 기도한다. 그러기 위하여 먼저 '깨어나야' 한다. 회개한 사도 바울처럼 '낡은 인생'을 버리고 '새 인생'으로서 삶을 살겠다는 자세를 새삼 다진다.

세상 끝날까지
너희와 함께 있겠다
내 평화를 네게 주노라
주님 말씀

이웃 곁에 머물러
성령으로 안위 내고
심신 다해 도우리라

당신과 나
우리로 일체되어
말씀 영혼에 담아
사랑의 언어 나눔은
에움길을 곧은길로 펴
온유 넘치게 하는 지름길

—「사랑의 언어」 전문

우리 시, 우리 시인

화자는 뒤늦게 시작한 시인의 길을 가고자 다짐한다. 태초에 있었던 '말씀'의 언어로 시작에 임하려는 마음가짐이다. 태초의 말씀이 어떤 것인지는 아무도 모른다. 그러나 그것이 사랑의 언어임에는 틀림이 없다.

6

시인은 우리 어휘를 고르는 데 여간 노력을 기울이지 않는다. 작품에 우리 고유의 언어나 잊힌 고어를 찾아 시어로 사용한다. 그러다 보니 대부분의 작품에는 어휘에 대한 주석이 붙는다. 이런 시인의 자세에는 공과가 있게 마련이다. 언어의 조탁이 문학 발전에 기여함도 사실이지만, 자칫 작품을 생경한 분위기로 이끌어 갈 수 있음도 사실이다. 벽초(碧初)의 소설『임꺽정』이나 백석(白石)의 시작들이 "우리 언어의 보고"라는 세평을 듣고 있지만, 성 시인의 작품에 나타난 시어들은 경남 지역의 방언이 더러 섞여 있음도 유의해야 할 사항 가운데 하나이다.

끝으로 성동제 시인의 시들을 살펴보면서, 그가 이 시대의 '딸깍발이'라는 생각을 언뜻 떠올렸다. 자연을 벗하고 신앙과 정의를 가까이 하면서, 불의한 현실에 대해 일갈할 줄 아는 시인, 그러면서 유난히 시어의 선택에 골몰하는 시인—그는 이 시대에 흔히 볼 수 없는 꼿꼿한 선비 가운데 한 사람이다. 그리고 반성적 주체로써 자연과 사회를 바라보는 정서를 가진 시인이다.

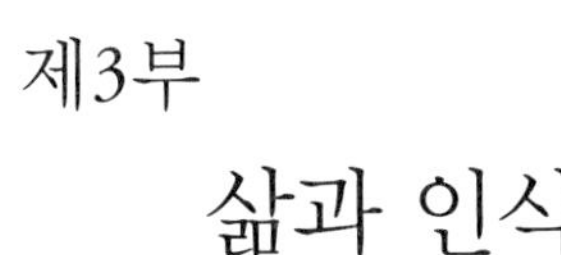

제3부

삶과 인식

참말과 거짓말, 역설의 시학

— 유안진 시집 『둥근 세모꼴』

유안진 시인이 최근 시집 『둥근 세모꼴』(서정시학)을 펴냈다. 짧은 형태의 서정시가 중심을 이룬다. 시작법이라는 측면에서 볼 때 직전 시집인 『거짓말로 참말하기』를 한층 심화시킨 것이라는 게 시인의 설명이다. 1967년 『현대문학』의 3회 추천 완료로 등단한 유 시인은 첫 시집 『달하』를 비롯하여 『물로 바람으로』, 『날개옷』, 『월령가 쑥대머리』, 『구름의 딸이요 바람의 연인이어라』, 『다보탑을 줍다』, 『거짓말로 참말하기』, 『알고(考)』 등 14권의 시집과 『세한도 가는 길』, 『빈 가슴을 채울 한마디 말』 등 시선집 13권, 『지란지교를 꿈꾸며』 등 다수의 수필집 등을 낸 바 있다. 그의 열다섯 번째에 해당되는 이번 시집의 제목이 하필 『둥근 세모꼴』일까? '둥근 세모꼴'이란 당초 있을 수 없다. 이는 한마디로 역설이다. 외관상 자가당착적인 진술을 우리는 역설이라고 한다. 역설의 저변에 깔려 있는 의미를 파악하려면 주의 깊은 음미가 필요하다. 역설의 목표는 듣는 사람의 흥미를 끌고 신선한 사고를 일으키는 데에 있다. 시에 있어서 역설의 기능은 단순한 재치나 흥미 유발에만 있지 않

다. 시에서 역설은 시어의 일부를 이루는 기교로써 오류와 진실 간의 긴
장을 동시에 담고 있는 것으로 간주하며, 그것은 반드시 전혀 의외의 단
어들을 늘어놓는 것뿐 아니라 단어의 일반적인 의미를 계속적으로 미묘
하게 바꾸는 것으로도 가능하다고 본다. 평론가 홍용희는 유안진의 시
세계를 "기우뚱한 시선을 통해 지극히 정상적이라는 것들이 얼마나 많
은 다수의 횡포였던가를 종요롭게 들추어낸다."고 평한 바 있다. 다음은
이번 시집의 서시에 해당한다.

> 밤중에 일어나 멍하니 앉아 있다
>
> 남이 나를 헤아리면 비판이 되지만
> 내가 나를 헤아리면 성찰이 되지
>
> 남이 터뜨려 주면 프라이감이 되지만
> 나 스스로 터뜨리면 병아리가 되지
>
> 환골탈태(換骨奪胎)는 그런 거겠지.
>
> ——「계란을 생각하며」 전문

　이 작품은 이번 시집의 성격을 잘 드러낸 것이라고 할 수 있다. 환골
탈태와 모방의 거리는 종이 한 장 차이이다. 환골탈태란 글자 그대로 뼈
대를 바꾸어 끼고 태를 바꾸어 쓴다는, 고인의 시문의 형식을 바꾸어서
그 짜임새나 수법이 먼저 것보다 잘 되게 함을 뜻하는 말이다. 그러나
환골탈태와 모방은 어떤 기준으로 구분할 수 있는가. 시인 이혜선은 이
작품에서 자기성찰을 읽을 수 있다고 했다. '비판'과 '성찰', '프라이감'
과 '병아리'로 대조되는 화자의 진술은 우리 삶의 어느 한 부분이 된다.

 　　　　　　　　　　　　　　　　　　　　　　　　　　　우리 시, 우리 시인

유안진은 요즘 거짓말로 참말 하듯, 미처 깨닫지 못한 참말을 찾아 "진짜로 참말 하는 시인"이라는 말을 듣는 이유도 여기에 있다.

> 콩 심은 콩 밭에서 팥을 더 추수한다
>
> 뱁새가 황새를 앞질러서 날고 있다
>
> 인삼 밭에는 민들레가 더 무성하다
>
> 통쾌한 21세기
> 팥으로 메주 쑤고, 황새보다 뱁새, 인삼보다 민들레래.
>
> —「운명, 조롱당하다」전문

이 시는 재미있고 해학적이고 기발하다. 시인은 「시인의 말」에서 "시 쓰기에서도 언어예술의 장치로서, 거짓말로 참말하고 싶고, 부정함으로써 긍정하고 싶어져, 말 되게도 말 안 되게도, 미문(未文)으로도 비문(非文)으로도 주절거리면서, 시 쓰기를 혼자 노는 방법이라고 생각한다면, 공부가 모자란다는 것을 스스로 폭로하는 것일 수도 있겠지만, 본래 약점이란 남이 아닌 스스로를 들춰보는 게 아닌가."라고 말한다. 이는 시인 박찬일이 지적한 "부정의 부정, 혹은 가상의 가상이라는 점에서 니힐리즘의 꼭대기에 올라가 있다."는 평에 부합된다.

> 산으로 갔는데 강이었고
> 바다로 떠났는데 사막에 와 있었다
> 내가 가장 나다워질 수 있는 훗날 거기 찾아
> 거꾸로 로꾸거로 갈팡질팡 반세기
> 매미의, 귀뚜라미의, 알프래드 드 뮈세의

평생업적이 울음이었다 해서
헤매임도 업적이 되나요?

—「업적」 전문

과학이 사실을 탐구하는 학문이라면 문학은 진실을 찾는 예술이다. "산으로 갔는데 강이었고/바다로 떠났는데 사막이었다"는 사실과 진실이 얼마나 다를 수 있는가를 보여준다. 과학은 참말을 참말로 해야 되고, 문학은 거짓말을 참말처럼 할 수 있는 것이다. 그것은 우리 삶이 사실보다는 진실을 더욱 필요로 하기 때문이다. 그래서 시인은 "헤매임도 업적이 되나요?"라고 천연덕스럽게 반문한다. 우리 삶은 이처럼 헤매임의 연속이다. "붕어빵엔 붕어 없고/국화빵엔 국화 없네, 내가 노래하면/칼국수엔 칼이 없고/빈대떡엔 빈대 없네, 따라하는 엄마"(「엄마 딸이 더 좋아」)의 경우도 마찬가지다. 대단한 역설의 미학이라고 할 수 있다. 그리고 그 역설 가운데 우리 삶의 진실을 꿰뚫는 시인의 날카로운 시선이 자리한다.

봤을까?
날 알아봤을까?

—「옛날 애인」 전문

얼마나 명쾌한 표현인가? 시인은 옛 애인이 자기를 알아보아주기를 바란다. 그러나 알아보지 못할 경우가 더 많다. 안타까울 것이다. 그런 조바심을 단지 2행의 구절로 표현한다. 단행시는 유안진 시의 특색 가운데 하나이다. 이번 시집에 수록된 59편 가운데 2행시가 2편, 3행시가 7편, 4행시가 6편, 모두 15편이나 된다. 1/4의 분량이다. 다른 작품의 경

우리 시, 우리 시인

우도 10행이 넘는 작품이 거의 없다. 그것은 시인이 그만큼 수다스럽지 않고 말을 아낀다는 것이다.

유안진 시인은 자신을 가리켜 "늘 거짓말로 참말하려 하고, 부정함으로써 긍정하려 하고, 패배함으로써 승리하고 싶고, 넘어짐으로써 일어서려 하고, 나약하기 때문에 강인해지고 싶고, 어리석음이 지혜라고 믿고 싶고, 게으름이 중요한 일 하는 거라고 믿고 싶고, 꿈꾸는 것이 행동하는 것이라고 믿고 싶은 자"(「시인의 말」)라고 이야기한다. 그러나 필자는 시인 유안진은 거짓말로 참말을 하는 시인이라기보다는 천연덕스럽게 거짓말을 하는 시인이라고 말하고 싶다. 이 참말다운 거짓말은 유안진 방식대로 삶에 대한 성찰의 한 방법이기도 하다.

삶과 죽음, 그 운명적 존재

— 이수익 시집 『처음으로 사랑을 들었다』

이수익 시인이 시집의 권두 「시인의 말」에서 "새로운 소망, 새로운 이끌림, 새로운 헌신, 새로운 갈망 등에 대해 마음을 열어놓고 친해지고 싶다."라고 밝힌 『처음으로 사랑을 들었다』(시학)는 『우울한 샹송』(1969) 이후 그의 열 번째 시집이다. 그리고 그것은 그가 병상을 떨치고 일어나 처음으로 엮은 시집이라는 점에서 눈여겨볼 만하다.

작품 「그리운 악마」(1995)는 그의 대표작 가운데 하나이다. 그는 여기에서 "숨겨 둔 정부 하나/있으면 좋겠다./몰래 나 홀로 찾아 드는/외진 골목길 끝, 그 집/불 밝은 창문/그리고 우리 둘 사이/숨 막히는 암호 하나 가졌으면 좋겠다."라고 발칙할 정도로 내밀한 자신의 속내를 드러낸다. 그에게 있어 존재의 전부인 시는 정부, 암호, 비밀, 전류 등과 같은 언어들로 재생되어 은밀한 상상을 부추긴다. 그건 시인에게 정부보다도 더 달콤하고 전류보다도 더 자극적인 대상이 바로 시이기 때문이다. 그만큼 시인에게 시는 절실한 존재의 의미이다.

또한 이수익은 시 「사진사」의 해설 격인 글 「나의 시 이렇게 쓴다」에서 "선명하게 작품의 형태를 드러내고 싶다는 표현은 시라는 농축된 형식 속에 최선의, 최대의 표현을 담고 싶다"고 말하면서 "주관적이면서도 객관적이 될 수밖에 없는 작품의 운명이 언어라는 매체를 통해 표현될 때 갖는 한계의 자유를 매우 유효적절하게 통제해보고 싶다. 그것을 '선명한 이미지 표출'로 나타내고 싶다."라고 자신의 시의 성격은 선명한 이미지에 있음을 시사하고 있다. 그만큼 시인은 새로운 시어 구사와 이미지 구현에 중점을 두고 시의 생명력을 불어넣고자 한다. 그런 그의 창작 태도는 이번 시집 가운데 "붉은 말이 달리고 있다/붉은 그 피가 뛰고 있다/붉은 혓바닥이 한없이 펄럭이고 있다."(「붉은 말」)에서처럼 선명한 붉은 색의 이미지를 '자유'로 인식하는 시적 언어로 되살아난다.

그리고 시인은 이미 사라져간 것들에 대한 그리움과 연민의 정을 드러낸다.

퇴락한 흙벽
말간 나뭇결이 힘줄처럼 비치는 마루
아— 하고 입을 벌린, 그늘진 몇 칸의 방과
부엌
작고 단순한 마당으로

이끼 낀 적막에 싸여 있는 집
해묵은 혼령의 찌꺼기 냄새와 빛깔을
고스란히 안은 채
줄 잇는 방문객들 앞에서 포즈를 취하는

그 집, 앤티크 상품처럼
고고한

—「생가」 부분

　　그러나 퇴락한 생가는 "앤티크 상품처럼 고고한" 존재 이상의 의미를 우리에게 전해준다. 거기에는 "해묵은 혼령의 찌꺼기 냄새와 빛깔"이 존재함으로써 비로소 시인에게 그리움의 이미지로 다가온다.

> 네 동백꽃이
> 땅으로 떨어졌다고
> 슬픈 일 아니다.
>
> 네 동백꽃이 땅으로 떨어져서
> 지상의 아름다운 화음이 되었다는 것을
> 알면,
> 그 처음 화사한 꽃망울의 부신 자멸(自滅)을
> 축복해 주어야 한다.
>
> 동백꽃은 참으로
> 위에서 떨어지는 것이 아니라
> 아래에서 위로
> 아래에서 위로
> 솟구치는,
> 번쩍이는 상승의 욕망이 있음을 알아차린다면
> 그것은 이미 4월에 끝나는 것이 아니다.
>
> ──「위로 솟구치는 꽃들」 부분

　　위의 작품은 봄이 지나 땅에 떨어지는 동백꽃을 바라보며, 4·19 무렵 꽃잎처럼 스러져간 학생들을 기리는 작품이다. 그건 시인에게 "화사한 꽃망울의 부신 자멸"로 다가왔고 "아래에서 위로 솟구치는 번쩍이는 상승"으로 인식된다. 피어 있는 동백꽃은 매우 아름답다. 지는 동백꽃은 보기에도 서럽다. 그래서 아름다움이 지는 서글픔이 한층 도드라져 보

　　　　　　　　　　　　　　　　　　　우리 시, 우리 시인

인다.

이수익의 작품에서는 구조적인 완결미와 함께 우수어린 아름다움이 느껴진다. 그의 작품은 방법적인 면에서 이미지즘의 경향을 띠고 있다면, 내용적인 면에서는 심미주의적 경향이 나타난다. 한마디로 그의 작품에는 이미지의 선명성과 그로 인한 아름다움이 진하게 느껴진다. 그건 그의 대부분의 작품에서 볼 수 있는 공통된 현상이다.

그러나 문제는 그 선명한 시의 구조 속에 담기는 내용들이 무엇인가에 있다. 시인은 그것을 사랑과 슬픔이라는 우리 고유의 전통적 정서로 채우고 있다. 그것이 바로 시인 이수익이 지니고 있는 시적 미학이다.

오늘에 불러내는 백제정신
— 문효치 시집 『왕인의 수염』

평론가 홍기삼은 시인 문효치를 일러 "백제의 시인"이라 지칭한다. 그 이유는 문효치가 기울이고 있는 시정신이랄까 시적 관심의 영역이 백제정신 또는 백제미의 깊은 천착에 있다는 사실에 주목하여야 하기 때문이다. 이것은 시적 성과에 대한 논의 이전에 시정신의 향방이나 기질에 관한 논의의 문제에 속한다고 봐야 할 관점의 문제이다. 그만큼 문효치 문학에 있어 백제는 빼놓을 수가 없다. 어느 날 문효치는 우연히도 덕수궁에서 있던 백제 유물 전시회에서 무령왕의 시신을 담았던 목관을 보았다. 오랜 세월을 견디고도 썩지 않은 목관을 보면서 시인은 "저 배(木棺)는 1천5백 년 전의 백제와 현대를 잇는 가교"라는 생각을 하게 된다. 그는 매주 주말마다 공주를 내려갔다. 시인과 백제와의 대화는 이렇게 시작된다.

백제의 역사는 신라처럼 역사의 전면에서 조명받지 못하고 감추어진 것이다. 신라에 의해 고구려와 백제가 차례로 멸망되고, 『삼국사기』나 『삼국유사』 등의 역사서는 신라의 입장에서 서술되었다. 다시 말해 고구려와 백제는 뒤안의 역사이다. 이에 대해 시인은 "백제가 매몰되고 역사가 전하지 않는 것에 대하여, 즉 여백이 많은 것에 대하여 또 다른 방법으로 접근한다. 그러기에 백제는 시인들의 상상력으로, 문학적으로 메워나갈 수 있다고 생각한다."고 술회한 바 있다. 시인의 백제에 대한 애착을 잘 드러낸 말이다.

따라서 시인은 죽음에 대한 문제의식을 갖게 된다. 1천5백 년 전 사람들의 매몰된 역사, 매몰된 한을 누가 풀어주겠는가. 그건 오늘에 사는 시인이나 작가가 그 시대적 배경과 환경을 연구하고 도공의, 석공의, 그리고 관을 짠 목수와 관에 들어간 무령왕의 마음으로 들어가 그들의 삶을 이해하고 위로하며 치유해주어야 하지 않겠는가, 하는 생각에서였다. 시인에게 있어서 죽음의 이미지는 낡은 것, 잊혀진 것, 한 세대 전이라는 박물들과 같이 한다. 역사의 시적 정체성을 만나기 위하여서는 그 역사가 지닌 모든 것들을 이해하고, 하나가 되는 마음가짐이 있어야 한다. 방에서 무덤으로 가는 전이는 생이 죽음으로 향하는 과정이지만 이것은 때로는 시인에 의해서 무덤에서 방이라는 역순환성도 가능하다. 죽음은 죽은 자와 하나가 됨으로써 그 정체성을 알 수 있다. 죽음과 수시로 왕래하고 친밀할 수 있는 건 시인이 바로 죽음과 하나가 되는 길밖에는 없다. 그 모든 과정이 시인과 백제가 하나 되고자 하는 작업이다.

그렇게 해서 탄생된 것이 『무령왕의 나무새』, 『백제의 달은 강물에 내려 출렁거리고』, 『백제 가는 길』, 『계백의 칼』, 『왕인의 수염』 등 다섯 권의 백제 시집들이다. 문효치 시의 본향은 남내리에 있다. 그래서 이번 시집에도 「백제시」와 「남내리 엽서」 연작들이 다수 수록되어 있다. 그러나 시인에게 있어서 전통의식의 본질은 연작 형태로 씌어진 백제시편에 잘 나타나 있다. 그래서 백제시편은 그의 시적 본질이 되어주기도 한다.

그 가운데 하나는 그의 전통의 현대적 접목이라는 시관의 실현을 위해 시적 소재 및 발상 근저를 백제에 두었다는 점이고, 다른 하나는 백제라는 과거세계로 현실을 전이시키고 있다는 점이다. 시인은 백제의 묻힌 역사를 발굴하여 현대 감각에 맞게 숨을 불어넣고 그 문화적 유전자를 보전하면서 우량유전자를 계발하여 새로운 문화를 창출해나가려 한다. 그의 시는 백제와 현대를 실어 나르는 배다.

시인 홍문표는 시인의 시집 『백제 가는 길』은 한마디로 이명의 시학이라고 하였다. 문효치는 이 시집의 책머리에서 "늘 지니고 사는 이명이 오늘은 더 크게 울린다"고 하였는데, 시집 전편에 흐르는 시적 화자의 발언은 시인 자신의 고백처럼 상당한 부분이 이명의 언어로 구성되고 있음을 알 수 있다. 여기서 이명이란 비밀한 방식으로 귀를 두들기는 지속적인 소리이다. 그것은 특정한 개인에게만 특정한 음성이나 메시지로 전달되는 내용이다. 여기서 특정한 개인이란 바로 특정한 시인임에 분명하다. 특정한 시인은 작품 속에서 비로소 세계를 인식하고 세계를 경험하고 세계를 발언하는 시적 자아를 획득하게 된다.

문효치는 이번 시집 『왕인의 수염』(연인M&B)에서 시의 무대를 해외로 넓혔다. 일본 속에 남아 있는 백제의 혼을 찾아 나선 것이다. 왕인은 백제인으로 일본 문명의 정신적 스승이다. 현재 일본에는 곳곳마다 왕인을 기리는 표석들이 남아 있다. 오히려 우리보다 더욱 백제다운 공간을 가진 나라가 일본이다. 시인은 일본을 여행하며 백제의 혼을 만난다. 그것은 백제 관음상, 지리불사, 쿠다라카와, 백제사, 왕인 묘역, 히까다 왕, 나라의 백제야, 구다라고도, 법륭사 석가 삼존상 등 유형·무형의 백제정신이다.

 우리 시, 우리 시인

바람으로 지은 집이 있다
바람으로 기둥을 세우고
바람으로 지붕도 대문도 방도 마당도 만들고

풀들이 들어와 살다가
그림자 벗어 걸어놓고 간
집이 있다

하늘에서 걸러낸
하얀 칠로
우울과 고뇌를 감춘 얼굴

부처님처럼 좌정하여
미소 짓고 있는 집이 있다

—「백제시— 백제사 터」 전문

백제사는 이미 퇴락했다. 그곳엔 바람만이 존재하고 풀들이 우거졌다. 그러나 시인은 그곳에서 "부처님처럼 좌정하여/미소 짓고 있는 집"을 본다. 역시 시공을 뛰어넘어 시인은 백제와 마주하고 있는 것이다.

그에게 있어서 백제는 다성적인 공간이다. 그의 시에서 백제는 다양한 의식이나 여러 사람들의 목소리들이 독립적인 실체로서 존재하는 공간이다. 거기에는 백제인들의 예술과 생활이 있으면서 동시에 과거의 시간과 오늘의 시간이 끊임없는 대화한다. 시인의 백제는 역사 속에서 소외된 시간이며, 서구 문화에 대한 우리 전통의 시간이고, 오늘 우리의 모습을 비추어 주는 거울 같은 공간이며, 본래 나의 발자취를 더듬을 수 있는 공간이다. 그리고 무엇보다 오랜 시간을 일거에 뛰어넘어 오늘에 다시 불러내는 불멸의 시공이다.

사물과 삶의 인식방법

— 홍신선 시집 『마음經』

이번 홍신선의 연작시집 『마음經』에는 「마음經」이라는 제목의 작품 60편이 실려 있다. 1991년부터 2011년까지 20여 년간에 걸쳐 이루어진 시작들이다. 이 기간 동안 시인은 선(禪)을 시의 화두로 삼아 창작에 몰두했고 이 시집은 그 결과를 우리에게 보여주는 존재이다. 선은 경론에 의하여 불교를 전하려고 하는 천태(天台), 화엄(華嚴) 등에 대하여 견성(見性)을 그 종지로 하며 좌선(坐禪)을 중시한다.

바짝 조여 맨 신발끈 풀고
먹다 만 빈 소주병 뒹구는 옆에
마음도 속속들이 느긋하게 풀어 놓고
노숙하는 노숙자처럼
낮 꿈에 든
금니(金泥) 점점이 벗어진
민대머리 한 명의 은밀한 골속에
성냥골만 한 햇볕들이 아직도 타고 있다.
인근이 환하게 밝다.

우리 시, 우리 시인

인사동 뒷골목길 좌판에
냉큼 올라앉은
목만 남은 저 불두(佛頭).

— 「마음經 29」 전문

위의 작품은 우리들이 오가며 볼 수 있는 인사동 뒷골목의 골동품 좌판에서 발견한 흔하디흔한 낡은 불두 하나를 그 소재로 삼았다. 금니가 칠해진 것으로 보아 어느 사찰의 유물이 분명한 불상의 몸체는 어디론가 사라지고 머리 부분만 남아 있다. 그러나 "민대머리 한 명의 은밀한 골속"에는 아직도 "성냥골만 한 햇볕"이 남아 주위를 환하게 밝힌다.

이 작품 속에서 "바짝 조여 맨 신발끈 풀고/먹다 만 빈 소주병"으로 형상화되어 있는 시인의 모습은 일상에 찌든 사부대중의 하나일 수밖에 없다. 그렇지만 "인사동 뒷골목길 좌판에/냉큼 올라앉은/목만 남은 저 불두"로 말미암아 "인근이 환하게" 밝아짐을 느낀다. 선종은 이심전심을 통해 교리를 설파한다. 시인은 불두를 통해 선의 실체에 접근한다. 금니가 벗겨진 불두라는 사물을 통해 새로이 삶을 인식한다. 깨달음은 수양도량 안에서만 이루어지는 것이 아니다. 인사동 뒷골목 좌판에 진열된 불두를 통해 얻어지기도 한다. 그건 성(性)이 객체적인 것이 아니라 주체적이기 때문이다. 불두라는 사물은 객체이지만 그것에서 우리는 주체적인 성을 보는 것이다. 바로 견즉성(見卽性)이다. 성을 보는 것은 체험이라고 한다. 적멸(寂滅)의 정락(靜樂)의 경지인 부처가 되는 길은 견즉성이라는 체험을 통해 도달한다.

홍신선 시인의 이번 시집 『마음經』은 선을 통해 적멸의 정락 경지를 이루고 싶은 시인의 간절한 마음을 담고 있다. 그것은 "나옴이 없으니

들어감도 없다는/없다 항렬 공부를/갓 시작한/선들바람 속 이 여름 망
초대의/내관(內觀)으로 들어가는 길이/까닭 모르게 넓고 한하다.”(「마음
經 34」)에서 더욱 구체화된다.

시인은 마음을 다스리기 위한 오랜 용맹정진 끝에 이번 시집을 상재
했다. 그러나 시인은 「책머리에」 말미에서 “이젠 몸의 아름다움에 대한
공부도 더 해볼 생각”이라는 소회를 밝힌다. 앞으로 시인의 새로운 시세
계를 엿볼 수 있으리라는 기대를 갖게 한다.

우리 시, 우리 시인

밑바닥 체험의 시적 승화

— 김신용 시집 『바자울에 기대다』

김신용은 1945년 부산에서 출생하여 14세 때부터 부랑생활, 지게꾼 등 온갖 밑바닥 직업을 전전하였으며, 1988년 시 전문 무크지 『현대시 사상』 1집에 「양동시편 — 뼉다귀집」 외 6편으로 등단하였다. 첫 시집 『버려진 사람들』(1988)을 발표할 당시 시인은 공사장 잡부였다. 그 후 충주 인근의 시골 마을 도장골에 들어가 텃밭을 일궈 먹을거리를 해결하면서 자연의 생명력을 노래하는 시들을 쓰다가, 지금은 경기도 시흥 소래포구에 살면서 시를 쓰고 있다. 시집 『버려진 사람들』, 『몽유 속을 걷다』, 『환상통』, 『도장골 시편』 등이 있다.

이처럼 인생의 밑바닥 삶을 시적 표현으로 승화시켜온 김신용 시인이 시집 『바자울에 기대다』(천년의 시작)를 펴냈다. 『도장골 시편』 이후 4년 만의 신작 시집이다. 이번 시집에서도 시인은 자신이 겪어온 인생의 쓰라림을 추억으로 길어 올린다. 시인에게 있어 진창으로 표현되는 인생의 밑바닥 체험은 무엇보다 소중하다. 누구처럼 밑바닥 인생을 혐오하거나 기피하지 않고 그 체험을 시로 승화시킬 줄 안다. 다음 작품은 이를 대표적으로 보여주고 있다.

> 수면 위에 뚜벅뚜벅 드리워진 마제형의 잎이, 지붕 같다
>
> 기억은, 수련 같다
>
> 몸이 연못인지, 뿌리는 몸의 진흙 속에 묻혀 있어서인지, 들판의 갈대숲
> 헤치다 만난 작은 웅덩이 같은 연못가에 앉으면, 그 기억은 수련처럼 피어
> 오른다.
> 의식의 물은 흐려져도……잠의 눈꺼풀을 열고 맑게 씻은 듯 피어오른다
>
> 그날, 그녀는 왜 지붕 위에 올라갔을까?
>
> 몸에 실오라기 하나 걸치지 않고 발가벗은 채, 마치 실성한 듯 지붕 위
> 에 올라가 먼 곳을 향해 손을 흔들고 있었을까? 아직 잠이 덜 깬 양동 빈민
> 굴의 이른 아침, 빈 허공뿐인, 흉터 같은 지붕들만 다닥다닥 붙은, 판잣집
> 지붕 위에 올라서서 도시의 석고 같은 하늘 저쪽을 향해, 그곳에 무엇이 있
> 는 듯, 그 무엇을 향해 애타게 손짓을 하는 듯 손을 흔들고 있었을까?
>
> ―「섬말시편―수련에 대하여」 부분

양동은 그의 시에 자주 등장하는 지명이다. 1970년대 중반까지 양동
은 이웃 도동, 종삼, 용산역 등과 더불어 유명한 사창가가 있었다. 지금
의 힐튼호텔과 대우빌딩이 있는 곳이다. 양동이라는 장소는 시간과 공
간의 변화 속에서 남대문로 5가로 바뀌었지만 그가 양동에서 보고 들은
경험을 통해 붙잡은 화두는 여전히 그가 몸담고 있는 장소에서 새롭게
재생되고 있는 것이다. 양동에는 가난에 찌든 젊은 여인들이 몸을 팔기
위해 모여들었다. '버려진 여인들'이었다. 때론 손님들과 화대문제로 악
다구니를 했다. 서울이란 거대한 도시의 관문에 자리 잡은 하나의 진창

   우리 시, 우리 시인

이었다. 시인은 진창에서 피어나는 연꽃의 모습을 그녀들에게서 보았다. 그것은 마치 진흙 속에 뿌리박은 연꽃처럼 하늘로 올라간다. 다시 말해 기억은 진창 속에 머무르되 그 기억의 의미는 하늘을 향하고 있는 것이다.

지금은 경기도 시흥시 인근의 소래포구에서 살고 있는 시인은 이번 시집에서 '섬말 시편' 연작을 선보인다. 시인이 거처하는 '섬말'의 풍경은 지나간 세월의 기억과 통증처럼 가라앉은 감각에 중첩되어 시인의 과거에 대한 응시의 시선을 깊이 함축한 포에지를 구축하고 있다. 예전 전남 완도군 신지도에 살면서 시집 『환상통』을 펴냈고, 충북 충주의 산골마을인 도장골에 살면서 『도장골 시편』을 묶어냈으며, 이번 시집은 소래포구를 시적 공간으로 삼았다. 시인은 자신이 거처하고 있는 장소를 매개로 하여 과거의 기억을 불러낸다는 점에서, 시인은 그의 시적 출발지점인 시간과 공간에 대한 기억을 여전히 그의 일상적 생활과 더불어 시적 화두로 삼고 있는 듯하다. 시집 『바자울에 기대다』에 수록된 시편에는 이전 시집 『환상통』에서 보여준 육체에 각인된 기억에 대한 성찰이 몸 바깥의 사물에 대한 교감의 시선으로 점차 확장되어 가는 모습이 잘 나타난다. 이런 특징은 『도장골 시편』에서도 시인의 거처 주변에 있는 사물과 풍경을 자신의 기억과 내면 속의 정서를 환기시키는 소재로 사용하는 방식을 통해 동일하게 나타난다.

집 앞, 언덕배기에 서 있는 감나무에 호박 한 덩이가 열렸다
언덕 밑 밭둔덕에 심어놓았던 호박의 넝쿨이, 여름 내내 기어올라 가지
에 매달아 놓은 것
잎이 무성할 때는 눈에 잘 띄지도 않더니
잎 지고 나니, 등걸에 끈질기게 뻗어 오른 넝쿨의 궤적이 힘줄처럼 도드

라져 보인다

　무거운 짐 지고 飛階를 오르느라 힘겨웠겠다. 저 넝쿨

　늦가을 서리가 내렸는데도 공중에 커다랗게 떠 있는 것을 보면

　한여름 내내 모래자갈 져날라 골조공사를 한 것 같다. 호박의 넝쿨

　땅바닥을 기면 편안히 열매 맺을 수도 있을 텐데

　밭둔덕의 부드러운 풀 위에 얹어놓을 수도 있을 텐데

　하필이면 가파른 언덕 위의 가지에 아슬아슬 매달아놓았을까? 저 호박

의 넝쿨

　그것을 보며 얼마나 공중정원을 짓고 싶었으면— 하고 비웃을 수도 있

는 일

　허공에 덩그라니 매달린 그 사상누각을 보며, 혀를 찰 수도 있는 일

　그러나 넝쿨은 그곳에 길이 있었기에 걸어갔을 것이다

　낭떠러지든 허구렁이든 다만 길이 있었기에 뻗어갔을 것이다

　모래바람 불어, 모래무덤이 생겼다 스러지고 스러졌다 생기는 사막을

걸어간 발자국들이 비단길을 만들었듯이

　그 길이, 누란을 건설했듯이

　다만 길이 있었기에 뻗어가, 저렇게 허공중에 열매를 매달아 놓았을 것

이다. 저 넝쿨

　가을이 와, 자신은 마른 새끼줄처럼 쇠잔해져가면서도

　그 끈질긴 집념의 집요한 포복으로, 불가능이라는 것의 등짝에

　마치 달인 듯, 동그랗게 호박 한 덩이를 떠올려놓았을 것이다

　오늘, 조심스레 사다리 놓고 올라가, 저 호박을 따리

　오래도록 옹기그릇에 받쳐 방에 장식해두리, 저 기어가는 것들의 힘.

—「도장골 시편 – 넝쿨의 힘」 전문

　시인은 '호박 넝쿨'을 "가을이 와, 자신은 마른 새끼줄처럼 쇠잔해져
가면서도" "끈질긴 집념의 집요한 포복"으로 삶을 포기하지 않는다. 그
삶은 '비단길'을 만들고 '누란'을 만든 힘이기도 하다. 농사를 짓는 일
은 호박이 넝쿨을 뻗듯 끈질긴 생명의 모습을 우리에게 알려준다.

　　　　　　　　　　　　　　　　　　　우리 시, 우리 시인

가시 돋은 연꽃이 있다기에 연꽃마을에 가서
가시연을 보고 온 날, 제 몸의 털 다 세워도 올올한
남루 하나 세워두지 못한 생, 갈대숲에 기대 놓는다
화엄은 사금파리로 부서지는 봄 햇살인지 눈이 부셔
천길 벼랑이듯 아찔해 눈 감으면, 가시 세워 피운 연꽃
그 자태가 더 눈에 따가워, 바람 속에 수천 수만의 몸뚱이들
서로 부대끼며 견디는 갈대숲을 본다. 그 갈대 하나씩 떼어 놓으면
바람 잠시 앉았다 갈 의자 하나 되지 못하지만, 수천 수만의 몸
서로 얽혀 있으니 저렇게 바람을 견디는 울이 되는 구나
울타리가 되는 구나. 지난날의 산 일 번지 같은
그 密生이 눈물겨워 가만히 귀 기울이면, 무엇인가
수런거리는 소리 날갯짓 소리 알을 품고 부화의 순간을 기다리는
줄탁의 소리, 아, 화엄이 여기 있구나!

—「섬말 시편—바자울에 기대다」 부분

위 작품은 시집의 표제작이다. 시인은 가시연을 보고, 그 가시연처럼
온몸에 가시를 세워 힘겨운 삶과 마주해본다. 그러나 "남루 하나 세워두
지 못한 생"일 뿐이다. 그렇다고 해도 시인은 하잘 것 없는 '갈대'들이
"서로 얽혀 있으니 저렇게 바람을 견디는 울"이 됨을 보면서, 가시를 세
우며 결기를 돋구어 온 삶을 바자울에 기대어 살고 싶어 한다. 거기에
'수런거리는 소리'와 '부화를 기다리는 줄탁의 소리'가 있어 오성의 경
지를 시인에게 주기 때문이다.

서해 벌판에 살면서 석양 앞에 서는 날, 잦았었다
석양 앞에 서면, 이 하루도 성냥불처럼 탁, 하고 켜져 소멸로 향해가는
불꽃같아, 바람에 흔들리는 갈대밭이 새삼 매듭처럼 아프곤 했다
그러나 석양이 마지막 수평선에 잦아드는 순간이, 가장 빛나는 순간이듯
하루가 소멸로 가는 계단인 이 하루의 석양이, '앙스트블뤼테' 라고 명명

된 〈불안의 꽃〉처럼

　　탁, 하고 성냥불 켜지듯 피어올라, 타오르는 저녁놀에 젖어 있곤 했다
　　잣나무가 이듬해 자신이 죽을 것을 감지하면, 그해에는
　　유난히도 화려하고 풍성하게 꽃을 피우는 현상을 가리키는 '앙스트블
뤼테'
　　그것은 두려움으로 인한 滿開이며, 완전 소멸을 눈 앞에 두었을 때
　　나타나는 생명의 알람(alarm)현상이며, 생명을 가진 어떤 존재가
　　가장 살아 있고자 원하는 순간을 지칭한다는, 그 불안의 꽃.

―「저 석양」 부분

　서해 포구의 일몰을 노래한 작품이다. 일몰은 하루의 소멸이다. 이 작품은 소멸의 미학을 드러내고 있다. 이번 시집에서 시인은 진정한 시의 아름다움이란, 모든 걸어온 길들의 기억을 가장 아름다운 한순간의 빛이나 노래로 빚어내 다른 모든 눈먼 자들에게 들려주는 소멸의 미학 속에 깃들어 있다고 생각하는 듯하다. 그가 석양 앞에 서서 '불안의 꽃'을 피우는 동안 탁, 하고 성냥불이 켜져 소멸을 향해 타오르는 순간, 그가 만든 불꽃의 언어가 우리 앞에 피어오르고 있다. 그것이 미의 본질이다.

　"소래포구에서 뱀처럼 꾸불텅 파고든 갯골을"(「섬말 시편-갯골에서」) 보면서 '뻘밭'을 "墨池가 살아 있는 그늘"이라고 여긴다. 이는 자신의 삶과 '뻘밭'의 뿌리 깊은 생명력을 일치시키려는 의도에서 나타난 것이다. 바다가 묵지가 되어 뻘밭에 '세한도' 한 폭을 새겨놓았듯이 삶은 오랜 세월에 걸쳐 희고 검은 농담의 시간을 시인의 몸에 새겨놓았다. 갯골이 바다의 묵지가 지나간 아픈 흔적이듯이 시인의 몸은 시간이 할퀴고 지나간 상처를 고스란히 품고 있다. 그러나 시인은 "蛇行의 갯골이 깊게 패여진" 곳에서 "가시랑 가시랑 걸어 나오는 유모차"(「섬말 시편-짙은 그늘」)에 걸려 있는 '호미'를 발견하는 것은 결국 자신의 지나간

　　　　　　　　　　　　　　　　　　우리 시, 우리 시인

세월이 단순히 상처로만 얼룩지지 않았음을 확인하는 일이다. 그것은 "그냥 있는 그대로의 품을 넉넉히 열고 있는"이라는 표현에서 확연히 드러난다.

시집 『환상통』에 나타난 통증, 상처의 기억이 자신의 삶에 대한 온전한 성찰의 과정을 증명하는 증거였다면, 『바자울에 기대다』의 통증은 현재의 시인, 시인의 전 생애를 드러내는 '몸'으로 구체화되어 나타나고 있다. 시집의 대부분이 '섬말 시편'이라는 동일한 제목 밑에 부제가 달린 이유도 이 점 때문이다. 섬마을에서 생활하는 동안 그가 바라본 모든 풍경 속에 이미 그의 육신과 기억이 녹아 들어가 있기 때문에 '섬말'은 한편으로는 그의 육체적 거처에만 그치는 게 아니라 정신과 감각이 온전히 깃들어 있는 시인 그 자체이기도 하다.

시인은 시집의 「시인의 말」에서 "내 피를 차갑게 결빙시키지 않으려면 어떻게 해야 할까? 이 질문이, 이 의문이, 이번의 시편들을 낳았을지도 모르겠다."고 말하였다. 시인은 상처 입고 할키운 채 살아온 자신과 자신의 시를 끔찍이 사랑한다. 시집 『바자울에 기대다』의 갈피마다 그런 시인의 마음이 녹아 있음을 알 수 있었다.

신, 그 언어적 존재

— 동시영 시집 『신이 걸어주는 전화』

시인 동시영 교수의 『신이 걸어주는 전화』는 『미래사냥』(2005)과 『낯선 신을 찾아서』(2007)에 이은 세 번째 시집이다. 이 시집의 출판기념회가 불교문예지 『유심』의 사옥에서 열린 때는 겨울의 한가운데로 날씨가 몹시 추웠다. 어둠이 설핏 내린 신사동 뒷골목을 찬바람이 빠르게 훑어 내리고 있었다. 건물 안으로 들어가 추위를 녹일 동안 시집을 뒤적였다. 대부분 짧은 단형시들인지라 한눈에 읽어내릴 수가 있었다. 그렇지만 그게 동 시인의 시를 완전히 이해했다는 이야기는 결코 아니다. 그 이유는 그 짧은 시들이 우리 삶에 대한 많은 메시지를 담고 있었기 때문이다.

50여 년 전, 중학교 시절에 읽었던 책 중에서 아직도 선명하게 기억하고 있는 것이 있다. 을유문고 가운데 하나인 쥘 르나르의 『박물지』가 그것이다. 여기에 게재된 작품들은 자연에서 취재한 산문임에도 불구하고 시보다 더 짧았고, 짧은 만큼 선명한 이미지를 지니고 있었다. 예를 들면 「뱀」이란 제목의 글에서, 뱀을 "너무 길다"고 표현했고, 「폭포」에서는 "무섭다"고 단 한 줄로 서술했다. 그 간결하고도 선명한 표현에서 받았던 충격이 여태껏 생생하다.

동시영 시인의 시집을 처음 읽고 나서, 『박물지』가 언뜻 생각남은 두 책이 집약된 이미지를 공통으로 갖고 있다는 느낌이 들었기 때문이었다. 동 시인의 시는 수다스럽지 않다. 짧은 시형은 정의의 진술방식을 사용한다. 정의는 대상을 명확하게 규정해주는 진술방법으로 작가 자신이 단어의 의미를 나름대로 독특하게 제시해야 할 경우에 주로 사용한다. 시인은 이 시집에서 단형시에 대한 실험을 모색한다. 그 단형시들은 대부분 4행 이하다. 가장 많은 작품이 3행시인데, 모두 28편이나 되고, 4행시가 22편, 2행시가 13편이다. 심지어 1행시도 있다. 가장 긴 작품이 11행이다. 이는 시인이 그만큼 언어를 아낀다는 뜻이다.

인간은 구성원끼리 관계를 이루며 삶을 영위한다. 사물이나 어떤 현상에 대해 서로 간에 의사소통을 하기 위해서는 공통으로 정해놓은 기호가 필요하다. 우리는 자신의 느낌, 감정, 생각에서 형성된 메시지를 언어라는 기호를 통해 상대방에게 전달하고, 상대방은 그 기호 가운데 숨겨진 뜻을 해독(decode)하게 되는데, 이 숨겨진 뜻이 바로 상징이 된다. 동 시인이 기호학을 전공한 이유에선지 그의 시 도처에는 상징이 자리하고 있다.

시인의 작품에는 삶에 대한 탐구가 들어 있다. 이는 짧은 시행과 더불어 일종의 잠언(箴言) 역할을 한다. 생에 대한 날카로운 직관, 예리한 성찰 끝에 얻어진 것들이다. 시인은 이를 반짝이는 예지와 재치로 표현한다. 다음 작품이 하나의 예다.

부르지 않아도
자주 찾아오는 후회

후회만큼 비싼 건 없다

—「후회」 전문

　동 시인의 작품은 그 형식적인 면이 동양의 한시처럼 대조법을 흔히
차용한다. 시경체에 가까운 시의 형태라든지, 대구를 주로 사용하는 기
법이 그러하다.

오르라 하는 산봉우리

내려가라 하는 계곡물

오리락내리락 하는 사람들

—「산행」 전문

　첫 연에서 시인의 시선은 위를 지향하지만, 둘째 연에서는 아래로 향
한다. 그리고 셋째 연에서는 그것이 위와 아래로 동시에 이동한다. 삶이
그렇다. 우리는 삶을 흔히 '기복(起伏)'이라는 말로 표현한다. 시인은
'위[上]'와 '아래[下]'의 가시적인 현상을 통해 인생의 단면을 직시하고
있다. 이처럼 한시를 닮은 그의 시는 물아일체(物我一體)의 동양사상을
그 안에 담고 있다. 여기에서 물은 자연이다. 자연과 내가 하나가 됨으
로써 우주의 신비를 터득하고자 한다. 그래서 시인은 "해설피 꽃이 지면
/향기도 지고//꽃 보던/시선도 노을에 지고"(「낙화 노을」)라고 자연을
인식한다.

　　　　　　　　　　　　　　　　　　　　우리 시, 우리 시인

그의 시는 나름대로 삼라만상과 합일되는 자신을 노래한다.

> 나무가 새의 그네인가 했더니
> 날아간 새가
> 나무의 그네였네
>
> ─「나무와 새」 전문

'나무'와 '새'는 '그네'라는 매개체를 통해 하나의 이미지로 통합된다. 나무는 정지의 존재이고 새는 운동의 존재이다. 거기에 비해 그네는 정지하고 있기도 하고 운동을 하기도 하는 성질을 가졌다. 여기에서 시인은 정지가 곧 운동이요, 운동이 정지라는 비밀을 알려준다. 결국 그네는 그 자체가 하나의 소우주인 셈이다.

동 시인의 시집 세 권 가운데 '신'이란 단어가 들어간 것이 두 권이나 된다. 그렇다면 시인이 말하고자 하는 신이란 무엇인가? 신은 인간의 신앙적 대상이 되는 인격적이고도 초월적인 존재이다. 그리고 신의 본질은 신성성을 바탕으로 그 힘에 따른 구원에 있다.

여기에서 우리는 시인이 말하는 신의 의미를 파악하기 위해 시집 권두의 「시인의 말」을 살펴볼 필요가 있다.

> 잠깐씩 내려앉았던 나비 같은 말들이
> 여기 모여 있습니다
> 어쩌면
> 그들은
> 나도 모르는 누가
> 내게 말 걸어온 언어들인지도 모를 일입니다
> 살아간다는 건 사실 얼마나 외로운 일입니까

이 한 권의 시집도 책으로 걸어 보는
한 권의 말일 뿐입니다
누가 있어 메아리처럼 대답이라도 하신다면
저기 저만큼
메아리 속에
황홀한 소리무지개가 떠오르고 있네요

　　여기에서 신은 시인의 내면이다. 시인의 시적 자아가 바로 시인이 말하는 신의 존재이다. 그래서 시인에게 시란 "가끔씩/신들이 지상으로 걸어 주는 전화"(「시는」)이다. 이처럼 시인은 신을 언어적 존재로 인식된다. 시인이 신으로부터 전화를 받음으로써 언어적 존재는 꽃을 피우듯이 시로 변용될 수 있다. 또 시인은 "우리도 신이 타는 자동차"로 "어디로 가는지도 모르면서 달린다"(「신이 타는 자동차」)고 단정한다. 시인이 시로 표현하고 싶은 언어는 "태초에 말씀이 있었나니라"는 구약 창세기의 첫 구절처럼 신의 언어일는지도 모른다. 마치 불란서 상징주의자들이 그러했던 것처럼……

이 순간은
무엇을 퍼 올리는
두레박인가요?

— 「시간」 전문

　　시간은 우리에게 모든 현상에 객관적 질서를 부여하는 근본원리가 된다. 후설의 시간성은 자연적 시간이 아닌 근원적 시간을 말하며 현상학적 구성의 절대권을 가리킨다. 시간은 모든 존재 의미의 현상학적 지평이 된다. 시인은 자아를 찾기 위해 '두레박'으로 존재의 의미를 길어 올

　　　　　　　　　　　　　　　　　　　　　　　우리 시, 우리 시인

리고자 한다. 그래서 동시영은 이번 시집에서 수십 편의 단형시를 실험하고, 서술과 정의의 기술 형태로써 선명한 이미지 구축하는 데 노력하면서 언어와 시란 무엇인가 하는 물음을 우리 앞에 제시한다.

ㄱ

「가고픈 내 고향」 • 258

가엘릭호 • 37

「가을 기도」 • 174

「가을 넥타이」 • 78

「가을비」 • 78

「가을에는 기도하게 하소서」 • 73

「가을은 눈의 계절」 • 78

「가을의 기도」 • 78

「가을의 소묘」 • 78

「가을의 시」 • 77, 78

「가을의 입상」 • 77, 78

「가을의 포도」 • 78

「가을의 향기」 • 77, 78

「가을이 오는 시간」 • 77, 78

「가트 화장장」 • 205

간도 • 61

간월도 • 106, 107

「간월도 저편」 • 106

「갈 수 없는 나라」 • 131, 132

「갈대 숲 구름 묻히어」 • 220

「갈잎 소리」 • 144

감상주의 • 75, 142

감수성 • 178

감정이입 • 210

「강가의 물안개」 • 167

「강물 같은 그리움」 • 239

『강산의 빛과 소리』 • 253

강용흘 • 38, 42

강우식 • 32

강희근 • 108

개입 • 149

『개척자』 • 130, 133

개체생명 • 21

객관적 질서 • 320

『갠지스강』 • 197, 203

「거꾸로 서서」 • 115

「거울」 • 210

「거울 2」 • 211

「거울 3」• 211

「거울 5」• 211

「거울 6」• 211

「거울 7」• 211

「거울 10」• 211

「거울 앞에」• 173

『거짓말로 참말하기』• 293

「검은 머리를 풀어」• 22

「겨울 강」• 100

『견고한 고독』• 73, 82

견성(見性) • 264, 306

「견성」• 266

견성오도 • 267

견즉성(見卽性) • 307

『결(潔)』• 154

결벽성 • 280

경봉(鏡峰) • 120

경부선 • 116

경허(鏡虛) • 120

「계란을 생각하며」• 294

『계백의 칼』• 303

『고독과 시』• 73

「고독의 끝」• 85, 86

「고독」• 151

고려인 • 36

고베항 • 37

고비사막 • 265

고원 • 39

고유성 • 186

고은 • 13, 20, 26

「고해」• 218

「고향」• 56, 62, 64, 255

「고향집 디딜방아」• 258

곽상희 • 39

관조 • 105, 176

괴테 • 164, 185

「구공탄과 수레바퀴」• 245

구다라고도 • 304

『구름의 딸이요 바람의 연인이어라』•
    293

「구절초」• 232

「국군은 죽어서 말한다」• 22

국무원 • 57

국제통화기금 • 246

국제펜클럽한국본부 미주지역위원회 •
    41

「그 날」• 35

「그 모(母)와 아들」• 56

「그 사람」• 280

「그곳에 가면」• 241

「그대 아기집」• 137

「그대는 마르지 않는 우물」• 169

「그대의 십자가」• 229

그로테스크 • 142

그리스 신화 • 157

그리스문자 • 125

『그리스인 조르바』• 158

「그리운 악마」• 298

「그리운 호미곶」• 100

그리움(Sehnsucht) • 164

   우리 시, 우리 시인

「그리움과 사랑의 시적 조화」 • 141

「그리움에게 물어보니」 • 167

〈그리움을 아는 자만이〉 • 165

『그리움 짙어질 때』 • 214, 215

「그림의 시」 • 230

『그림자를 태우다』 • 94

「그림자를 태우다」 • 106

「그믐달 속 작은 별」 • 131

「기다림」 • 217

『기도시집』 • 182

기도의 시간 • 79

기독교 • 21

기독교적 • 72

기독교 정신 • 73, 227

「기상도」 • 58

「기의 의미」 • 21

기행시 • 121

『기호 여러분』 • 129, 130, 132, 139

기호학 • 127

김광균 • 74, 81

김규동 • 23

김규화 • 108

김기림 • 58, 72

김난영 • 38

김남조 • 34

김덕령 • 210

김동명 • 57

김명환 • 39

김문희 • 40, 43

김병현 • 44

김선현 • 39

김성탄 • 254

김송배 • 141

김송현 • 39

김송희 • 39

김수영 • 27

김신용 • 309

김옥교 • 45, 51

김용익 • 38

김용택 • 29

김용팔 • 39

김우창 • 13

김원중 • 31

김윤태 • 47

김은국 • 38, 39

김재홍 • 14

김주곤 • 253, 254, 259, 270, 272

김진섭 • 217

김창국 • 71

김춘수 • 232

김행자 • 48

김현 • 74

김현승 • 71, 73, 74, 75, 77, 81, 83, 86, 88

김현승 문학 • 89

『김현승 시 전집』 • 73

『김현승시초』 • 73, 74, 77, 78

김호길 • 35, 39, 40

김효사 • 28

김후란 • 33

「깜뚜라지꽃」 • 97

「꽃」• 232

「꽃 이야기」• 260

「꽃들은 우산을 쓰지 않지」• 131

『꽃신』• 38

「꽃이 아름다운 것은」• 252

「꽃처럼」• 177

「꽃처럼 피는 내 사랑」• 234

『꿈의 정직함과 시의 넉넉함』• 109

ㄴ

「나 죽으면 바다로」• 135

「나그네」• 265

『나그네의 발걸음으로』• 179, 196

「나그네의 발걸음으로」• 185

「나는 너의, 너는 나의」• 131

『나는 지난 여름 네가 그 땅에서 한 일
    을 알고 있다』• 40

「나라의 백제야」• 304

『나만의 시간과 연인이 되어』• 141,
    143

「나무와 새」• 319

「나비와 광장」• 23

「나와 그대 사이」• 131

「나의 기도문」• 228

「나의 시 쓰기」• 230, 231

「나의 시 이렇게 쓴다」• 298

낙동강 • 212

「낙엽의 시」• 230, 231

「낙화 노을」• 318

『난장이가 쏘아올린 작은 공』• 245

『날개옷』• 293

낡은 인생 • 288

「낡은 집」• 61

「남내리 엽서」• 303

남대문로 5가 • 310

남북정상회담 • 28

「남신의주 유동 박시봉방」• 67

「남의 땅, 남의 골목길」• 44

「남해 보리암」• 209

낭만주의 • 74, 142, 143

「낯선 길」• 43

『낯선 신을 찾아서』• 316

「내 살결에」• 108

「내 안의 호수」• 167

「내가 너로 산다면」• 169

「내가 보이네」• 169

『널 생각하면 눈물이 흐름에』• 141

「네가 하나의 꽃이 되었을 때」• 146

네팔 • 203, 206, 208

「네팔 아이들」• 207

「네팔 여자」• 207

「노견심(老犬心)」• 123

노발리스 • 144

「노인 소망」• 206

노자 • 275

『노자』• 90

『논어』• 20, 90

「놋쇠 요령」• 102

『누드 크로키』• 136

우리 시, 우리 시인

「눈 내리는 취리히」 • 195

「눈물」 • 77, 81

『눈물점 박용래』 • 118

「눈부신 봄날에」 • 175

『뉴욕문학』 • 40

『늙은 호박 속에는 뭐시 들어있을까유 우』 • 119

「늦은 출발」 • 273

니코스 카잔차키스 • 158

「님의 국어사전 사랑의 어휘」 • 224

ㄷ

다나에 • 157

다다이즘 • 74

다문화사회 • 55

『다보탑을 줍다』 • 293

「다부원에서」 • 22

다신교(多神敎) • 204

다의적(多義的) • 134

『다형 김현승 시 전집』 • 73

단독자 • 44

단리 • 38

「달맞이꽃」 • 234

「달밤」 • 261

『달하』 • 293

「닭을 채인 이야기」 • 56

담론 • 250

대가족주의 • 69

『대동문화연구』 • 30

「대신앙」 • 87

대우주 • 268

대유 • 111

대한민국미술대전 • 141

대한제국 • 37

「더 그리운 건」 • 166

덕수궁 • 302

덴마크 • 182

도가사상 • 20, 267

도교 • 20, 21

『도덕경』 • 275

도동 • 310

도상(icon) • 127

도상적 기호(icon) • 138

도솔천 • 257

『도장골 시편』 • 309, 311

「도장골 시편－넝쿨의 힘」 • 312

독서행위 • 250

독일의 구체시 • 138

동국대 • 108

『동산지기』 • 214, 215

동시영 • 316, 317, 320

『동아일보』 • 71

『두이노의 비가』 • 183

『둥근 세모꼴』 • 293

「들꽃은 바람 먹고 핀다」 • 279

『들꽃은 바람을 먹고 핀다』 • 273

「들꽃」 • 232

『딕테』 • 38

「때로는」 • 169

ㄹ

라론 • 180
라이너 마리아 릴케(Rainer Maria Rilke)
　　• 181
『라인강의 쥐탑』 • 121
러시아 • 125
러시아어 • 36
「레만호에서」 • 194
로고스(logos) • 145, 147
로카르노 • 194
「로카르노의 태양」 • 194
롱펠로우(H. W. Longfellow) • 286
루 안드레아스 살로메 • 182
루소 • 17
루쉰 • 15
릴케 • 149, 180, 182, 184
「릴케가 사는 곳」 • 184
「릴케에게」 • 184
「릴케의 묘지에서」 • 181

ㅁ

마니차 • 207
「마니차」 • 208
마리 • 136
「마을의 유화」 • 56
『마음經』 • 306, 307
「마음經」 • 306
「마음經 29」 • 307
「마음經 34」 • 308

『마음은 구겨지고』 • 109, 114
「마음의 집」 • 82
「마인츠」 • 189
마종기 • 39
마종하 • 108
마중물 • 283
「마중물 2」 • 282
『마중물 붓는 마음』 • 273
『마지막 지상에서』 • 73
『마포일기』 • 179
막달라 마리아 • 229
『만남』 • 197, 199, 200
「만남」 • 201
만대루 • 212
만주 • 53, 61
만주국 • 57
만해문학상 • 28
「말로 다 못해요」 • 167
말테 • 183
『말테의 수기』 • 182
「망향소곡」 • 52
맨해튼 • 46, 47
『맹자』 • 90
메두사 • 157, 158
메토이소스 • 159
명계웅 • 40, 41
모더니즘 • 58, 74, 75
모라토리엄 • 122
「모란꽃」 • 147
『모래알로 울다』 • 94, 101

우리 시, 우리 시인

「모래알로 울다」• 104

「모롱이 길」• 100

모성의식 • 60

모윤숙 • 21

「모정(母情)」• 256

모티프 • 60

「목구(木具)」• 68

「몰개울의 정구지꽃」• 97

『몽유 속을 걷다』• 309

뫼르소 • 136

묘향산 • 27

무령왕 • 302

『무령왕의 나무새』• 303

무명 • 267

무상이념 • 265

「무심송(無心頌)」• 121

무애가(无涯歌) • 272

무애락(无涯樂) • 121

무영탑 • 48

무위 • 268

무위자연 • 259

무위청정 • 91

무한성 • 84

무형 • 263

「묵상수제」• 71

문예기호학 • 132

문자언어 • 138

문정희 • 108

「문제 1」• 150

『문학공간』• 163

『문학예술』• 179, 214, 273

문효치 • 108, 302, 303, 304

『물땅땅이도 때때로』• 122

『물로 바람으로』• 293

물아일체(物我一體) • 318

「물위로 흐르는 노을」• 191

「물의 마음」• 269

미국 동부 한국문인협회 • 40

미국 동포 • 36

미국 문단 • 42

『미래사냥』• 316

미주 크리스천문인협회 • 40

미주 크리스천문학가협회 • 41

『미주문학』• 39

『미주시세계』• 40

미주 시조시인협회 • 40

『미주아동문학』• 40

『미주에세이』• 41

『미주이민문학』• 41

『미주펜문학』• 41

「민들레 내 사랑」• 147

「민들레」• 210

민족문학 • 37

민족문학론 • 113

민족의식 • 77

민족작가대회 • 27

민중시 • 113, 124

ㅂ

「바라나시」• 204

「바람」• 77

「바람꽃」• 234

『바람이 말하는 소리』• 197, 200, 202

바빌론 • 205

바울 • 288

「바위 되길」• 172

『바자울에 기대다』• 309, 311, 315

「바젤의 전차」• 189

박남수 • 39

박두진 • 232

『박목월의 시 연구』• 109

『박물지』• 316, 317

박상륭 • 39

박시정 • 39

박용래 • 118

박이문 • 34, 250

박인덕 • 38

박제천 • 90, 92, 93, 108

박태영 • 38

반독재 • 21

반미시 • 14

반성적 주체 • 289

반신반인 • 157

반전의식 • 21

배정웅 • 41

백기행 • 56

백낙천 • 239, 277

「백도라지 꽃」• 97

백두산 • 27

백석 • 56, 57, 58, 59, 62, 64, 65, 66,
    69, 70, 289

『백석시선집』• 57

백용삼 • 56

『백제 가는 길』• 303, 304

백제 관음상 • 304

백제사 • 304, 305

「백제시」• 303

「백제시－백제사 터」• 305

『백제의 달은 강물에 내려 출렁거리고』
    • 303

백제의 시인 • 302

『백조』• 142

백혈병 • 183

「뱀」• 316

『버려진 사람들』• 309

법륭사 석가 삼존상 • 304

베르그송(H. Bergson) • 105

베토벤 • 254

베트남전쟁 • 13

벽초(碧初) • 289

변증법적 형태 • 89

「별들은 대낮에도 잠들지 않지」• 131

『병사와 더불어』• 22

「병산서원 만대루」• 212

「보릅스베데 2」• 192

「보리(菩提)」• 264

보리암 • 210

『보리피리 버들피리 민들레 피리를』• 120

「보릿고개」• 285

보문고등학교 • 108

보문산 • 119

「보문산 Ⅰ」• 118

보조국사 • 210

복고주의적 • 74

『본토박이』• 38

「봄날은 간다」• 242

「봄바람」• 176

「봄바람에게」• 108

「봄에는」• 176

「봄의 예감」• 278

「봄이 오는 소리」• 215

부조리 • 152

「부활절에」• 87, 88

분단시 • 14

분월포 • 94

「분월포 2」• 99

불교 • 19, 21

『불교와 학문의 만남』• 253

「불이문(不二門)」• 121

「붉은 말」• 299

「비 속을 지나는 외로움」• 143

「비 오는 날 Ⅱ」• 147

『비밀한 고독』• 163, 177

「비밀한 고독」• 167, 168

비유적 • 129

비인간화 시대 • 235

『빈 가슴을 채울 한 마디 말』• 293

「빗물의 시」• 230

「빛의 축제」• 205

「빼고 나니」• 148

『빼앗긴 이름』• 38

「뿌리 찾기」• 200

ㅅ

사라도령 • 119

「사람과 사람」• 131

「사람살이」• 262

『사람의 향내』• 134

「사랑 찾는 그리움」• 165

「사랑의 끝」• 131, 132

「사랑의 불씨」• 231

사랑의 시간 • 79

「사랑의 언어」• 288

사르트르 • 34

「사모곡」• 242

「사모곡 1」• 218

「사모곡 3」• 243

「사모곡 7」• 244

「사모곡 8」• 244

〈사모트라케의 니케〉• 237

『사슴』• 56, 57, 58

「사월」• 77

사이버상 • 158

4 · 19학생의거 • 133

「사진사」• 298

산굼부리 • 159

「산타클라라」 • 121

「산행」 • 318

「살아온 날들은 빼 주세요」 • 131

『살풀이』 • 109, 115

『삼국사기』 • 302

『삼국유사』 • 302

삼불암 • 210

상선약수 • 207

상승 이미지 • 283

상의성 • 19

상징(symbol) • 127

상징적 • 129

상징적 암시 • 188

상징체 • 126

새 인생 • 288

「새로운 울림」 • 191

「새벽」 • 77

「새벽교실」 • 74, 77

「새와 나」 • 106

「생가」 • 299

「생존」 • 187

서구 교회 • 18

서귀포 • 166

서사적 • 69

『서상기(西廂記)』 • 254

서상만 • 94, 95

「서시」 • 215

서정시 • 163, 274

서정시인 • 163

서정적 자아 • 163, 280

서정주 • 108

서항석 • 71

선(禪) • 120, 306

「선」 • 263

선명성 • 301

선명한 이미지 표출 • 299

선전선동시 • 14

「섬말 시편－갯골에서」 • 314

「섬말 시편－바자울에 기대다」 • 313

「섬말 시편－수련에 대하여」 • 310

「섬말 시편－짙은 그늘」 • 314

성(聖) • 276

성 소피아 성당 • 208

「성 소피아 성당」 • 209

성남문화원 • 214

성동제 • 273, 274, 279, 286, 289

「성사를 보고 나서」 • 145

「성아의 뜨락에서 · Ⅲ」 • 147

「세느강의 밤」 • 221

세리푸스섬 • 157

『세상에서 가장 짧은 시』 • 129, 138

"세상에서 가장 짧은 시(2)" • 130

「세월」 • 221

『세한도 가는 길』 • 293

셀수스 도서관 • 208

「셀수스 도서관」 • 209

「소」 • 205

「소금 호수」 • 209

『소리 없는 소리』 • 270

소쉬르 • 127

소우주 • 268

「소원」• 28

소재의 평범성 • 216

속(俗) • 276

송상옥 • 39

송영희 • 108

송유하 • 108, 117, 118

수사적 표현방법 • 111

『수족관 속 풍경』• 238

「수족관 속 풍경」• 248

『숙취』• 109

「숙취」• 112

『순교자』• 38

순례자 • 209

순수성 • 178

숭실대학 • 72

숭실전문학교 • 71

숭일학교 • 72

숭일학교 초등과 • 71

숯골 • 214

슐레겔 • 142

슬라브 민족 • 125

「슬롯머신」• 281

「승리의 여신」• 236

「시 쓰기 어려운 날」• 190

『시간의 사금파리』• 94

「시간이 바람을 타고」• 219

「시간」• 320

시경체 • 318

『시공(時空)의 노래』• 253

「시는」• 320

『시들지 않는 또 하나의 시간』• 253

시민사회 • 16

시베리아 • 61

『시산을 넘고 혈해를 건너』• 22

『시와 진실』• 14

「시인의 말」• 297, 298, 315, 319

시적 캐릭터 • 184

시카고문인회 • 40

『시카고문학』• 41

식물성 • 96

식민정책 • 74

신경숙 • 245

『신대륙』• 40

신동엽 • 24

「신륵사 심우도」• 203

신사참배 • 74

신산만산할락궁 • 119

신석초 • 111

「신설」• 77

신세훈 • 215

『신시집』• 182

신애(信愛) • 230

『신이 걸어주는 전화』• 316

「신이 타는 자동차」• 320

『신한민보』• 38

신호전달 • 130

실존주의 • 152

심리적 자동 현상 • 144

심미주의적 • 301
싸리나무 • 155
『쌀의 정물화』 • 38
「쏟아지는 그리움」 • 277
「쓸쓸한 겨울 저녁이 올 때 당신들은」
· 71, 74, 75

ㅇ

「아내에게 보내는 편지」 • 215, 224
「아내의 발톱」 • 101
「아내의 생일」 • 223
「아내의 손톱」 • 103
아놀드(M. Arnold) • 279
아라가야 • 156
「아라가야의 홍련」 • 156
아라베스크 • 142
아라홍련 • 156, 157
아르고스 • 157
아리스토텔레스 • 249
아메리칸 • 42
아바타 • 158
「아바타」 • 157
「아버지」 • 257
아사녀 • 47, 233
아사달 • 47, 233
「아사달」 • 47
『아스렝이 버드내에서 춤추며』 • 115
아오야마(靑山)학원 • 56
아이콘 • 125

「아침」 • 74, 76
「아침기도」 • 34
「아침에」 • 287
「아침의 노래」 • 109, 110, 111
아크리시우스 • 157
아테나 • 158, 237
아프리카 • 242
안동 • 57
안드로메다 • 158
안병원 • 27
안석주 • 27
안성식 • 238, 251, 252
「앉은뱅이 꽃」 • 234
『알고(考)』 • 293
알레고리 • 142
「알프스 정상에서」 • 215
「알프스에 올라」 • 189
암흑시대 • 77
앙드레 지드 • 152
앙스트블뤼테 • 313
애국시 • 22
애니미즘 • 204
「애인」 • 93
애틀란타문인협회 • 40
「야단법석(野壇法席)」 • 121
양관 • 104
양귀비 • 239, 277
「양동시편 – 뻑다귀집」 • 309
양동은 • 310
양림동 • 71

양응도 • 71

양주동 • 71

「양치질하며」 • 114

『어군의 지름길』 • 109

「어떤 글쓰기가 평화를 위한 것인가」 •
    34

「어린 새벽은 우리를 찾아온다 합니다」
    • 71, 74, 77

「어머니 떠나시고」 • 215

「어머니 제청 앞에서 Ⅱ」 • 217

「어머니의 창」 • 96

「어머니의 초상」 • 147

언어예술 • 140

언어활동 • 140

「얼굴」 • 166

「엄마 딸이 더 좋아」 • 296

「엄마의 부지깽이」 • 96, 98

「SF – 교감」 • 92

에코 • 126

「에파타」 • 288

엑스터시 • 150

엘리엇(Eliot) • 138

『여성』 • 57

여성 지향성 • 164

역설 • 293

연해주 • 53, 61

열정 • 149

영구평화 • 17

영구평화론 • 16

영생고보 • 57

「0시 50분」 • 116

영원성 • 84

영지 • 48

『예기』 • 256

『예술세계』 • 141

「옛날 애인」 • 296

「오, 주발에다」 • 117

오도송(悟道頌) • 120, 266

「오도송(悟道頌)」 • 121

오르가즘 • 150

오르테가 이 가세트 • 235

『오르페우스에게 바치는 소네트』 • 183

오산고보 • 56

오산소학교 • 56

오산학교 • 56

오세영 • 14

오스트리아 제국 • 181

오체투지 • 209

「옥수수밭 헬기장」 • 156

옥천 • 56

옥황상제 • 119

『옹호자의 노래』 • 73, 77

「옹호자의 노래」 • 77

왕문사 • 57

왕인 묘역 • 304

『왕인의 수염』 • 303, 304

「외국어」 • 187

『외국인 학생』 • 38

『외딴 방』 • 245

『외지』 • 40

용맹정진 • 308

용산역 • 310

용정 • 53

우뢰소리 • 118

「우리 땅의 사랑노래」 • 29

「우산 속에서」 • 242

『우울한 샹송』 • 298

「우주는 빈 의자」 • 131

「운명, 조롱당하다」 • 295

「웃고 있는 석류」 • 176

「웃는 눈은 왜 위로 휘어지는가」 • 131

『워싱턴뜨기』 • 41

워싱턴문인회 • 40

『워싱턴문학』 • 40

워싱턴수필가협회 • 41

원강아미 • 119

원시농경사회 • 20

『월령가 쑥대머리』 • 293

「위로 솟구치는 꽃들」 • 300

유교 • 20, 21

유랑민의 애환 • 61

「유리창」 • 71, 81

유명 • 267

유신독재시대 • 26

『유심』 • 316

유안진 • 293, 296, 297

유치환 • 21, 22

「YOU 5」 • 147

6 · 15선언 • 29

「6 · 25와 전쟁문학」 • 14

「6 · 25와 한국 전쟁시 연구」 • 14

『육조단경(六祖壇經)』 • 264

육조대사 혜능(惠能) • 264

윤병로 • 30

「은수저」 • 81

은유 • 111

을유문고 • 316

음풍농월(吟風弄月) • 199

의미소통 • 130

의미예술 • 140

의미작용 • 130

의인 • 111

「이 모습 이대로」 • 172

『이 뭐꼬!』 • 120

「이 생명을」 • 22

「이 세상 모든 고독한 존재에게」 • 129,
131

이계향 • 39

이국의 정서 • 190

「이런 슬픔」 • 169

이미지 • 96

이미지스트 • 124

이미지즘 • 58, 301

이미지즘 계열 • 72

「이민」 • 45

이민생활 • 41

이방인 • 50

『이방인』 • 136

『이별연습』 • 225

「이별연습」 • 241, 242

우리 시, 우리 시인

「이별의 시」 • 72

이산가족 • 27

이성교 • 275

이세방 • 39

이수익 • 298, 301

이스탄불 지하 저수지 • 208

이승하 • 132

이어도 • 52

이언호 • 39, 41

이용악 • 61, 62

이우 • 14

이윤수 • 22

이재복 • 108

이중섭 • 166

이중섭 미술관 • 166

이창래 • 38

이철범 • 39

이춘하 • 154

이콘(icon)화 • 125

이태수 • 270

「이팝꽃」 • 155

이팝나무 • 155

이혜리 • 38

인 • 20, 230

인간성 • 30

인간성 회복 • 21

「인간은 고독하다」 • 77

인간적 체취 • 190

인간주의 • 73

인도 • 203

인연생기 • 19

일신교(一神敎) • 205

일월봉 • 210

일제 강점기 • 24

「일출」 • 249

임강빈 • 108

『임꺽정』 • 28, 289

임화 • 72

ㅈ

자계마을 • 254, 258

「자계(紫溪)마을」 • 255

자성 • 266

「자화상」 • 77, 272

잠 못 이루는 밤」 • 189

「잠시라도 잊으려면」 • 174

잠언(箴言) • 317

장만영 • 74

『장자』 • 90

『장자시』 • 90, 91, 93

「장자시, 그 서른 셋」 • 91

「장한가(長恨歌)」 • 277, 239

『재미수필』 • 40

재미시인협회 • 40

「저 석양」 • 314

적 캐릭터 • 184

적멸(寂滅) • 157, 307

적십자회담 • 27

전달문 • 39, 40, 41, 52

『전선시첩 2』 • 22

『전쟁과 시와 평화』 • 14

전쟁기록시 • 14

전쟁문학 • 13

전쟁서정시 • 14

전쟁시 • 14

전통의식 • 55

전통적 정서 • 301

전후작품 • 13

절대고독 • 73, 82, 88, 89, 151, 152

『절대고독』 • 73, 82, 83

「절대고독」 • 84, 85, 86, 87

절대신앙 • 74, 86, 88, 89

「절대신앙」 • 88

절대의식 • 151

절대의존 • 81

절량농가(絕糧農家) • 284

「젊음의 피」 • 133

『점새』 • 225

「점새」 • 226

「접신」 • 100

정각(正覺) • 264

정락(靜樂) • 307

정명론 • 267

정보전달이론 • 130

정성수 • 129, 132, 138, 139

정세나 • 225, 227, 230, 237

정신구조 • 126

정연한 질서 • 103

정완영 • 218

「정자는 질주하며 소리를 내지 않는다」
• 131

정제미 • 213

정주 • 56, 69

「정주성(定州城)」 • 57

정지용 • 56, 58, 62, 72, 81

『정지용 시집』 • 58

정채봉 • 117

정체성 • 49, 186

제1세계 • 18

제3세계 • 18

제물포 • 37

『제스처 인생』 • 38

제우스 • 157

제임스 케머런 • 158

제주 • 159

젤로스 • 237

조덕혜 • 163, 170, 177

조두환 • 179, 184, 196

조르바 • 159

조르주 상드 • 240

조명천 • 214, 215, 224

조선대학교 • 72

『조선시단』 • 71

『조선일보』 • 56, 57, 58, 59

『조선중앙일보』 • 77

조성아 • 141, 143, 145, 149, 151, 152,
153

조세희 • 245

조영암 • 22

조윤호 • 39, 40

조지훈 • 22

조팝나무 • 155

「존재 속에 사라졌다, 너는」 • 131

존재론적 감정 • 170

종교사상 • 19

종교탄압 • 74

종삼 • 310

좌선(坐禪) • 306

『죄 없는 사람들』 • 38

『죄의 대가』 • 38

주류문단 • 41

주지적 • 72

주평 • 39

중국 • 53, 203

중국동포 • 36

중국어 • 36

『중랑천 근방』 • 179

쥘 르나르 • 316

즉물적 • 74

「지구야, 놀라지 마라」 • 131

「지금은 또렷이 보고 있습니다」 • 174

『지란지교를 꿈꾸며』 • 293

지리불사 • 304

지선(知詵) • 120

지역문학 • 37

「지음」 • 212

지표(indices) • 127

「지하철 노숙자」 • 246

직유 • 111

「진달래 산천」 • 24

진순애 • 14

「진실」 • 174

진을주 • 215

진정성 • 94, 129

「진주」 • 49

「짝사랑」 • 210

「찔레꽃」 • 255

ㅊ

차이코프스키 • 164

차학경 • 38

「참나무」 • 210

참선 • 264

참여문학론 • 34

「창」 • 77

창비사 • 28

창의성 • 186

창조주 • 93

채수영 • 141, 271

「책머리에」 • 308

『처음으로 사랑을 들었다』 • 298

천상의 고향 • 136

천인합일 • 19

천태(天台) • 306

「철교」 • 72

청계수 • 265

청기와 • 118

청도군 • 255

청량산 • 202

「청량산 가을바람」 • 202

「청산에 앉아」 • 260

체코 • 181

『초당』 • 38

초례청 • 118

「초록빛 세상을」 • 33

초현실주의 • 74

초현실주의자 • 144

총체적 • 129

최루시 • 49

최백산 • 39

최연홍 • 39

최재형 • 232

최절로 • 141

최정자 • 39

최태응 • 39

충효사상 • 253

친밀감 • 149

칠정 • 263

ㅋ

카뮈 • 136

카파도피아 마을 • 208

칸트(I. Kant) • 16, 17, 20

커뮤니케이션 • 126

케네디(J. F. Kenedy) • 34

코메리칸 • 42

「콧구멍이 두 개인 이유」 • 131

쿠다라카와 • 304

크라토스 • 237

크레타섬 • 158, 159

『크리스찬문학』 • 40

ㅌ

타일러 • 204

「탕약」 • 65

태초의 말씀 • 289

태평무 • 35

터키 • 203, 208

『토담』 • 38

「통영」 • 59

통의식 • 55

통일시 • 14

투명성 • 250

ㅍ

「파도가 쓰는 시」 • 230, 231

「파도타기」 • 99

파토스(pathos) • 145, 147

파토스적 • 279

「팔봉산」 • 276

퍼스 • 127

페르세우스 • 157, 158

페스탈로치(J. H. Pestarozzi) • 286

「페와 호수에 비친 히말라야」 • 208

「평상심(平常心)」 • 271

평양 • 27, 71

「평화, 문제는 사람이다」 • 32
「평화, 폭력, 그리고 문학」 • 13
평화론 • 15
「평화를 여는 기원」 • 31
『평화를 위한 글쓰기』 • 13, 34
평화사상 • 13
평화운동 • 18
포스트모더니즘 • 235
「폭포」 • 211, 316
폴리데크테스 • 157
「푸른 하늘을」 • 27
「풀꽃 하나」 • 172
「풀잎 하나」 • 114
풍수지탄 • 258
프라하 • 181
프로이트 • 144
「플라타너스」 • 77, 80
「피사의 사탑」 • 193
피상적 인식 • 175

ㅎ

하강 이미지 • 283
하덕조 • 197, 199, 203, 209, 213
「하얀 자유」 • 171
『하이터치 그리움』 • 109
『한 방울의 물까지』 • 109
『한 방울의 물에도』 • 115
「한가위날」 • 51
한계전 • 23

『한국 현대시 해설』 • 23
한국교회 • 18
한국교회협의회 • 18
한국문예진흥원 • 39
한국문학 • 36
『한국문학』 • 94
「한국문학에서의 전쟁과 평화의식」 •
    30
『한국문화』 • 14
『한국불교가사 연구』 • 253
한국소설가협회 • 40
『한국시가와 충효사상』 • 253
『한국일보』 • 197
한글 • 36
『한돌문학』 • 40
한무학 • 39
한문문학 • 36
한인문학 • 37
『할말이 없소이다』 • 141
「할 ─ 막고굴에서」 • 95
함안 • 155, 156
함축적 • 69
함흥 • 57
합리주의 • 152
해독(decode) • 317
『해외문학』 • 40
『해외시조』 • 40
해외한민족작가협회 • 40
「해의 씨앗은 땅 속에 계시다」 • 131
「해인사」 • 265

찾아보기

해학적 • 295

「행로」 • 222

『행복의 계절』 • 38

「향수」 • 56, 255

향유 • 34

헤르만 헤세 • 15

헤르메스 • 158

헤밍웨이 펜 어워드 • 39

『현대문학』 • 108, 293

『현대시사상』 • 309

현종 • 239, 277

『형상시집』 • 149, 182

호남선 • 116

호놀룰루 • 37

호미곶 • 94

「호박꽃」 • 48

홉스 • 17

홍기삼 • 302

홍명희 • 28

홍문표 • 304

홍석중 • 28

홍신선 • 108, 306, 307

홍영관 • 108

홍효민 • 72

홍희표 • 108, 109, 111, 112, 113, 119, 121, 123

『홍희표 시 전집』 • 109

「화살」 • 26

화엄(華嚴) • 306

화엄봉 • 210

화자의 진술 • 294

『화해의 시학』 • 141

환상적 형식 • 142

『환상통』 • 309, 311, 315

환생(還生) • 157

「환한 자태로」 • 171

「황무지」 • 138

『황인종』 • 38

『황진이』 • 28

「황혼」 • 74

「회상」 • 284

「회생」 • 197, 199

『효경』 • 256

「후기」 • 180, 196

「후회」 • 318

흰모시 • 118

히까다왕 • 304

히말라야 • 206

「히말라야 들꽃의 꿈」 • 207

히말라야 정상에 오르는 꿈 • 207

「히말라야 해돋이」 • 206

우리 시, 우리 시인

우리 시, 우리 시인

인쇄 2013년 10월 20일 | 발행 2013년 10월 25일

지은이 · 류재엽
펴낸이 · 한봉숙
펴낸곳 · 푸른사상사
주간 · 맹문재 | 편집 · 지순이 | 교정 · 김재호, 김소영

등록   제2-2876호
주소   서울시 중구 충무로 29(초동) 아시아미디어타워 502호
대표전화   02) 2268-8706~7   팩시밀리 02) 2268-8708
이메일   prun21c@hanmail.net
홈페이지   www.prun21c.com

ISBN 979-11-308-0025-7 93810
 값 20,000원

이 책은 용인시문학창작지원금을 지원받아 출판되었습니다.